O sombrio chamado

Kelly Shimohiro

O sombrio chamado

A história da maldição de um destino

São Paulo, 2019 | TALENTOS DA LITERATURA BRASILEIRA

COORDENAÇÃO EDITORIAL: Vitor Donofrio
PREPARAÇÃO DE TEXTO: Cris Toledo Martini
DIAGRAMAÇÃO: Vitor Donofrio
REVISÃO: Daniela Georgeto
CAPA: Brenda Sório

EDITORIAL
Jacob Paes • João Paulo Putini • Nair Ferraz • Renata de Mello do Vale • Vitor Donofrio

AQUISIÇÕES
Cleber Vasconcelos

Texto de acordo com as normas do Novo Acordo Ortográfico da Língua Portuguesa (1990), em vigor desde 1º de janeiro de 2009.

Dados Internacionais de Catalogação na Publicação (CIP)

Shimohiro, Kelly
O sombrio chamado: A história da maldição de um destino
Kelly Shimohiro
Barueri, SP: Novo Século Editora, 2019.

(Talentos da Literatura Brasileira)

1. Ficção brasileira. I. Título

19-0290 CDD-869.3

Índice para catálogo sistemático:
1. Ficção: Ficção brasileira 869.3

Alameda Araguaia, 2190 – Bloco A – 11º andar – Conjunto 1111
CEP 06455-000 – Alphaville Industrial, Barueri – SP – Brasil
Tel.: (11) 3699-7107 | Fax: (11) 3699-7323
www.gruponovoseculo.com.br | atendimento@novoseculo.com.br

Para André, o garoto de outro mundo por quem me apaixonei há muitos e muitos e muitos anos.

Prólogo

As sombras estão chegando. Eu não pude evitar. Estão vindo rápido, cada vez mais rápido. Talvez ninguém possa escapar.

Eu sempre soube que acabaria aqui. Esse é o meu destino. Não posso mais fugir. Tinha alguma coisa errada comigo, só não sabia o que era. Agora eu descobri.

É impossível lutar contra as próprias "tendências", é uma batalha perdida. Em algum momento, elas engolem você. Dê o nome que quiser a elas: genética, herança, carma. O melhor talvez seja maldição. A profecia da sua criação. O mundo escondido atrás do mundo que você vê. É esse mundo que manda em você.

Eu não gosto de quem eu me tornei. Mas o que mais eu podia fazer? Fugir? Para onde eu teria ido? Depois de tudo… Negar o que eu sou? Mesmo que eu quisesse, quem eu poderia enganar?

O Espaço Negro é meu agora. Ou sou eu que pertenço a ele? De qualquer forma, há uma guerra dentro de mim. Partes do meu cérebro brigam sem parar. É como um pequeno estilete me cortando devagar. Me entregar ou resistir? Sim ou não? Cumprir a profecia da minha criação, esse é o meu destino?

Eu nem devia me preocupar mais com essas coisas. Eu devia desistir de uma vez por todas, ponto-final! Eu fecharia os olhos e deixaria a maldição tomar conta de mim até o fim. O descanso eterno que muitos esperam deve ser assim. Mas eu, bem, eu sei que eu não teria o descanso eterno. Sou *culpada*.

Só me resta uma única chance. Tom. Ele disse que virá me encontrar, não importa onde eu esteja. Ele sempre foi a parte boa da minha história. A melhor de todas. A nota alegre e cheia de vida. O mundo todo fica azul quando ele está por perto. O problema é que as cores mudam quando ele vai embora. Sozinha eu não consigo. O tsunami de força e coragem que me invade quando estamos juntos some no mesmo instante em que ele desaparece.

O céu é repleto de estrelas, no Universo todo. E a vida, em todos os mundos, é cheia de segredos. Agora eu sei. Não duvide.

O mundo que você conhece não é real. Centenas, milhares de realidades dançam à sua volta. Você não as vê. Mas, se quisesse, poderia tocá-las.

A pergunta é: *No fim, o que vai sobrar de mim?*

Eu preciso me decidir, o tempo está se esgotando. Setas apontam para diferentes direções, enquanto sinos badalam por todos os lados, indicando a hora marcada. O Golpe Final acontecerá em breve. Eu fui avisada. O que devo fazer? De que lado eu lutarei? Eu posso fugir! Essa pode ser uma boa saída.

Eu devia mesmo dar o fora. Mas, e Tom? Abandoná-lo está fora de questão. Eu posso deixar tudo para trás, menos ele. Prefiro a morte.

Talvez eu devesse parar de me preocupar. Talvez tudo seja bobagem e acabe antes. Pelo menos para mim.

Se esse for o meu fim, só espero que seja rápido.

1

Minha vida toda

Acordo suada, ofegante. Mais um sonho ruim. Sento na cama. O edredom cai de qualquer jeito no chão. Agarro os joelhos com força. A janela está aberta, a madrugada é fria, apesar de ainda ser verão. Eu não me importo, não a ponto de pegar a coberta de volta.

Tudo aconteceu de uma vez, feito um acidente de trânsito.

Eu estava debruçada na janela do meu quarto e olhava a noite escura, sem nenhum interesse. Não havia estrelas nem lua, apenas o azul cada vez mais negro.

Minha mãe gritou por mim no andar de baixo. Eu ia fingir que não tinha ouvido, como sempre faço, mas ela me chamou de novo e de novo. Então eu sabia que não ia ter jeito, ela não iria parar até que eu a atendesse. Não há outro acordo.

Olhei mais uma vez para a noite escura e desci as escadas devagar.

Ela estava na porta da biblioteca, magra e linda no seu roupão estampado de seda. Me encarou sem sorrir.

– Eu sabia, eu sempre soube.

– O quê, mãe? O que você sabia?

– Você. Eu sabia que não era você.

Ela continuou me encarando, séria. Não dissemos mais nada. Então ela virou as costas e entrou na biblioteca. Dei alguns passos para segui-la, mas fui obrigada a parar, porque uma voz, que vinha de todos os lados, invadiu minha mente.

"Ágatha, eu vim te buscar. Vamos para casa. Está na hora."

Das sombras, surgiu uma mulher magnífica. De seus olhos reluzia uma luz tão intensa, que quase me cegou. Ela tocou em mim e nós desaparecemos, engolidas pelo cosmotransporte.

Eu estava abandonando minha velha vida e todas as pessoas que eu conhecia para sempre. Meus olhos também reluziram a luz intensa, e eu sorri de um jeito que nunca tinha feito antes".

Encaro a noite lá fora. Se os tempos fossem outros, depois de um pesadelo como esse, eu estaria tendo mais um dos meus velhos ataques de pânico: respirar feito um cachorrinho morrendo afogado e me balançar para frente e para trás. Mas isso passou. Muita coisa passou.

Só não se engane, não estou curada. Adquiri novos sintomas: dores de cabeça. Elas quase me enlouquecem. Dizem que pode ser enxaqueca. Eu sei que não é nada disso, mas ninguém me entende. É a saudade que sinto dele. Não aguento mais ficar longe de Tom. Logo pela manhã, minha cabeça dá o sinal, a enxaqueca não vai demorar. Mais um dia sozinha aqui na Terra, nem meu corpo aguenta mais. (Você precisa saber que sou apaixonada por um ET – sim, eles existem! –. Eu conheci Tom, meu namorado extraterrestre, no ano passado. Ele me levou para conhecer Gael, o planeta dele. E desde que eu pus os pés lá, eu soube. É lá que eu quero viver. Juntos, Tom e eu somos um estouro!)

Faz três meses que ele apareceu pela última vez. Para ser mais exata, são oitenta e três dias sem ele. Cada dia estou pior, agora a saudade é uma dor física. Tento contatos mentais diariamente com Tom, várias vezes por dia. Nunca dá em nada. Todos os meus esforços para me cosmotransportar também são em vão. O cosmotransporte é como eles, os alienígenas, viajam de um lugar para o outro. Tom me deu a chave dourada, com ela você é capaz de se cosmotransportar. Só que comigo não adianta, eu simplesmente não consigo.

Desde que Tom foi embora, nunca mais sonhei com ele. Eu queria tanto, aqueles sonhos eram perfeitos! Me deixavam feliz por dias. Agora, os sonhos são sempre iguais, como os de hoje. Estranhos. Acordo me sentindo péssima.

Passo a mão pela garganta. Que sonho foi esse? Quem era aquela mulher e para onde ela me levou? Tenho certeza de que era uma Invasora e eu, bem, eu parecia feliz ao lado dela. *Sorri de um jeito que nunca tinha feito antes.*

Tom, o meu namorado extraterrestre (adoro repetir isso), é um Resgatador, ele me contou. Resgatadores, pelo que entendi, são como policiais. Vivem para nos proteger. Aqui na Terra, lutamos contra assassinos, assaltantes, maníacos; em Gael, a luta é travada contra os Invasores. Criaturas das sombras.

Todas as noites sonho com eles...

Agarro o edredom, deito depressa e cubro também a cabeça. Talvez o escuro e o silêncio sejam capazes de apagar tudo.

Após alguns segundos, levanto-me e procuro um analgésico na primeira gaveta da escrivaninha antiga que meu avô materno construiu. A mesma que minha mãe, a dona Cristina, mandou para "pequenos ajustes" centenas de vezes. No fim, o escuro e o silêncio não resolvem nada e eu não sei como melhorar as coisas, então tomo analgésicos. Pelo menos acabam com a dor de cabeça por um tempo, e eu consigo arrastar mais um dia sem ele.

Engulo dois comprimidos de uma vez.

De volta à cama, acendo a luz de leitura. Fico encarando o aço frio, depois pego meu celular. WhatsApp e Insta. Deixo pra lá. Acho meu caderno, onde continuo escrevendo bobagens todos os dias. É, nem tudo passou.

"Sonhos ou pesadelos. Tanto faz, todos querem perturbar você."

Olho mais uma vez a noite escura. Meus dedos escrevem sozinhos:

"Meus pés vão me levar para algum lugar. Talvez eles me traiam, ou talvez eu devesse confiar neles de uma vez por todas e segui-los até o fim."

Eu me tornei uma garota perturbada depois do combate que travei com os Invasores no Espaço Vazio (uma espécie de deserto de Gael). Foi horrível. Eu voltei para a Terra tão descontrolada, que acabei internada na clínica psiquiátrica St. James, onde meu vizinho, aquele médico ridículo, inventou um diagnóstico qualquer, porque não sabia mais o que dizer. Esquizofrenia Circunstancial. Isso existe? Bem, agora existe, sou eu, né? O combate aos Invasores me fez perder totalmente o controle. Eu literalmente surtei. Sonhar com eles é diferente, vai me destruindo devagar.

Tom, como você pode me largar aqui sozinha por tanto tempo? Eu preciso de você! Sempre pergunto isso desde que ele foi embora, na esperança de que ele me ouça, onde quer que esteja. *É uma mensagem urgente, Tom!* Nunca recebi a resposta.

Aprendi com os extraterrestres a me comunicar através da mente. Fiquei tão empolgada no início! Agora já me acostumei. Só que nunca, de jeito nenhum, consigo alcançar a mente de Tom.

Por quanto tempo ainda terei que esperar por ele? Por que Tom desapareceu, sem nenhum aviso ou mensagem? O que esses malditos sonhos estão querendo me mostrar?

Não contei sobre os pesadelos para Fred. Bem, Fred seria a única pessoa com quem eu poderia conversar, ele sempre foi o meu melhor – e único – amigo. Aqui, neste planeta, não tem mais ninguém. Não confio em mais ninguém. Eu poderia tentar falar com seu Ângelo, o pai de Fred, já que ele também conhece a existência de outros mundos. Na verdade, Fred e toda sua família são alienígenas. Descobri isso há pouco tempo. Eles formam uma base extraterrestre aqui na Terra. Uma entre milhares. Nós estamos cercados.

Mas não, seu Ângelo e eu continuamos nos relacionando como de costume. Conversas banais, assuntos sem nenhuma importância. Já pensei em mais de mil maneiras para tocar no assunto com ele. Até ensaiei na frente do espelho: *"Oi, seu Ângelo. Que história doida é essa, né?! Então, o senhor é um ET, um Resgatador? Vocês combatem os Invasores! E essa casa é uma base de Gael aqui na Terra. Quem diria, hein?!"*.

Só que, na hora, fico totalmente sem ação. Não sei por onde começar. Gaguejo feito uma boba e falo a primeira idiotice que vem à minha cabeça. Ele também nunca mencionou nada. Mantém a mente inacessível o tempo todo. Até parece que Gael nem existe e que ele é só o dono de um mercadinho de bairro. Quando estou perto do seu Ângelo, eu quase acredito nisso.

Também não posso contar sobre os sonhos para minha família. É claro que não! Eles me internariam para sempre. Então só falamos bobagens uns para os outros. Eles não sabem nada sobre mim. E eu não me interesso, realmente, pelo que fazem da vida deles. Sei que sou uma espécie de sombra nesta casa, sempre fui. Não me importo mais, tenho Tom e vou para Gael. É lá que eu quero viver. Só preciso conseguir me cosmotransportar para aquele planeta distante. Eu tenho que conseguir!

Nesses oitenta e três dias longe do Tom, aprendi a trancar a mente, deixá-la inacessível. Nenhuma criatura é capaz de saber o que se passa por lá, só se eu quiser. Criatura é o nome certo para extraterrestres. Bem, é assim que eles se denominam.

Desde que eu conheci Tom, minhas dúvidas triplicaram. Eu me apaixonei! Coisas extraordinárias aconteceram, eu fui até outro planeta! E uma tragédia marcou minha vida para sempre...

Tenho um milhão de perguntas sem respostas. Como Tom me escolheu é só uma delas. Por que eu estou no meio dessa confusão toda? Por que justo eu? Essa é a pergunta que mais me perturba. Uma humana sem importância, meio boba, sem nada de tão legal no currículo. Por que logo eu? Seja lá qual for a razão, o que importa é que sou a garota de um cara de outro mundo! O que pode ser melhor que isso?

Milhares de coisas ainda não se encaixam, mas de muitas maneiras me acordaram do sono mórbido em que eu vivia. Tudo me assombra e me seduz na mesma intensidade doente e a única certeza que tenho é mais forte que tudo isso. Eu tenho certeza do que quero, de quem eu quero. Agora, eu só preciso encontrar o melhor caminho, o mais rápido para estar perto dele. Eu sufoco a cada instante por causa desta distância. Talvez eu suporte mais um tempo, talvez não seja o suficiente. Tenho consciência do meu desespero, da minha insanidade e do perigo que me ronda nesta busca. Não me importo com nada disso, só em encontrá-lo. E beijá-lo. E tudo o mais que isso significa...

Arranco a coberta e me levanto, vou até a janela e me debruço. Olho para o céu. As sombras noturnas começaram a desaparecer, raios tímidos de sol tentam invadi-las. Fecho a persiana. Abro a porta do guarda-roupa e sorrio quando me vejo no espelho. Ainda não me acostumei direito com os cabelos mais escuros, mas eu gosto. Depois de tudo que aconteceu, eu tinha que mudar alguma coisa. Mudei o cabelo. Essa foi uma escolha fácil. Castanho-escuro agora. Ah, fiz também uma tatuagem. Esfrego a parte interna do meu pulso esquerdo. *Tudo é um ponto e o ponto é você.* Vi essa frase num daqueles malditos sonhos. *Tudo é um ponto e o ponto é você.* Não parei mais de pensar nela, se tornou um refrão obsessivo na minha cabeça. *Tudo é um ponto e o ponto é você.* Eu estava pirando, porque a frase se repetia dentro do meu cérebro milhões de vezes por dia. *Tudo é um ponto e o ponto é você.*

Fui e fiz a tatuagem. A frase e uma pequena chave. E, desde então, quase não me lembro dela. Parece que está aí desde que eu nasci. *Tudo é um ponto e o ponto é você.* Sorrio. Beijo a chave do meu pulso. Amo minha tatuagem. Às vezes, tenho certeza de que é uma marca de nascença.

Pego uma roupa qualquer e vou para o chuveiro. Na hora de descer para o café, procuro a bolsa de nylon rosa. Não é difícil encontrá-la. Presente de Natal da Cleide, sócia da minha mãe na Galeria, elas são curadoras. Desde que ganhei essa bolsa, viciei nela. Não consigo mais usar qualquer outra. A cor é bem improvável para mim. Rosa! Eu, de rosa?! Bem, improvável é uma palavra que eu não uso mais. Sou a namorada de um ET, o que mais poderia ser improvável neste mundo?

Enfio tudo na bolsa: a chave dourada, o celular que Tom me deu, o lenço, meu próprio celular e o caderno. Preciso saber que posso escrever o que vier à cabeça. Isso se tornou um vício, principalmente depois que parei de falar sozinha. Ouvir Kings of The City também, já faz um tempo. Os The Dogs, a banda do meu irmão Tino, tocam umas músicas desse grupo, de tanto eu pedir. Também voltei a ouvir Legião e Pink Floyd. Mas a música que eu ouço umas cem vezes por dia é "E.T.", da Kate Perry. Explodo numa gargalhada toda vez que alguém me pergunta por que eu gosto tanto dessa música velha. Nunca respondo. Ninguém iria acreditar mesmo.

Já na porta do quarto, dou um passo para trás, volto correndo e pego os analgésicos da escrivaninha. Jogo a caixa na bolsa. Também gosto de tê-los sempre por perto.

Descendo as escadas, dou de cara com a biblioteca e me lembro do sonho desta noite. Minha mãe estranha, falando aquelas coisas: "*– Eu sabia, eu sempre soube. – O quê, mãe? O que você sabia? – Você. Eu sabia que não era você.*" Balanço a cabeça.

A porta da biblioteca está aberta. Essa porta está sempre aberta. Foi ali que velaram meu pai e meu outro irmão, o Fernando. Na maioria dos dias não me lembro disso, mas hoje, sim. Abaixo os olhos e bufo.

Na cozinha ainda meio escura, só minha mãe, enrolada em seu roupão estampado de seda. Linda, mas com algo errado, eu não sei bem dizer o que é. Cada vez mais ela se parece com um daqueles objetos antigos, que ela mesma traz aqui pra casa. Eles estão sempre meio fora de lugar. Por mais que ela tente combiná-los com o resto, não dá certo.

– Oi, mãe. – Acendo a luz da bancada.

– Eu não quero ir àquela cerimônia mais tarde. E nem jantar com todas aquelas pessoas – ela diz em voz baixa, sem me encarar.

Eu tinha me esquecido. Como eu pude esquecer uma coisa dessas?! Hoje faz um ano que meu pai e o Fernando morreram. Marcaram uma celebração e um jantar para nós. A Cleide organizou o "evento" com o mesmo *glamour* que elas fazem um vernissage para a Galeria.

– Mas e todo mundo, mãe? Os convidados, o bufê, os amigos do Fernando e do papai, o carnaval todo! Os parentes... – enumero os itens com os dedos.

Ela dá de ombros, sem alterar um músculo facial sequer.

– Todo mundo quem, filha? Seu pai e seu irmão estão mortos. Todo mundo que importa não existe mais.

Eu queria gritar com ela. Eu sei que todo mundo que importa não existe mais! Meu pai e meu irmão morreram há um ano, quando um terremoto maluco e sem precedentes arrasou Nova Jerusalém. Na verdade, foram os Invasores que causaram o terremoto. A guerra entre Resgatadores e Invasores. Ninguém precisa me lembrar de que Fer e meu pai estão mortos. Não se passa um dia sem que eu pense na morte deles. Minha mente já me tortura o bastante, minha mãe não teria que me ajudar com isso. Ela devia fazer outras coisas por mim, não isso.

– Eles que se divirtam na tal "cerimônia". – Ela abaixa os olhos para o jornal à sua frente. Beberica mais um pouco de café, ajeita os óculos e parece que já se esqueceu de todo o resto. Minha mãe nunca foi assim. Ela era do tipo que tinha explosões de empolgação e de raiva. Preferia mil vezes a minha mãe de antes. Não gosto da nova versão da dona Cristina. Agressiva e fria. Muito mais distante.

– Por que você deixou chegar até aqui, mãe? A Cleide organizar tudo! Por que você não parou a palhaçada antes?! – insisto.

Ela me encara através das lentes.

– Não sei, eu simplesmente deixei, filha! Não consegui dizer não à empolgação da Cleide. Ela parecia tão preocupada com a gente. A Cleide só pensou no nosso melhor, achou que fosse o certo, ah, eu não sei! Na verdade, eu não devia ter dado ouvidos a ela. A Cleide não sabe nada sobre perder um filho, ela nem tem filhos. A Cleide não pode saber o que é melhor para mim. Isso é um absurdo! Ela não tem a mínima noção. – Minha mãe tira os óculos e os põe de lado em cima do jornal, que ela dobra de qualquer jeito. Me olha séria por alguns segundos antes de prosseguir: – Quando ela falou da ideia, eu não gostei, mas eu deixei.

– Ela dá de ombros. – Eu não consegui reagir, Ágatha! Satisfeita agora? Talvez seu pai e Fernando mereçam essa homenagem e todo esse carnaval, como você mesma disse, mas eu não vou suportar aqueles abraços. De novo, não! Pelo amor de Deus! Eles não me deixaram melhor há um ano, não vão fazer isso agora! Eu não vou. – Ela determina, calma e decidida, quase como se estivesse respondendo a perguntas de uma entrevista, que dona Cristina está tão acostumada a conceder.

Mordo uma unha enquanto ela fala.

– Vamos fazer o quê, mãe?

Quando a Cleide falou da ideia do "evento", eu fui contra na hora. Ninguém me apoiou. Nem mesmo minha mãe. Ela só ficou quieta. Então ficou parecendo que eu estava sendo a ingrata da história, que eu não queria participar da homenagem para meu pai e Fernando. Agora ela vem com essa, de que ficou sem ação. Eu não estou acostumada a uma mãe assim. Dona Cristina sempre teve muita opinião. Não foi só um pai e um irmão que eu perdi.

– Eu só sei que não posso, filha. Eu não consigo enfrentar aquilo de novo. Uma festa fúnebre para os Guiller, a família sem sorte! – Ela está gritando agora. – Eu vejo o alívio na cara de todo mundo, como se dissessem: "*Que pena, eu sinto muito, mas ainda bem que foi o seu filho que morreu e não o meu! Graças a Deus!*". Seria exatamente isso que eles diriam, se tivessem coragem. – Ela está com as mãos juntas, fingindo uma oração de alívio (que, na realidade, *nós* não podemos fazer).

Minha mãe abaixa a cabeça e cruza os braços. Eu sei que ela está segurando o choro, como sempre faz. Depois do dia do enterro, não vi minha mãe chorar mais nenhuma vez. Ela só está se apagando, cada dia um pouco. Dona Cristina levanta o rosto e me encara.

– Eu não vou, Ágatha. – Ela repete a sentença: – Eu não vou, Ágatha. – Mais uma vez: – Eu não vou, Ágatha.

– Eu já entendi! – Mordo os lábios.

Tenho vontade de roer todas as unhas e gritar com ela: *"Por que você não me escutou no começo dessa merda toda?"*. Ao invés disso, falo:

– Vamos trancar a casa e não atender ninguém! Pronto, tá resolvido!

Explodimos numa risada. Continuo estúpida e infantil.

– Na verdade, eu estive pensando em algo diferente. E se pegarmos o carro, dirigirmos até as colinas e jantarmos no Villa d'Água? Só nós. Você, seu irmão e eu. – Os olhos enormes da minha mãe se acendem por uma fração ridícula de segundos.

Pensar no Villa d'Água piora minha dor de cabeça na hora. O Villa d'Água é, ou era, o restaurante preferido do meu pai. Fica a uns trinta quilômetros de Nova Jerusalém, numa região de lagos e colinas. É um lugar muito lindo. Sempre lota de turistas. As idas para lá eram boas. Depois de tudo, imaginei que nunca mais fosse até o Villa. Eu já tinha deletado aquele lugar da mente.

Ficamos caladas, só nos encarando. Como ela pôde pensar em ir pra lá, justo hoje? Ela não consegue ver o quanto isso é mórbido? A verdadeira festa fúnebre dos Guillers, a família sem sorte.

Tino desce as escadas fazendo barulho. Pega uma maçã da mesa e dá uma mordida enorme nela.

– Reunião familiar?! – Enxuga a boca com as costas da mão.

Tento fuzilá-lo com os olhos, mas ele nem percebe. Essa frase é do Fernando. De uns tempos para cá, Tino está mais solto, mais espontâneo, mais parecido com Fernando. O que me irrita muito. Não falei isso para ele. Ainda.

– O que você tá fazendo acordado tão cedo? – Tino nunca acorda antes das dez da manhã, desde que deixou a faculdade.

– A mãe e eu vamos sair. As papeladas do pai e do Fer. – Ele curva os ombros e se senta ao meu lado. Percebo o olhar cúmplice entre Tino e minha mãe. Os dois resolvem tudo juntos. O inventário, dar baixa em documentos, contas de banco, tudo que meu pai e Fernando deixaram para trás. Eu nunca fui com eles, e, para meu alívio, eles também nunca me chamaram. Acabei achando que era um assunto que não me dizia respeito. Eu nem mesmo pergunto em que pé as coisas estão.

Balanço a cabeça.

Minha mãe explica a "situação-dilema" e, sem muita demora, nós decidimos. – Vou avisar a Cleide.

– Vou falar pro Fred.

– Vou ligar pros caras.

Subo as escadas, tranco a porta do meu quarto e me jogo na cama grande e fofa. Ela range e eu sorrio. Fecho os olhos e me concentro. Aviso Fred. Não preciso mais de celular para falar com ele. Fred me ensinou a usar ainda mais a mente. Para ele foi tão fácil! Parecia que já sabia todos os caminhos da telepatia. Para mim não, achava que nunca poderia e precisei de treino. Treinei e fiquei boa. No começo, quase enlouqueci ouvindo os pensamentos de todas as pessoas à minha volta. Agora, ouço apenas os que eu quero. Sempre prometo para mim mesma que não vou mais fazer isso. Não vou ouvir os pensamentos de ninguém. Afinal, não parece muito certo. Quando vejo, já estou ouvindo. Prometo de novo e assim vai.

Cada dia sou melhor com essa coisa da mente, de me conduzir através dela. Só que ainda não sou boa o suficiente. Ainda não descobri como chegar até Tom. Na verdade, nunca consegui alcançá-lo. E não tem nada que eu queira mais do que isso.

Tom não é apenas um sonho para mim, ele é a minha vida toda. Nada mais importa. Nada.

2

A poção mágica

Desço até a biblioteca. Sento no sofá grande de couro. Antigo. Fecho os olhos e rebobino a memória, para passar por tudo mais uma vez, bem devagar, passo a passo. Aquele maldito dia, o dia em que os Guillers foram arruinados. Exatamente há um ano.

Fred e eu no avião, voltando da viagem maluca para Chamonix, quando fomos atrás do Tom e acabamos descobrindo que ele era um extraterrestre. Na estação de ônibus de Chamonix para Genebra ficamos sabendo do terremoto que aconteceu em Nova Jerusalém. Depois Fred e eu no voo para o Brasil, dois zumbis sufocados na classe econômica. Nosso mundo desabando, enquanto as pessoas em volta se empanturravam de comida congelada e vinho barato. O ar ficando cada vez mais viciado. Vírus, bactérias e medo. Principalmente o medo. Fred e eu mudos, apavorados. Eu consultava o relógio de pulso a cada dez minutos. Até que enfim chegamos em São Paulo. Então teve a viagem de táxi até Nova Jerusalém. O maldito motorista que não parava de falar. Mal respondiamos. Ainda não sabíamos ler mentes, ainda acreditávamos que se você não dissesse em voz alta, ninguém iria saber o que você estava pensando. E durante toda a viagem, eu só pensava: Quem… Quem morreu?

Quando, finalmente, chegamos a nossa cidade, vimos a barreira policial, o amontoado de jornalistas, os bombeiros, as ambulâncias, toda aquela bagunça de gente... Nós corremos feito loucos pelas ruas de Nova Jerusalém, sem nos importarmos com mais nada. Estragos e escombros atrapalhavam o nosso caminho, a pergunta não saía da minha cabeça. Quem... Quem morreu? Até que chegamos e a visão da minha casa, com todas as suas luzes acesas, me disse a verdade. Sinto o mesmo calafrio toda vez que penso nessa imagem. Mesmo antes de entrar na casa eu sabia, eu sabia que tinha uma coisa muito errada acontecendo lá dentro. Então ouvi as conversas abafadas e tristes. E, no fim de tudo, os gemidos da minha mãe. Eu nunca deixo de ouvi-los, eu nunca me esqueço deles.

Eu me arrastei até a biblioteca, as pessoas me deram passagem, desviavam os olhos e suspiravam. O sofá grande de couro, antigo, foi a primeira coisa que eu vi. Só depois, como se estivessem se escondendo, os dois caixões apareceram. Me ajoelhei entre eles e rezei por um milagre, implorei para nada daquilo ser real. Eu pedi e supliquei tanto. Deus devia olhar por mim. Podia ser só um sonho ruim, devia ser só um sonho ruim. Um pesadelo que me fizesse acordar com náuseas e depois ficar aliviada por tudo não passar de um sonho. Mas não, era real. Não teve alívio para mim. Era real o porta-retratos sobre o caixão lacrado do Fernando. Era real meu pai metido em seu blazer azul-marinho, tão sério, tão bonito, tão morto. Deus devia estar fora naquele dia.

Tino me olhou arrasado e eu fugi, me tranquei no quarto. Eu queria sumir, desaparecer, deixar de existir. Mas tudo que eu fiz foi cair na minha cama e chorar a noite toda.

– Vamos, filha. Já estamos atrasadas!

Levanto rápido, como se tivesse sido pega fazendo alguma coisa errada. Nós nunca mais falamos daquele maldito dia aqui em casa. Falamos de antes e de depois. Não daquele dia.

Minha mãe está na porta da biblioteca, me encarando sem sorrir. Esfrego os olhos e acabo borrando o rímel.

– Droga!

Ela suspira e vira as costas. O clac-clac do salto dela é impaciente, conheço bem. Seu vestido preto é bonito, simples. Mais uma das roupas de grife da dona Cristina. "Classudo", como dizia meu pai. Sapatos e bolsa, tudo preto. Não percebi isso acontecer, minha mãe está muito magra. Ela sempre foi magra, mas agora não é como antigamente. Ela parece doente e ninguém gosta de olhar para pessoas doentes. Minha mãe não perdeu apenas músculo e gordura, foi a droga da vontade que desapareceu dela, se é que alguém pode entender o que estou dizendo.

Entramos no Space. Norah Jones. Sempre o mesmo CD, ela nunca mais trocou. Da última vez que andou de carro com Fernando, ouviram Norah Jones. Não ousamos pedir para que ela coloque outro CD, sintonize qualquer estação de rádio ou enfie um bendito pendrive de música. Mesmo que Tino e eu não suportemos mais, nós ouvimos calados. Olho para o banco de trás. Vazio. Todo dia a mesma coisa, eu tenho que olhar para o banco vazio e ouvir a porcaria dessa música triste.

Tino entra correndo no carro. Bate a porta. O nome dele é Vinícius, mas desde que nasci já o chamavam de Tino. Ninguém nunca me explicou o porquê.

Agora vão para a peregrinação deles, resolver as pendências do meu pai e do Fernando. Suspiro. Como é bom estar fora dessa!

Coloco os fones, fecho os olhos. Acabaram-se os papos femininos de cinco minutos diários. Minha mãe também parou de correr.

– Tchau, filha! – Arranco os fones quando dona Cristina grita comigo. Chegamos ao campus universitário.

Tino brinca com meu cabelo, forço um sorriso.

– Saímos para o Villa d´Água por volta das sete, tudo bem? – minha mãe diz abrindo a janela, toda atrapalhada.

Tino pula para o banco da frente, faz sinal de positivo para mim. Balanço a cabeça, confirmando. Deixo os ombros caírem, pesados.

– Tchau, maninha! – Ainda dá tempo de ouvi-lo, antes do vidro da janela subir.

Reviro os olhos. Vou acabar dando um soco na cara dele, se ele não perder essa mania de imitar o Fernando. Fernando morreu. As piadas adolescentes dele também. Toda a descontração e as gírias e aquele jeito feliz e animado dele. Toda sua espontaneidade. Tudo isso morreu com ele. Tino fica ridículo tentando imitá-lo. Eles nem eram gêmeos de verdade. Nunca foram parecidos. Isso era só uma piada interna da família, já que muita gente perguntava se eram gêmeos (eles só tinham dez meses de diferença). Minha família toda passou a confirmar, cansamos de dar as mesmas explicações todas as vezes.

Depois de tudo, minha mãe me deu um prazo para eu fazer alguma coisa da vida: um ano. "Tomar um rumo", como dona Cristina disse. Ela me chamou para mais um café madrugador na Boulangerie do Nelson e tivemos uma conversa. Uma única vez. Minha mãe olhou para mim como se eu fosse o mundo inteiro, tudo o que importava. Não, não, foi melhor que isso. Ela olhou para mim como se eu fosse a obra de arte mais rara e perfeita de todas. A Grande Obra. Exclusiva. Foi assim que eu me senti naquele dia. Lembro de tudo que ela disse. Eu não falei nada, só a escutei.

Eu sei o quanto dói. Eu sei que você já estava perdida antes e agora então... Pra falar a verdade, eu preferia ter morrido naquele maldito terremoto. Ah, preferia, sim! O seu pai, ele, ele deixava minha vida tão simples, tão boa, tão mais leve. Eu vivia como se não precisasse nem me preocupar com o futuro. Tudo por causa dele. Ele fazia isso por todos nós. Ele arranjava as coisas para essa família. Nós éramos felizes, eu era feliz com Thomaz, sempre fui. Desde que eu conheci o seu pai, eu me senti mais feliz. Então ele morreu e me deixou aqui sozinha, Ágatha. Sozinha para cuidar de tudo! Sozinha para enterrar o Fer... Às vezes, eu tenho tanta raiva por ele ter morrido e me deixado aqui, tanta raiva. E o Fernando, então! Ele é meu filho! O meu filho, você entende? Você não faz ideia do que é isso. Nem que tivessem me cortado em pedaços e eu pudesse sentir cada golpe, seria pior. Eu preferia nunca ter nascido se soubesse que seria assim, se eu tivesse escolha. Mas ainda tem você e seus outros irmãos. Eu não posso fazer nenhuma bobagem. Nem isso eu posso fazer. Você entende? Eu estou presa aqui. Eu não tenho mais escolha. Eu tenho que continuar vivendo, mesmo com tanta dor dentro de mim. Ela nunca sai de dentro de mim. Não importa o que eu faça, ela nunca vai embora... Bem, o fato é que eu não morri. Estamos vivas, filha, e vamos ter que dar um jeito de continuar. A gente tem que encontrar uma saída, deve ter alguma coisa que preste ainda. A minha vida vai ser ruim pra sempre. Agora, você, você é só uma garota. Você tem tudo pela frente, seu destino não será amaldiçoado como o meu. Você vai ser feliz, mas precisa se esforçar mais. Mais do que tem feito até hoje. Você tem um ano, esse é o prazo. Um ano para tomar algum rumo na vida, entendeu? Depois, vai ter que encontrar um caminho. Você precisa se agarrar a alguma coisa. E é melhor que seja uma coisa boa. Nós temos a chance, eles não têm mais. Nós devemos isso a eles, a seu pai e ao Fernando. Não temos o direito de desperdiçar as nossas vidas, elas devem ter algum valor. Filha, nós não vamos falhar."

Daí, tomamos nossos trezentos cafés e fomos embora. Nunca mais ela voltou a falar nesse assunto. E eu nunca mais o esqueci.

Bem, hoje o prazo se esgota. Um ano. O ano do luto acabou. Fim. Aperte um botão e volte a viver. De qualquer jeito, resolvi o problema antes disso. Passei no vestibular, me agarrei a alguma coisa boa, como minha mãe pediu. Faço Biblioteconomia. A única alternativa que pude encontrar. Amo livros. Parei com as biografias, mas o que cai na minha mão eu leio. Bukowiski, Petruchévskaia, Karen Debértolis, Andrew Pyper, qualquer um que eu goste desde a primeira página. Ontem mesmo acabei três livros. Um de física quântica, que eu não entendi nada, mas gostei de toda aquela doideira. O outro se chama *Dias Nublados*, é um romance, a irmã da protagonista morre. Era tudo verdade o que ela sentia no livro, tudo igual ao que eu mesma passei... E *O sorriso das mulheres*, de um autor francês. Sei de cor as palavras do primeiro parágrafo, porque copiei no meu caderno: *"Em novembro do ano passado, um livro salvou minha vida. Eu sei, agora parece muito improvável. Alguns podem até considerar exagerado ou melodramático eu dizer algo do gênero. Só que foi exatamente o que aconteceu."* Por experiência própria, eu sei que coisas improváveis acontecem de verdade. Também sei que algo pode salvar a sua vida. O que me salvou não foi um livro, foi ele. Foi Tom.

Eu queria poder ficar lendo o dia todo. Para isso eu tenho talento. De sobra, aliás. Isso devia ser uma profissão. Então pensei no curso de Letras ou Editoração, me empolguei um pouco com a ideia de virar uma editora. Quanto a Letras, tem tempos verbais demais para minha cabeça, e as discussões acadêmicas sobre "alta literatura", a eterna devoção aos clássicos, canso só de pensar. Definitivamente não! Eu também dei uma olhada na internet em Editoração, e achei muito complicado todos aqueles programas de diagramação. Não combinam comigo.

Daí a namorada do Fred me levou para falar com uma tia dela, que trabalha no Centro Histórico de Nova Jerusalém. É a coordenadora da Biblioteca Pública Histórica. Fazia mais de dez anos que eu não pisava lá. Está tão diferente. O domo de vidro no centro do Palácio dos Livros é o mesmo. Mas praticamente é só o que restou de antigamente. Dizem que foi uma sorte o prédio não ter sido destruído no terremoto, já que é patrimônio histórico da cidade. Eu acho que foi azar. O prédio podia ter morrido, não meu pai e meu irmão.

Agora tem quase mais computadores que livros lá. De qualquer maneira, o lugar continua fantástico. Quando dei uma volta pelas estantes de madeira escura, que se estendem por centenas de metros e incontáveis paredes, dei um beijo em Livy e minha antipatia por ela quase passou, porque naquele exato momento eu soube o que iria fazer da vida, pelo menos enquanto continuar na Terra. Ela me deu uma saída. Fugi antes de falar com a tal tia dela.

Até eu encontrar um jeito de me cosmotransportar para Gael e ficar por lá para todo o sempre, não seria sacrifício nenhum me plantar num lugar incrível como aquele o dia inteiro. E ficar lendo, lendo, lendo. Sendo assim, devo minha escolha profissional à namorada do meu melhor – e único – amigo. Livy subiu na escala, mas nem tanto assim. Pode ter sido só uma coincidência.

Eu sei que não é isso. Claro que não chego ao fim do curso. Sei que meu destino não é ser uma bibliotecária. Eu tenho outro mundo para viver. O que será do meu futuro? Não me importo. Aliás, não me importo nem um pouco com uma escolha profissional, só não dava para ficar em casa, esperando pelo Tom ou tentando encontrar um jeito de ir para Gael. Muito menos tendo aqueles sonhos estranhos e sendo consumida por eles. Também não dava para ver o tempo se esgotar nos olhos da minha mãe. A cobrança muda dela. Ah, isso não dava mesmo. Tive que dar um jeito.

Eu não desejo mais as mesmas coisas de antes. Não sonho mais em me mandar de Nova Jerusalém para outra cidade ou país. Não tenho mais inveja do Thiago, meu irmão mais velho que mora em Londres há muitos anos. Eu vou mudar de planeta! Sorrio. Eu conheço outro mundo e é lá que eu quero viver. Só preciso arrumar um jeito de ir para Gael. Só falta esse detalhe. A minha decisão já está tomada. Não sou do tipo que volta atrás. E, também, ninguém em sã consciência escolheria viver na Terra se pudesse morar em outro planeta, se pudesse ficar com um cara de outro mundo! Só se fosse uma idiota! E isso eu não sou mesmo.

Passo pela cantina do setor de humanas da Universidade. Eu venho aqui todos os dias. Ela é pequena e fica bem pertinho do bloco onde tenho a maioria das aulas. Faço sempre o mesmo pedido: um cappuccino sem açúcar para viagem. Vou dando goladas até minha sala, que vive meio vazia. Hoje está igual. O professor ainda não chegou. Sorrio para as pessoas, elas sorriem de volta. *Meu Deus, o que aconteceu comigo?* Ágatha Guiller, uma garota sorridente, quem diria! Ninguém se dá ao trabalho de puxar um assunto, acho que ainda é muito cedo para conversas, não são nem sete e meia da manhã.

O semestre mal começou. Não me interesso direito pelas matérias. Eu gosto da turma e estou me esforçando, pela primeira vez na vida, para ser mais simpática. O máximo que consigo, é claro. Sem exageros, por favor. Ainda fico bem na minha. Todo mundo está sempre com o nariz metido num livro ou passando referências. É um povo diferente das pessoas que eu conhecia no colégio. Uma colega, a mais velha da turma, Geni, tem sessenta e poucos anos, é quem me indicou *O sorriso das mulheres*. Nunca vi alguém ler tanto quanto ela. Seu nome é Geni Maluf, e antes que qualquer pessoa pergunte, ela já vai dizendo: *"Não, não tenho parentesco nenhum com aquele famoso político do nosso país. Ainda bem!"*. Ela é descendente de árabes, é uma mulher bem bonita. De vez em quando, sentamos perto nas aulas.

– Oi, Ágatha. Sabia que você ia amar o livro!

– Valeu a indicação. – Dou uma piscada para ela.

De madrugada, quando terminei de ler, mandei imediatamente um zap para Geni: *"AmeiDemaisEsseLivro!"*. Só não comentei que vivo um romance muito mais surpreendente que o do livro. Não tem nem comparação! Os personagens Aurélie e André não chegam aos pés do Tom e de mim. Não chegam nem perto disso.

– Eu trouxe o outro que tenho dele. – Ela tira um livro da mochila e me entrega.

A capa é bonita. O título também: *"Paris é sempre uma boa ideia"*. Será que a Geni não é humana? Como ela sabia que eu ia querer ler outro livro desse autor? Entro na cabeça dela. Sempre faço isso e nunca encontro nada que indique que ela seja uma criatura. Aliás, ninguém aqui da sala. Talvez eu esteja ficando paranoica. Eu desconfio de todo mundo. O tempo todo. Vivo vasculhando mentes à procura de criaturas. Já identifiquei algumas, mas não é uma tarefa fácil, criaturas sabem se proteger.

Pensando bem, não é preciso ser um gênio para adivinhar que quem gostou de um livro, provavelmente se interesse por outros do mesmo autor. Acho que isso é meio comum. Geni já havia me dito que tinha outro livro dele. Mas a verdade é que não dá para saber quem é humano e quem não é. Como ter certeza? As criaturas estão misturadas aos humanos, camufladas. Experiências, Protetores, Resgatadores, e também um monte de Invasores. Se suas mentes estiverem trancadas e protegidas, ninguém pode saber quem é quem.

– Valeu, Geni. De novo! – Sorrio, enquanto enfio o livro na minha inseparável bolsa de nylon rosa.

Vou até o fundo da sala e me sento na última carteira, meio isolada. Durante a manhã, escrevo no caderno a maior parte do tempo. Sinto falta do banco de pedras, meu lugar preferido desde os meus seis anos de idade. Ele fica em

Santana das Rosas, minha escola. Sempre que posso, dou uma escapada e passo a tarde toda esticada lá, lendo, escrevendo e ouvindo música. Toda vez é a melhor parte do meu dia. Fred quase não aparece mais. Ocupadíssimo com o curso de Desenho. E com a Livy, é claro. Não sobra espaço para mais nada.

É quase meio-dia e meia, pego o ônibus de volta para casa. Hoje não vai ter ninguém lá. Encosto a cabeça no vidro da janela do coletivo e sorrio. Tereza, que trabalha em casa desde que eu nasci, está com a Cleide, preparando o "evento" da noite. Vai ser um fiasco, os anfitriões não vão aparecer. Boto a mão na boca, abafando uma gargalhada. Tino ensaia todas as tardes e nunca almoça em casa. Minha mãe sai de manhã e só volta à noite. Somos só Tereza e eu nos almoços durante a semana. Ela continua como sempre. Não me deixa quieta, repassa meus compromissos do dia (como se eu tivesse alguma coisa realmente interessante para fazer!), chama minha atenção pelo modo como me sento à mesa, como mastigo, vasculha o que estou lendo, com quem saio e, principalmente, sempre me olha atentamente, como se pudesse ver meus neurônios conversando. Tereza me conhece melhor que minha mãe. A mente dela está sempre limpa, focada nas atividades do dia. Checo todas as vezes, já virou rotina. Hoje estou livre de tudo isso!

Pulo do ônibus e atravesso a rua correndo. Eu me acostumei com as rachaduras do muro de casa, estão aí desde o terremoto. É como uma cicatriz. Nunca falamos em consertá-las ou pintar a casa. Isso não ia dar jeito em nada mesmo. Tranco a porta da cozinha assim que entro. Jogo a bolsa na bancada e suspiro. Até que enfim estou contente. É um alívio ficar sozinha.

Preparo um sanduíche de queijo e tomate, loto tudo com azeite. Os italianos têm razão: azeite! Os franceses também: manteiga! As criaturas muito mais: cosmotransporte! Dou uma gargalhada.

Na biblioteca, me jogo no sofá grande de couro com meu sanduíche e o celular, busco o último episódio de *Supernatural*, décima quinta temporada. O Sam é meio bobo, como sempre. Mesmo depois de tanto tempo, ele continua com aquele jeitinho empolgado de menino. Eu adoro o Dean, o carro dele e as músicas que ele ouve.

O telefone toca. Deixo tocar até cair a ligação. Toca novamente. Bufo, reviro os olhos, pauso o episódio e me arrasto para atender. Odeio o telefone fixo. Nem sei por que dona Cristina ainda insiste nisso. Sempre é alguém dos telemarketings, ou querendo falar com a Tereza ou com minha mãe. Os amigos do Tino nem imaginam que telefone fixo ainda exista. Ninguém nunca ligou atrás de mim aqui em casa. A não ser secretárias de consultórios médicos e odontológicos, que também preferem o WhatsApp. O pior de tudo é quando ligam atrás do meu pai ou do Fernando, porque não conseguem falar no celular deles. Nesses casos, não conto a verdade. Só digo: *"Ele não está em casa agora."* O que não é uma mentira. Eles nunca mais estarão em casa.

– Alô.

Nenhuma resposta. Insisto:

– ALÔ. ALÔÔÔ.

Já vou desligar, quando ouço:

– Oi. Eu gostaria de falar com a Cristina.

– Minha mãe? Não, ela não está. Tá na galeria. – Eu sabia que não era para mim, não falei?

– A Cristina é sua mãe? Então você deve ser a Ágatha.

Fico quieta. Depois de alguns segundos, ele continua:

– Meu nome é Felipe. Sou amigo da sua mãe. Pensei que hoje ela não fosse à galeria, por causa do evento à noite. Tentei ligar para o celular dela, mas dá direto na caixa postal. Só diga que o Felipe ligou e deixou um abraço.

– Tá... – Fico escutando o som da linha ocupada, quando o tal Felipe desliga sem nem esperar pela minha resposta.

Volto para o Dean, mas não me concentro mais. *Meu nome é Felipe. Sou amigo da sua mãe.* Ai, meu Deus, talvez a vida da minha mãe já esteja se arranjando. Talvez ela tenha estabelecido o prazo de um ano para si mesma também. Bufo. Fim do luto. Aperte o botão. Volte a viver.

Coloco o prato do sanduíche no chão com mais da metade ainda e me encolho no sofá. Aperto os olhos e procuro por ele. *Eu quero você, Tom. Eu preciso de você. Não me deixe aqui sozinha.* Penso em levantar, ir até a cozinha e buscar a chave dourada na minha bolsa. Quem sabe eu consiga me cosmotransportar. Sou vencida pela preguiça e pela certeza de que não vou conseguir me cosmotransportar mesmo. Nunca consegui. Deve haver um segredo nisso. Agarro os joelhos e continuo a busca mental. *Eu quero você, Tom. Eu preciso de você. Não me deixe aqui sozinha.* Acabo num monte de mentes sem graça. Posso acessar o mundo todo, menos ele, só o que me interessa. Termino cochilando.

Estou andando pelas passarelas de Gael. Sorrio quando percebo que eles estão chegando.

– Por que demoraram tanto? – Invado as mentes das criaturas que me cercam.

De trás das sombras, Dan aparece. Pisca para mim e eu sorrio ainda mais. Nos cosmotransportamos sem nem nos tocarmos.

– Ágatha, acorda, menina! Está na hora de você se arrumar. Sua mãe ligou. Daqui vinte minutos passa pra te buscar. Anda! Tino já está com ela. Você ainda precisa tomar banho! Vamos!

Encaro Tereza sem me mexer. Eu dormi a tarde inteira, tempo de sobra para ter mais um sonho ruim. Dan... A garota de olhos azuis profundos, que conheci ano passado. Uma Invasora. A dor de cabeça chegará a qualquer momento, posso prever.

– Vai ficar tudo bem, querida. Vá agora. Banho!

Demoro um pouco olhando para Tereza. Ela sempre soube o que dizer para mim, tirando as intromissões, óbvio. *Vai ficar tudo bem.* Mas quando, Tereza? Eu queria perguntar pra ela. Quando?

No meu quarto, depois de uma ducha ultrarrápida, me arrumando para ir ao Villa d'Água, seguro o celular que Tom me deu. Nada de novo. Nenhuma mensagem. Já faz um tempo que recebi a última (a qual leio umas cem vezes por dia). Fecho os olhos e caio na cama, ela range. Até quando vou suportar essa tortura? Tudo continua confuso. Cada vez mais confuso. Não tenho respostas para quase nada ainda. Preciso achar um jeito de ir para Gael. Eu preciso encontrar o Tom. Não quero mais ficar sem ele. Não aguento mais esses sonhos ruins todos os dias. Eu não aguento mais! Aperto as laterais da cabeça. Dava tudo por um beijo agora. Dava tudo para ter Tom em cima de mim e esquecer que o mundo existe. O mundo, os mundos, os pesadelos, meu pai e Fernando mortos, minha mãe se apagando, meu curso universitário *fake* e todos os segredos que eu ainda não descobri. Tom me faz esquecer tudo. Por que ele não está aqui? Por que ele simplesmente não vem e me salva de tudo isso? Por quê?

Procuro a caixa na minha bolsa e engulo um comprimido. Os contos de fadas diziam que o amor era a poção mágica que melhorava tudo. Eles mentiram. São os analgésicos. E o efeito não dura quase nada. Você logo precisa de outra dose. Cada vez maior.

3

Dois patetas

Batidas na porta me fazem saltar da cama.

– Droga! – resmungo entre dentes.

Tereza entra dizendo:

– Ágatha, sua mãe e seu irmão estão lá embaixo no carro. Vai logo, menina! – A voz dela é meio desesperada, até parece que estou indo para um compromisso superimportante.

As intromissões da Tereza me dão nos nervos, mas quando olho para ela, sorrio. Tereza já está arrumada para o "evento". Fez escova no cabelo e colocou sua melhor roupa. Um terninho tradicional de verão, verde-oliva. Dou um beijo nela, enquanto bagunço um pouco o seu cabelo.

– Valeu, Tereza. Por ir lá e aguentar tudo aquilo. – Reviro os olhos. – Tá bonita, hein!

Ela me dá uns petelecos sorrindo. Ajeita os cabelos escovados.

– Você quer acabar com essa trabalheira toda! – Tereza aponta para a própria cabeça.

Rimos. Desço as escadas sem olhar para trás.

– Oi, gente! – Abro a porta do carro e me enfio no banco traseiro. Minha mãe e Tino olham para trás ao mesmo tempo e sorriem, desanimados.

Dona Cristina aumenta o volume do som. "Tragedy" (de Norah Jones, óbvio!) toma todo *Space*. Nenhuma música poderia ser melhor que essa, não para nós três. Tento me ajeitar no banco, ficar confortável. Nenhuma posição é boa. Ninguém puxou conversa até o Villa.

Enquanto avançamos pela estrada, faço contato mental com Fred. Ele está no "evento". Cleide desculpou-se por nossa ausência, com uma evasiva educada e nada convincente. *"Eles realmente não estavam em condições de comparecer hoje, sentem muito."* Os convidados quase surtaram, incrédulos. Fred se divertiu com a cena, conta como foi engraçado ver a cara de espanto de todo mundo. Ninguém podia acreditar que simplesmente demos o famoso "bolo". Rá! Dou uma gargalhada. Minha mãe e Tino olham para trás e pensam ao mesmo tempo: *Esquizofrenia Circunstancial*. Leio a mente dos dois e dou mais uma gargalhada, meio fora de controle. Eles se preocupam mais. Não consigo parar de rir. Eles se preocupam mais ainda e se entreolham, quase em pânico. Boto a mão na boca, tentando me controlar.

Fred me conta os pensamentos dos nossos ilustres convidados: *"Aqueles Guillers pensam que somos palhaços? Só não vou embora para não perder o Bufê Giardino." "É melhor que não tenham aparecido, podemos nos divertir sem olhar para a cara triste daquela família sem sorte." "Bem que eu desconfiava que Cristina nunca amou Thomaz. Não de verdade. Já deve estar saindo com alguém." "Ágatha é mesmo uma garota estranha, nunca gostei dela, com certeza teve outro surto e a coitada da Cristina e o outro filho não puderam vir." "Que alívio, agora vai ser uma festa!"* É isso que as pessoas que foram nos consolar pensam sobre nós. Paro de rir.

Prometemos deixar os celulares desligados esta noite. Nada de WhatsApp, nada de mensagens ou ligações, nem mesmo uma checada rápida nas redes sociais. Só nós três. Como se isso fosse realmente possível. Os humanos não fazem ideia de que estamos sempre cercados. Vigiados. Enganados. Sendo manipulados. Estamos sempre em contato. Vou conversando com Fred até estacionarmos no Villa.

– *Tchau, Fred, até depois.* – Me despeço mentalmente dele.

– *Bom jantar, te cuida!*

Bem, não estou descumprindo nosso trato. Ninguém falou nada sobre conversas mentais.

Sou a primeira a pular do carro. Subo os degraus de pedra da velha escada em caracol, que dá acesso ao terraço enorme e mal iluminado do restaurante. Do alto, vejo as colinas em volta. Fecho os olhos e deixo o vento bagunçar meu cabelo. Sempre venta nesse terraço, em qualquer época do ano. Eu tinha quase me esquecido daqui, do quanto esse lugar é bonito, cercado por centenas de árvores. Balanço a cabeça, eu não posso mais gostar de árvores, uma delas matou meu pai. Desço e entro rápido no salão principal do restaurante.

Demoro um pouco para encontrar minha mãe e Tino, que já estão sentados em uma mesa para quatro pessoas, perto das vidraças laterais. Podemos ver os lagos como manchas a uma curta distância. Antes, a gente sempre tinha que arranjar uma mesa maior. Éramos seis. Agora, com meu pai e Fernando mortos, e com Thiago morando fora, qualquer lugar dá para nós.

Quando o garçom serve o vinho da casa, é minha mãe quem sugere o brinde, levantando a taça:

– Por Thomaz e Fernando!

Já estamos prontos para brindar, mas ela pede que a gente espere. Ainda tem coisas para falar. Isso não tem fim. A verdadeira festa fúnebre.

– Pela sorte que tivemos até o ano passado. Nem sabíamos que éramos pessoas de sorte. – Dona Cristina dá uma risada estranha. Tino e eu não nos mexemos. – Onde quer que vocês estejam, Thomaz e Fernando, amamos vocês!

Tino e eu erguemos mecanicamente nossas taças e, enfim, nós três brindamos. O som do cristal se chocando nos faz rir, nem sei por quê. Uma lágrima escapa dos meus olhos, limpo com a palma da mão. Minha mãe toma o vinho todo de uma vez. Tino e eu fazemos o mesmo. O clima fica menos tenso depois da segunda taça.

O jantar todo foi estranho. Nós relaxamos e rimos em vários momentos, relembrando as histórias das outras vezes em que estivemos aqui. Mas tinha sempre um de nós com o olhar perdido, ou que parava a risada de repente, ou que se levantava no meio de uma frase e ia ao banheiro sem avisar. Não falamos das mortes. Não falamos do terremoto que aconteceu em Nova Jerusalém e quebrou a nossa família. Não falamos deste ano todo sem meu pai e Fernando. Só contamos nossas melhores histórias. As antigas, é claro. Foi como se eles ainda estivessem com a gente, como se eles fossem chegar a qualquer momento, atravessar as portas do Villa d'Água e nos pregar um susto daqueles. *Era brincadeira, gente! Nós não estamos mortos. Voltamos!* Claro que isso nunca vai acontecer. Nem aqui, nem em nenhum outro lugar.

Minha mãe pediu o prato preferido do Fernando. Filé à parmegiana. Até mesmo eu implicava com a escolha dele.

Todos nós achávamos simples demais para um restaurante como o Villa. Insistíamos que ele provasse pratos diferentes. Parecia uma obrigação. Ele nunca cedeu, ainda fazia piada disso. Nesta noite, acabamos com três filés à parmegiana.

A entrada foi a de sempre, brusquetas. Nem prestei atenção no sabor. Antes que minha mãe tomasse a frente e pedisse a sobremesa, eu sabia o que seria: sorvete de cappuccino com cachaça mineira. Meu pai gostava muito e fez todos nós gostarmos também. Não pedimos café no final. Minha família não é do tipo que pede café depois das refeições. Talvez um conhaque, café nunca.

Não olho mais para as árvores quando vamos embora. Norah Jones assume a conversa e nós ficamos quietos. Estamos bem. Talvez fosse essa a homenagem que meu pai e Fernando mereciam. Durante o jantar, minha mãe desfez o contrato não-celular e ligou para Thiago. O telefone passou de mão em mão para que todos falássemos com ele. Depois do meu internamento na St. James, Thiago e eu nos aproximamos. Ficar louca tem lá suas vantagens.

Já estamos voando pelas ruas de Nova Jerusalém, quando me lembro do amigo da minha mãe, o tal Felipe, que telefonou em casa na hora do almoço.

– Mãe, hoje um amigo seu ligou em casa e pediu pra eu te dar um recado: *Diga que eu liguei e deixei um abraço.* Qual era o nome dele mesmo? Ah, era Felipe.

– Ah, sim. Ele me disse que falou com você.

Franzo a testa. Ela não diz mais nada, nenhuma informação complementar. Não explica quem ele é, como se conheceram, essas coisas. Também não faço perguntas, porque vejo na mente dela as bobagens que está pensando a respeito do tal Felipe.

– Que nojo!

– O que você disse, filha?

– Não, nada não. – É difícil não meter os pés pelas mãos quando você é capaz de ler mentes. É quase um sacrifício.

Fred invade minha mente. Está me esperando na cozinha de casa. Sorrio. Esse garoto sempre me salva, meu amigo extraterrestre. Meu único amigo. Me assustei quando descobri que ele não era humano, foi estranho, mas já está tudo certo.

– *Oi, Fred.* – Coloco minhas palavras dentro da cabeça dele.

– *E então, como foi a noite*? – ele pergunta.

– *Estranha, mas até que foi legal.*

– *Entra logo, Ágatha! Eu descobri um negócio pra você!*

Pulo do carro ali mesmo na calçada, enquanto o portão abre devagar. Escuto minha mãe resmungar. Eu não ligo. Ela que vá telefonar para o tal amigo dela. Eu vou falar com o meu! Cada um se vira como pode, não é mesmo?

Abro a porta da cozinha num estouro.

– *Fred, não vai dizer que é o que eu tô pensando!* – grito mentalmente, atropelando todas as palavras.

Ele aponta com a cabeça para o lado. Tereza está sentada com ele na bancada. Os cabelos dela já estão um pouco alvoroçados. Ela olha diretamente para mim. Não consigo ver nada na expressão dela. Como sempre, a mente da Tereza é limpa, focada nas coisas do momento. Quase simples demais.

– Oi, Tereza. E aí, como foi tudo lá?

– Você não quer saber disso, quer? – Ela balança a cabeça. – Vão, vão lá pra cima vocês dois. Vão! Vocês têm muito o que fazer, como sempre. Quero ficar um pouco com a sua mãe. – Tereza sorri para mim, mando um beijo para ela.

Subimos as escadas pulando vários degraus. Fred tranca a porta do meu quarto.

– É isso, Fred? Você descobriu como fazer?

Ele nem precisa responder, nem mesmo por telepatia, vejo tudo na cara linda e empolgada dele.

– Uhuuuu!! – Nos abraçamos e pulamos feito dois patetas.

Então ele para e me mostra sua chave dourada. Pego a minha do bolso do jeans e nos damos as mãos. Os olhos dele brilham, empolgados. Meu coração galopa desenfreado. O ritmo psicodélico explode por todos os cantos. Eu nem posso acreditar, nós conseguimos! Vamos para Gael, Fred é um gênio! Ai, meu Deus, vou encontrar Tom e beijá-lo, beijá-lo até que ele morra. Ah, que merda, eu nunca mais vou deixar esse cara escapar. Nunca!

4

Segredos

Sinto frio assim que tocamos o chão. Rimos um para o outro. Felizes, nervosos. Superagitados!

– *Fred, deu certo! É Gael, a gente conseguiu!* – Esfrego as mãos e o agarro. Fred é incrível, ele me trouxe até aqui! Eu não confundiria este planeta com nenhum outro lugar. Tom deve estar por perto. Fico ainda mais ansiosa.

Fred dá um passo para trás e olha fixo para frente.

– *Tranque sua mente, Ágatha.*

Olho para a mesma direção. Congelo.

– *Que lugar é este, Fred? Você sabe aonde viemos parar?*

Ele balança a cabeça, indicando que não. Os olhos dele estão vidrados olhando para ela. Também não consigo me desviar. Está cada vez mais frio.

A casa à nossa frente é enorme. Três andares de pintura desbotada e descascada. Partes das paredes estão destruídas, o reboco escuro e velho deixa a casa ainda pior. Há uma porta gigantesca, que está semiaberta na parte de baixo. O segundo andar é rodeado por uma varanda estranha e anormal. E o último, não tem janela alguma. Nem portas. Gárgulas sem cabeça enfeitam o teto negro pontiagudo. Parece que sairão em um voo rasante a qualquer momento.

Uma escada externa de madeira dá acesso direto à varanda do segundo andar.

Recuo alguns passos e puxo Fred para trás. Então o encaro e conto a verdade.

– Fred, eu já sonhei com esta casa. Eu tenho certeza. Eu nunca ia me confundir. A pintura descascada, o último andar sem janela, as gárgulas sem cabeça... Era essa casa, Fred, eu tenho certeza. Nós temos que sair daqui. Agora!

Sim, eu já estive aqui antes, em um daqueles malditos sonhos. A mesma casa, igualzinha. Os três andares destruídos, a escada externa de madeira com acesso ao segundo piso, as gárgulas sem cabeça... Sem dúvida, era esta casa.

No sonho, não tive medo. Eu subi as escadas correndo, pulando os degraus. Era como se a casa fosse uma velha conhecida minha. Mas, lá dentro, todos que eu encontrava eram Invasores.

– Vamos sair daqui, então. – Fred me abraça e a bagunça do cosmotransporte quase nos engole. Consigo empurrá-lo a tempo. Dou um salto para trás.

Eu quero ir embora, fugir daqui. Mas não sei, talvez eu devesse entrar. Afinal, estou aqui e já sonhei com esta casa, eu tenho que descobrir o que se passa lá. E o que isso tem a ver comigo, o que os sonhos ruins querem me revelar.

Respiro e vou em frente:

– Fred, vamos ver o que tem lá dentro. Eu preciso saber o que tem lá. E se alguma coisa der errado, nós temos as chaves, a gente pode se cosmotransportar a qualquer momento.

Ele tenta falar, faço um bloqueio mental. Nada do que ele disser vai me fazer mudar de ideia. Não vou perder tempo escutando Fred.

Sou boa nisso agora, manipulo a mente do jeito que eu quiser. Mais um ponto positivo em se ter um extraterrestre como melhor amigo, ele me ensina habilidades realmente valiosas. Eu nunca aprenderia sem ele.

Começo a andar em direção a casa. Olho para trás, Fred está parado no mesmo lugar, segurando a chave dourada entre os dedos. Ele não pode ir embora e me deixar aqui. Fred precisa entrar comigo. Estou com medo, a cada passo que dou, o ar é mais frio. Tem uma voz gritando alto dentro da minha cabeça: *Fuja, Ágatha, fuja!*

– *Você vai vir ou vai me deixar sozinha nessa?* – Na verdade, o que eu queria dizer é: *"Fred, deixa de bobagem e vem logo! Eu preciso de você. Não me deixe fazer isso sozinha."* Mas sou orgulhosa demais para isso.

Ele dá passos lentos e me alcança. Eu não podia esperar outra reação dele. Fred é um cavaleiro medieval e meu único amigo. Sei que posso confiar nele de olhos vendados. Aperto sua mão e sorrio.

Passamos direto pela porta entreaberta do andar de baixo. Ela é escura e velha, uma espécie de névoa escapa dela. E um vento muito frio também. Parece uma armadilha óbvia demais. Subimos as escadas, tentando não fazer barulho, mas a madeira range sob nossos pés. No topo, Fred se vira e me encara mais uma vez. Faço um sinal de impaciência com as mãos. Agora não adianta recuar. Eu não posso recuar. Nós temos que ir até o fim. Eu tenho que ir até o fim.

Rodeamos a varanda, tomando cuidado para não pisar nas partes destruídas do assoalho antigo. Passamos por inúmeras janelas, dá para ver que há séculos não são abertas. Encontramos uma porta grande na parte de trás. Fred gira a maçaneta e a porta se abre, sem nenhum obstáculo. Podemos estar nos metendo numa grande encrenca, só que agora é tarde demais. Meu coração vai explodir aqui dentro, aposto que Fred pode ouvi-lo. Enfio as mãos no jeans para não roer todas as unhas.

Entramos por um corredor longo e escuro. Há portas fechadas dos dois lados, dá para ver o contorno sombreado dos batentes.

Paramos na terceira porta à direita, captamos sinais de vozes mentais. Há criaturas conversando por telepatia aí dentro. Concentro minha mente.

"Não. Não é assim que vamos fazer. Eu disse que iria colaborar, eu estou aqui com vocês, não estou? Concordamos em um ponto: não dá mais para esconder, eles precisam conhecer a verdade. Mas deixem comigo daqui para frente. Vou encontrá-los na Terra e farei a revelação. É melhor que eu vá sozinha, é mais seguro. Não precisamos de uma guerra agora, não é mesmo? Eles confiam em mim, é melhor que seja eu a fazer a revelação."

É Laura. Reconheço a voz mental dela. Coloco a mão no trinco frio da porta, mas não me movo. Quando eu sonhei com esta casa, eu estava com aquela garota, a Invasora, a garota de olhos azuis intensos. Dan. Aquele sonho me deixou péssima por dias. As imagens dele ainda me perturbam no escuro.

Fred põe a mão sobre a minha e abre a porta de uma vez.

– Eles nos pouparam a viagem. Não precisa ir até a Terra, Laura. – Éric, irmão de Tom, me encara sorrindo, enquanto invade todas as mentes.

Só então vejo os outros. Dan, Jô e Laura.

Os olhos de Dan brilham intensos. Ela bate palmas e todos riem ao mesmo tempo. Exceto Laura.

– *Laura, o que é isso?* – Fred pergunta, horrorizado.

Ela dá um passo à frente.

– *Fred e Ágatha, temos uma revelação importante para vocês dois.* – Laura continua séria. – *Vocês têm o direito de saber que...*

– *Nããããão!* – O grito de Dan interrompe Laura.

Mãos invisíveis me seguram e o ritmo psicodélico me engole com força. Os gritos de Dan continuam na minha mente durante a rápida viagem.

– *Tom!* – Agarro seu pescoço quando o cosmotransporte acaba. – *Ai, faz tanto tempo. Eu não aguento mais ficar longe de você!* – Cruzo meus braços com força em torno dele e já estamos nos beijando quando me lembro: Fred! Fred ficou lá com eles! Empurro Tom. – *Nós precisamos voltar! Fred ficou lá! Vamos, nós temos que voltar!*

Ele tenta me segurar novamente, mas estou desesperada. Não consigo parar no lugar. Fred está lá com eles!

– *Vamos voltar agora! Fred tá lá!* – Chacoalho as mãos, minhas pernas tremem, minha cabeça vai explodir, não consigo respirar. Fred está sozinho com Invasores!

– *Ágatha, me escuta! Fred está bem. Ele está com Théo. Fica tranquila! Eu não deixaria Fred para trás.*

– *O quê? Como assim?* – A descarga de algum hormônio interrompe as reações de pânico. Vou desmaiar agora...

– *Théo foi comigo resgatar vocês.* – Tom passa o braço em volta dos meus ombros e me força a sentar. – *Nós estávamos no monitoramento e, assim que vimos vocês se cosmotransportando para A Mansão, seguimos as coordenadas de vocês e fomos direto pra lá.*

Sem pensar, pulo em cima dele.

Tom começa a falar alguma coisa, mas eu não deixo. Foram oitenta e três dias! Arranco minha própria blusa e a jogo no chão. Estamos no quarto dele, estamos sozinhos, Fred está seguro, todo o resto pode esperar. Todo o resto pode esperar para sempre.

Ele sorri. Jogo minhas sapatilhas para o alto e dou uma gargalhada. Estou deitada de costas na cama dele, vejo a parede com os desenhos do Fred, eu poderia morar aqui para sempre.

Tom é rápido. Quando dou por mim, já estamos enroscados um no outro, livres das malditas roupas.

Não fecho os olhos hoje, nem ele. Estou em cima dele quando explodimos juntos.

Ficamos largados na cama, enquanto deixo que ele passeie pela minha mente, vendo a minha decisão: não quero mais ir embora, não quero voltar para a Terra, só o que importa para mim é ele.

– *Por que você demorou tanto tempo? Eu ia acabar ficando louca lá sozinha.* – Deslizo meu dedo pelo seu rosto.

– *Estou sendo caçado por Invasores, eu não podia chegar perto de você. Eu nunca colocaria você em perigo.*

Tom se senta e me olha. Puxo os lençóis.

– *Você está linda.* – Ele mexe no meu cabelo, segurando alguns fios. Castanho-escuro agora. Balanço a cabeça e sorrio.

Ele pega meu pulso esquerdo. Lê a frase da minha tatuagem. Escuto sua voz repetindo em minha mente: *"Tudo é um ponto e o ponto é você"*.

– Meu ponto é você, Ágatha. Nós dois juntos, essa é a verdadeira chave. – E me dá um beijo molhado, sem nenhuma pressa. Já estamos recomeçando, quando o interrompo:

– Eu não quero mais ir embora, você sabe muito bem. Eu quero ficar com você. – Tomo fôlego para continuar. – *Não tem nada pra mim lá. É isso o que importa: nós dois juntos. Eu concordo TOTALMENTE com você. É assim mesmo, como você acabou de dizer: nós dois juntos, essa é verdadeira a chave! Eu não quero mais ficar sozinha. Eu não posso, eu não aguento mais! Não tem nada para mim longe de você.*

Fecho os olhos, implorando mentalmente para ouvir as palavras: "*Fica, Ágatha. Fica pra sempre comigo. É tudo o que eu quero também.*" Eu não tenho dúvida alguma. Se Tom concordar, nunca mais apareço na Terra. Nada daquilo é a Ágatha de verdade. Aquela faculdade é só um mata tempo. Minha família tem suas próprias prioridades. Eles já seguiram sem meu pai e o Fernando. Vão ter que fazer isso sem mim também. Meu único amigo é o Fred e ele nem é humano. Ele também é daqui. Está tudo certo.

Então me lembro de Lara, da casa, de Dan e dos outros. Tinha me esquecido completamente deles. E da revelação... Foi tudo tão rápido, minha mente está confusa. Eu não entendi nada do que aconteceu, mas tenho certeza de que Lara disse que tinha uma revelação para Fred e para mim.

– Tom, o que Lara tem para contar para mim e para o Fred? – Puxo os lençóis em volta de mim e me ajeito sentada, encostada na cabeceira da cama.

– Eu não sei – ele responde no mesmo instante.

Encaro Tom, incrédula. Ele se levanta e se veste lentamente. Sério.

– *É claro que você sabe!* – Invado a mente dele. Está trancada.

Aperto meus próprios braços.

– *O que você tá tentando esconder de mim?*

Tom desconversa:

– *Gael está um rebuliço. Laura nos traiu, ela também está com Invasores agora. Você mesma viu.* – Ele se senta de frente para mim. Está vestido.

Não falo nada. Não me importo com o que Laura faz da vida dela. Eu quero saber o que ela tem para me contar. Que revelação ela teria para mim e para Fred? Não acredito que Tom seja um bobo inocente nessa história. Ele sabe. Ele sempre sabe.

– *Théo está desesperado...*

– *Laura disse que tinha uma revelação para Fred e pra mim.* – Corto sua ladainha. – *Estava conversando com Dan, Jô e seu irmão exatamente sobre isso. Ela se aliou a eles para fazer essa revelação. O que é?* – Tranco minha mente e todos os sonhos que tenho tido nos últimos tempos. Os sonhos ruins. Não quero que Tom vasculhe meus pesadelos. Se ele não confia em mim, talvez eu também não deva confiar nele.

– *Eu não sei do que você está falando.* – Ele me encara com precisão. – *Mas você tem que me prometer, você não pode mais fazer isso! Eles estão caçando você, Ágatha! É muito perigoso, você não pode se cosmotransportar sem mim. Suas barreiras de proteção não são boas o bastante. Por mais que eu trabalhe nisso, parece que suas frestas estão cada vez maiores. Você tem que me prometer que não vai mais fazer isso, entendeu? Você não pode se cosmotransportar sem mim!*

Aperto os braços com mais força ainda em torno de mim mesma. No fundo, eu sabia que ele ia continuar escondendo as coisas. Tom não confia mesmo em mim. Me levanto, visto as roupas com pressa.

Depois de trocada, sento perto dele.

– *Não é disso que eu preciso, Tom* – falo calmamente, apesar de ter vontade de chacoalhá-lo, de gritar com ele, de mandá-lo para o inferno com suas camadas extras de proteção. Eu não sou uma idiota! Eu o encaro e respiro. – *Não é da sua proteção que eu preciso, é de você. Eu não quero que você fique me vigiando nem me protegendo. Não é nada disso que eu preciso. Eu posso me virar, te garanto. O que eu quero é ficar do seu lado, viver com você. Mas você não pode me esconder a verdade. Você tem que confiar em mim.* – Balanço a cabeça de um lado para o outro. – *Me conta, você sabe que revelação é essa? Eu sei que você sabe. Anda, me conta.*

Tom não me responde. Tento, em vão, respirar mais algumas vezes para me controlar. Levanto e dou uma volta pelo quarto. Acabo numa grande explosão:

– *Eu sei que você sabe! Tom, o que eles querem comigo e com Fred? Só me responde! Eu tenho o direito de saber! É simples, é só falar a verdade! O que tem de mais nisso? O que tá acontecendo? Que revelação é essa? Me conta! É fácil, só fala as malditas palavras, as verdadeiras! Você não é um idiota, você sempre sabe o que está acontecendo. Me conta, Tom! Para de me enganar, eu não sou burra!*

Ele se levanta. Ficamos frente a frente. Tom tensiona o pescoço. A mente dele continua vazia.

– *Eu já disse, não sei o que está acontecendo, Ágatha. Só sei que, se pegarem você, eles sabem que vão acabar comigo. Agora que Éric é um deles, você é tudo o que eu tenho. Eu não posso te perder. Não restaria mais nada para mim no Universo todo.*

Mordo o lábio inferior e torço os dedos. Isso é verdade, eu sou o tipo de presa fácil. O cordeiro que caminha sozinho para o sacrifício. É capaz até que eu leve um sininho pendurado no pescoço, avisando que já estou chegando. Ninguém tem que me ajudar com isso.

Tom perdeu tudo, toda a família. Seus pais estão mortos. E Éric, seu único irmão, se debandou para o lado dos Invasores logo após a morte dos pais. Ele está sozinho. Eu posso realmente ser tudo que lhe resta (no Universo todo). Gosto da ideia. Mais um motivo para ele não me enganar.

– Tom, por que Laura está com os Invasores?

Laura é escritora e esposa de Théo, o melhor amigo de Tom. Théo também é Resgatador, como Tom. Eu já li alguns livros dela. Ela escreve sobre as Experiências. Quando descobri sobre as Experiências, achei tudo muito errado. É errado. No Grande Golpe, quando Resgatadores e aliados tomaram Gael de volta dos Invasores, raptaram bebês, filhos de Invasores e os levaram para a Terra. O objetivo era que os pequenos Amaldiçoados, distantes de toda influência do Mal, não desenvolvessem a própria maldade. As famílias adotivas humanas não sabem que acolheram criaturas potencialmente más, pensam que são crianças comuns. As criaturas de Gael estão felizes com os resultados. Para mim não importa, é errado raptar uma criança e tirá-la de sua família, não interessa que tipo de família seja.

Eu não estou interessada, de verdade, nas razões que levaram Laura a se juntar aos Invasores, só preciso descobrir do que se trata a revelação. Como Tom se nega a me contar o que é, vou tentar a abordagem lateral. "A abordagem lateral é uma estratégia inteligente". Li essa frase num romance de suspense, vamos ver se dá certo.

– *Tom, por que Laura está com os Invasores?* – repito a pergunta. Tom está em silêncio.

– *Laura nos traiu* – ele acaba falando. Continua tensionando o pescoço. Veias grossas se tornam cada vez mais evidentes. Tom desaba na cama e segura a cabeça entre as mãos. Olha para mim. Todo seu rosto, exausto e esgotado. – *Ela está com Éric agora. Eles estão se fortalecendo, Ágatha. O exército de Invasores está crescendo. Meu irmão está cada vez pior. Eu não sei mais o que fazer para trazê-lo de volta.* – Tom abaixa a cabeça, seus ombros despencam.

Quase sinto pena dele. Mas eu não posso mais deixar que ele jogue comigo desse jeito. Eu não acredito que Laura simplesmente tenha decidido, de uma hora para outra, passar para o lado inimigo. Ela se aliou a eles por um motivo. E esse motivo sou eu e o Fred. A tal revelação. Que diabos é isso? Tom sabe, tenho certeza. Aposto minha cabeça. Ele tem que me contar. Que cara mais idiota! Ele está estragando tudo com tantos segredos.

– *Laura não é uma traidora. Eu não acredito. Bem, não é isso o que importa. O que eu quero saber é o que ela ia me revelar. Me conta, Tom. Você precisa parar de me enganar, você tem que confiar em mim* – tento falar a última frase calmamente. Li naquele mesmo romance de suspense que essa também é uma boa estratégia. Você está prestes a cometer um assassinato, mas finge que está calmo e sorri.

Ele sustenta meu olhar em silêncio. Nossas mentes estão impenetráveis uma para outra. Dois farsantes.

Balanço a cabeça e digo:

– Você está mentindo para mim.

Tom fica em silêncio.

A mentira é uma célula cancerígena. No começo de tudo, você acha que pode controlar os efeitos dela, que vão ser restritos, os estragos serão limitados. Depois, acaba vendo que o resto todo está contaminado.

Não vai adiantar gritar e exigir que ele fale a verdade. Tom não vai me contar nada que não queira. Eu sei como ele age e sei que ele está mentindo. Laura e os outros estavam tramando alguma coisa. Era sobre mim e Fred. *A revelação*. Tudo bem. Se ele quer o caminho mais difícil, eu posso aguentar. Eu não gosto, mas vou entrar no jogo mesmo assim.

– *E o Théo, Tom? E o Théo no meio de tudo isso?* – Eu adoro o Théo e realmente me preocupo com ele, mas é óbvio que agora essa não é a principal questão para mim, só estou jogando, "comendo pelas beiradas". Ele pode escorregar e deixar a verdade escapar.

– *Théo está desesperado atrás de Laura. Nós vamos resgatá-la. Estamos trabalhando nisso. Muitos Resgatadores estão.*

Até agora ele não foi capaz de resgatar o próprio irmão, vai ser capaz de resgatar Laura? Mantenho minha mente trancada, mas meus lábios tremem. Quero rir da cara dele.

– *E as meninas?* – continuo pelas beiradas. Bel e Val, as filhas de Laura e Théo.

– *Elas não sabem.*

Sempre o mesmo esquema. Esconde e mente. Esconde e mente. Todas as criaturas são assim? Em todos os mundos, essa é a verdadeira lei?

– *Há quanto tempo ela está com eles?*

– *Isso aconteceu agora. Não faz nem uma hora que ela desapareceu. Ela deixou uma mensagem para Théo.*

Como ele não faz o óbvio, que é me contar do que se trata a tal mensagem, sou obrigada a perguntar:

– *O que dizia na mensagem?*

Tom me olha em silêncio.

– *Você não me ouviu? O que dizia na mensagem?* – repito impaciente na mente dele.

– *Preciso resolver um assunto de família.*

– *O quê? Que assunto você precisa resolver?*

– *Não eu. Era o que estava na mensagem de Laura. Só esta frase: Preciso resolver um assunto de família.*

– *Família?* – Tento pensar em alguma coisa. – *Como assim? Ela estava com os Invasores, não é a família dela!*

Ele dá de ombros, como se também não entendesse.

Não consigo arrancar mais nada dele, além de respostas monossilábicas e idiotas. Só fico sabendo que a "traição" de Laura está causando um verdadeiro alvoroço em Gael. Muitos Resgatadores estão vasculhando este e outros planetas neste exato momento.

– *Assim que nós deixamos A Mansão, eles sumiram mais uma vez.* – Tom me observa. – *Eu trouxe você aqui porque… Porque eu não aguentava mais ficar longe de você, Ágatha.*

– *Foram oitenta e três dias. Exatamente oitenta e três dias. Todos foram horríveis.* – Aperto os lábios.

– *Me desculpa, me desculpa por ter deixado você sozinha.* – Seus olhos penetram tudo em mim. – *Você sabe que nunca esteve sozinha, né?*

Balanço a cabeça. Tom se aproxima.

– Vai acontecer uma guerra entre os Invasores e nós. – Ele tensiona o pescoço, enquanto mexe no meu cabelo. – *Eu tenho que proteger você. Nada pode acontecer com você, Ágatha.* – Tom segura minhas mãos.

– Você não vai mesmo me contar a verdade, não é?

Nos encaramos em silêncio por um longo tempo, de mãos dadas.

Tom se levanta, vai até minha bolsa e pega o celular que me deu.

– Presta atenção. Este aparelho não serve para mandar mensagens. Isto não é um celular. Chama-se protetor artificial. Ele ajuda a manter suas barreiras contra os Invasores. Você está mais segura com ele.

Tom coloca o "celular" em minhas mãos. Olho para o aparelho. Franzo a testa. Mais uma surpresa. Mais uma farsa.

– Eu nunca sei de nada. Eu tô de saco cheio de tudo isso! Você precisa começar a me contar as coisas. Você tem que confiar em mim, Tom. Não vai funcionar se você não confiar em mim. Não vai funcionar!

Ele tensiona ainda mais o pescoço.

– Eu vou contar tudo pra você. É o que eu mais desejo. Ficar com você para sempre. – Ele sorri e eu devolvo um risinho fraco. – *Mas agora, tenho que te levar embora.*

Nem sinto o ritmo do cosmotransporte. É rápido, me pega de surpresa. Me deixo levar, sem nenhuma resistência.

Eu não sei bem o que segredos podem causar entre as pessoas. Entre um extraterrestre e uma humana, são vírus potentes e silenciosos. Quando você se dá conta, pode ser tarde demais.

5

O chamado

Não preciso abrir os olhos para saber onde estou. Nem para saber que Tom já desapareceu e me deixou aqui, sozinha mais uma vez.

Ele devia ter me contato a verdade. Tom vai se arrepender quando eu descobrir, ele não me ajudou nisso.

– *Ágatha!*

Fred está sentado na minha cama, se levanta e me abraça.

É tão bom estar de volta. Era exatamente Fred quem eu queria agora.

– *Fred, a gente precisa conversar.*

Ele é a segunda pessoa que eu mais amo. Só que no momento é a que eu mais quero por perto. Tenho vergonha de admitir que gosto mais de Fred do que da minha própria família. Mas é verdade. Eu sempre gostei do Fred de um jeito diferente. Eu amo a minha família, é claro! É que Fred é como se fosse uma versão masculina da Ágatha Guiller. Uma parte minha solta pelo mundo. Uma parte extraterrestre, pensa bem! É quase como estar comigo mesma quando estou com ele. Não nos esforçamos para impressionar um ao outro, ou para sermos melhores do que somos. Não existe cobrança entre nós. Ficamos totalmente à vontade quando estamos juntos. Fred é, com certeza, a segunda pessoa que mais amo em todos os mundos. Só que no que diz respeito à confiança, ele é o primeiro no pódio.

Me desfaço dos braços dele e o encaro.

– *Faz tempo que você tá aqui?*

Ele confirma com a cabeça.

– *Você tava com o Tom, né?*

É a minha vez de confirmar com a cabeça. Ouvir o nome do Tom me faz lembrar da Revelação. Começo a andar de um lado para o outro.

– *Fred, Laura tava falando da gente com a Dan, com o Jô e o Éric. Eu sei disso. Você ouviu quando ela disse que precisávamos conversar, que tinha uma revelação importante pra gente?* – Aponto o dedo para ele e depois para mim. Fred faz um breve aceno. – *Tom interrompeu bem na hora que ela ia nos contar. Ele não quer que a gente descubra o que é. Ele não me disse uma palavra sobre esse assunto, fingiu que não sabia de nada.*

– *Eu sei que era sobre nós que Laura falava.* – Fred não parece ansioso como eu. Só quieto. E sério.

– *O que será que ela tem pra nos contar, Fred? Você faz alguma ideia? Isso parece loucura. Não tem cabimento! Por mais que eu tente, eu não consigo imaginar o que Laura tem para revelar justo pra nós dois!* – Com o dedo indicador, faço uma linha imaginária que conecte Fred a mim.

Ele balança a cabeça negativamente. Eu já imaginava isso, Fred está tão perdido quanto eu. Estamos no escuro. Pelo menos não estamos sozinhos no escuro, o que já é uma vantagem.

– *Tom não quis me contar. Ele diz que não sabe de nada!* – Imito a cara que Tom fez quando eu perguntei sobre a revelação, aquele ar fingido de inocência e surpresa. Que nojo! – *Mas ele sabe, Fred, e não vai nos contar. Nós dois vamos ter que descobrir tudo sozinhos.* – Repito com o dedo a linha imaginária que liga Fred a mim.

– *Tá, tudo bem, vamos descobrir o que é a revelação da Laura, mas antes eu preciso te contar um negócio, Ágatha.*

Paro de ziguezaguear na hora. Eu conheço quando Fred fala sério. E agora é um desses momentos. Foi a mesma coisa quando ele me contou sobre as criaturas em Chamonix. Também foi igual quando ele confessou que era um extraterrestre, um Resgatador. Enrijeço os ombros e cruzo os braços. Os músculos do meu corpo todo ficam tensos.

Ele senta na minha cama e abre a mente para mim:

– *Eu tenho sonhado com eles, com os Invasores. Isso acontece quase todos os dias. Eu também já tinha sonhado com aquela casa.* – Fred fecha os olhos e me deixa penetrar em seus sonhos.

Primeiro fico sem ação, em silêncio explorando as lembranças ruins de seus sonhos. Um minuto depois, explodo:

– *Fred, não dá pra acreditar! É muita coincidência. Eu e você sonhando com eles e agora Laura com uma revelação pra nós dois.* – Sento ao seu lado e permito que ele vasculhe minha mente. Deixo que ele veja os sonhos ruins dos últimos tempos. Todos eles. E, principalmente, o quanto me atormentam.

É assim que descobrimos que nós dois estamos sonhando com os Invasores ao mesmo tempo. Sonhos parecidos. Uma sintonia quase perfeita, se não fosse errada. É um problema sonhar com Invasores. Eles são problemas na certa. Fred e eu estamos confusos, escondendo esse segredo um do outro. O que sentimos é a mesma coisa, é como se tivéssemos culpa e não pudéssemos confessar, nem mesmo um para o outro. Por isso mantivemos segredo por todo esse tempo.

– *Por que os Invasores estão nos procurando?* – pergunto, pulando da cama e voltando a andar em ziguezague. – *Por que nós estamos sonhando com eles? Com aquela casa horrível? O que você acha que é a revelação?*

– *Ágatha, nos meus sonhos, não são os Invasores que estão atrás de mim. Sou eu que quero encontrá-los. É quase uma compulsão.*

Paro. Fred sempre teve a maldita coragem de confessar as coisas difíceis. Enquanto eu fico vacilando, dando voltas e quase nunca chego ao ponto, Fred simplesmente dispara as bombas.

Vou até a janela, levanto a persiana e encaro o céu de estrelas. Mantenho o olhar no azul profundo. Ficamos em silêncio por um longo tempo.

Mil pensamentos brigam dentro da minha cabeça. Seria tão bom, tão mais fácil acreditar em Tom. Que ele não sabe de nada, que os Invasores e Laura não têm nenhuma revelação para nos contar, que aquilo não era sobre mim e Fred. Que termos despencado naquela casa é pura coincidência. Que são os Invasores que estão nos caçando, que Fred e eu não temos nada a ver com isso! Se eu acreditasse nessas coisas, eu seria como as donzelas inocentes e felizes dos contos de fadas. Mas o negócio é que eu não sou uma donzela, não sou uma boba inocente e muito menos uma garota feliz e idiota. Eu sei que essa trama vai nos acertar em cheio, não consigo achar pistas do que seja a tal revelação. Só tenho uma certeza, Tom não quer que eu descubra o que é. Deve ser muito sério, muito ruim, péssimo. Ele não iria se esforçar tanto para fingir que não sabe de nada se fosse uma bobagem à toa. Talvez eu devesse ficar quieta e simplesmente fingir que está tudo bem. Muita gente vive assim, eu sei. Mas me conheço, eu morreria só de tentar viver fingindo.

– *Fred.* – Me viro de frente para ele, encosto no beiral da janela. – *Tá, a gente tá sonhando com eles por algum motivo.* – Fecho os olhos e aperto o maxilar. – *Vamos admitir que a gente esteja procurando os Invasores, querendo contato. Tom não vai nos ajudar a descobrir nada. Ele continua escondendo tudo, como sempre fez! Idiota!* – Aperto os olhos e balanço a cabeça, tentando afastar a raiva. – *Vamos ter que fazer isso sozinhos, Fred. Você e eu. Mas agora tá fácil, porque você já sabe como se cosmotransportar!* – Bato palmas e corro até ele. – *O cosmotransporte é a chave para descobrirmos todo esse mistério. Vamos juntos para Gael, vamos ver tudo de perto!*

No meio dessa confusão, eu havia me esquecido do cosmotransporte. Fred e eu estamos livres! Toneladas de fogos de artifício explodem no meu cérebro. Começo a dançar na mesma hora. Nós já temos por onde começar. E isso é tudo que eu precisava, um ponto por onde começar.

– *Vamos pra lá, Fred. Vamos agora! A gente vai até Gael e descobre tudo! A gente enfrenta essa coisa toda! Tom que se dane, nós vamos descobrir sozinhos!*

– *Não vai dar.* – Fred se levanta, desvia-se de mim, pega minha bolsa em cima da escrivaninha e a joga para mim. – *Procura sua chave.*

– *O quê?* – Ele parece um maluco às vezes. Muda de assunto tão rápido.

– Procura sua chave, Ágatha. Vai, procura! – Ele continua sério.

Agarro a bolsa e abro o zíper devagar. Vou direto para o bolso interno, onde sempre coloco a chave, quando não a enfio no meu jeans. Vivo trocando a chave de lugar, mas tomo muito cuidado. Eu jamais iria perdê-la. Não encontro nada lá. Procuro nos bolsos da minha calça. Também não está aqui. Tiro tudo de dentro da bolsa. Vasculho todos os compartimentos, várias vezes. Chacoalho a bolsinha de moedas, a carteira. Nada! Enfio a mão nos bolsos do meu jeans sem parar. A chave sumiu!

– Que merda! Será que eu perdi minha chave? Isso é impossível! Tem que estar em algum lugar! – Volto a vasculhar a bolsa.

– Não, Ágatha. Você não perdeu a sua chave.

– O que aconteceu, então. Você pegou? Me devolve, Fred! – Estendo a mão para ele, batendo o pé. *– Que brincadeira idiota!*

– Não, eu não peguei. Foi Tom.

– O quê? O que você tá dizendo?

– Théo pegou a minha chave, Ágatha. Não conversou quase nada comigo quando me resgatou, só disse que eu não podia mais ficar com ela. Não era seguro que você e eu nos cosmotransportássemos sozinhos. Então imaginei que Tom fosse pegar a sua também.

As palavras de Fred me atingem como uma bofetada.

– Ai, que merda! – Mordo uma unha, não, duas ao mesmo tempo. *– Ai, que merda, Fred, só faltava essa! Tom pegou a minha chave… Ele me roubou!* – Começo a fazer ziguezague no quarto de novo. *– Ele roubou a minha chave. Mentiroso, desgraçado!* – Fecho os olhos e respiro. Tom mexeu na minha bolsa para pegar o tal *protetor artificial* e roubou minha chave. É claro! Como sou ingênua, ele está muitos passos à minha

frente. Com ele é sempre um jogo, tem sempre uma intenção a mais. – *Fred, eles são uns canalhas. Um bando de idiotas! Eles estão controlando a gente. Não podemos confiar em mais ninguém, começando pelo Tom. O que a gente vai fazer agora, hein?*

Sento na cama. Se eu não me acalmar, vou acabar tendo um "acesso". Mais uma vez, o beco sem saída.

Fred está muito, muito sério. Envelheceu uns dez anos nos últimos minutos. O que Laura tem para nos dizer deve ser bem ruim. Tom não quer que a gente descubra. Nem Théo.

Levanto num tiro.

– Eles devem estar nos monitorando, Fred, o tempo todo. Agora, neste exato instante!

Fred dá de ombros. Recomeço o ziguezague nervoso.

Pego o *protetor artificial* e dou para Fred.

– Isso não é um celular. O nome disso é protetor artificial e serve para manter os Invasores distantes. Ajuda com a porcaria das frestas, das fendas, sei lá! Bem, pelo menos foi o que Tom disse. Vai saber se é verdade mesmo!

Fred segura o aparelho e dá uma boa olhada nele. Mexe em alguns botões. Depois me devolve.

– Eu acho que já vi um desse em algum lugar, só não consigo me lembrar onde. Bem, pode ser só parecido. Eu já não sei mais de nada.

– Pode ser na sua casa, Fred. Seu pai pode ter um também.

– Não sei, pode ser. Mas ele nunca me falou nada a respeito de protetores artificiais.

– Acho que eles não falam muita coisa pra gente.

– Meu pai tem conversado mais comigo ultimamente.

Faço um sinal de aprovação, eu já sei disso.

É verdade. Seu Ângelo, pai de Fred, tem compartilhado algumas experiências com ele. Que depois me conta tudo, óbvio. Algumas batalhas de que participou e a rede de Resgate que conecta com outras criaturas. Pelo que Fred diz, o pai dele é um estrategista e tem certo poder como Resgatador. É, eles andam conversando mais ultimamente. Mesmo assim, duvido que seu Ângelo conte ao Fred sobre qualquer assunto sigiloso, como está na cara que "a revelação" é. Então, esse monte de conversa que andam tendo pode não servir para nada. Claro que não falo isso para o Fred, deixo tudo na minha mente trancada. Ele está tão feliz de estar mais próximo do pai.

– Pegar as nossas chaves de volta. É só com isso que a gente tem que se preocupar, Ágatha. Pelo menos por enquanto. Estamos amarrados sem nossas chaves. E não podemos confiar em ninguém para nos ajudar. Acho que nem em meu pai.

– Também acho, Fred. Nem em seu pai.

Fred coça o queixo, mexendo na barbicha que está deixando crescer. Livy adora. Para mim, ele ficou com cara de idiota.

– A gente vai descobrir, Ágatha. Não é isso que fazemos sempre? A gente dá um jeito nas piores situações desde que éramos crianças. Já nos metemos em um monte de encrenca e nos safamos de todas. Somos uma boa dupla, não vamos falhar agora. A gente foi pra Chamonix quando ainda não fazíamos a mínima ideia da existência de alienígenas. A gente descobriu. Eu mesmo sou um alienígena.

Damos uma gargalhada estridente, sem controle. Rimos por um bom tempo e, de alguma forma boba, essas risadas melhoram o clima.

– O tempo todo eles estavam no controle, Fred. Fomos pra Chamonix porque eles queriam que fôssemos. Só descobrimos o que eles querem que a gente descubra. Você mesmo viveu a vida toda sem saber que era um Resgatador. Você nem sabia que não era humano! Somos marionetes. Não podemos mais deixar que eles nos manipulem assim. Eu não gosto de ser um brinquedo nas mãos de Tom.

– A gente vai dar um jeito.

– Essa porcaria de controle vai acabar. Pode apostar, Fred. Vamos virar esse jogo!

Fred e eu sempre fizemos todo tipo de coisa juntos, desde o jardim de infância. Desde que nos conhecemos, na verdade. Saber que, mesmo ele sendo tão diferente de mim agora (afinal, ele é uma criatura e eu, uma humana), continuamos sendo uma dupla, não é só um alívio. É como sempre foi. Fred é o meu colete salva-vidas. Eu não tinha amigos, eu tinha Fred. Minha casa estava um saco, eu saía com Fred. Não tinha nenhum cara na minha vida, Fred aparecia e me levava para um lugar qualquer. Tom surgiu fingindo que era um parente distante e depois sumiu de repente, me pedindo para ir encontrá-lo na França, Fred foi comigo para Chamonix. Nós descobrimos juntos que outros mundos existem, e que eu mesma sou apaixonada por um extraterrestre. Meu pai e Fernando morreram, Fred aguentou meu silêncio. Sim, ele é o meu colete salva-vidas.

Sorrio para ele.

– Vamos pegar nossas malditas chaves de volta. – Tento ser confiante, apesar de não ter a mínima ideia de como vamos resgatá-las.

Ele sorri. Como eu, tenta passar uma falsa confiança.

– *Fred, agora para tudo e me conta como se faz o cosmotransporte. Como você conseguiu? Me conta logo! Anda!* – Chacoalho o ombro dele.

– *Tá, calma aí!* – Ele arregala os olhos, como se eu fosse uma maluca-nervosa-ansiosa. – *Você não vai acreditar em como é fácil!*

Ele se senta na cama e encosta na parede. Eu me sento de frente, cruzando as pernas como índio. Empurro o protetor artificial para longe.

– *É ridículo como isso tava na nossa cara o tempo todo, Ágatha.* – Fred revira os olhos. Dou uma risada. Gosto quando ele me imita. Ele fica parecendo bobo e pedante. Deve ser assim que ele me vê. Pode ser que eu seja assim mesmo. Ai, que horror!

– *Tá, pula essa parte e conta logo! Sem preliminares, baby!* – Reviro os olhos e bufo. Não tenho paciência para lenga-lenga.

– *É a chave, Ágatha. Ela é o acesso para o cosmotransporte.*

– *Tá, isso eu já sei! Arhhhh. E aí, mesmo assim você não tinha conseguido se cosmotransportar antes. Nem eu. E aí, o que mais a gente precisa fazer, Fred? Vai, desembucha!*

– *Calma, eu tô tentando te contar.*

– *Então vai. Conta!* – Ergo os braços e arregalo os olhos ao mesmo tempo. A maluca-nervosa-ansiosa. E ele, o extraterrestre-esquisito-idiotão.

– *Eu ouvi minha vó ensinando a Pietra, quando cheguei em casa mais cedo hoje. Depois de ficar um pouco no "evento" para seu pai e Fernando, saí com a Livy. E sabe que a gente costuma demorar.*

– *Acelera, Fred!* – Reviro os olhos conscientemente. Capítulo Livy agora não, por favor. Deixo que ele veja meu pensamento sobre a Livy. Aliás, enfio na mente dele.

Fred fecha a cara e continua sem alterar seu ritmo. Ele quer me provocar, eu sei. Dane-se. Cruzo os braços e respiro alto uma vez, soltando o ar pela boca com força.

– A Livy tem prova amanhã, só a deixei na casa dela e voltei direto para a minha. Acho que minha avó não esperava que eu chegasse tão cedo. Elas não foram ao evento, só meu pai e eu. Ele ainda estava lá. No corredor, antes de entrar no apartamento, escutei as mentes delas. Minha avó e Pietra estavam eufóricas. Elas estavam treinando o cosmotransporte. A mente da minha vó estava livre como eu nunca tinha visto antes. Descobri que Pietra também tem uma chave como a nossa, uma chave dourada. A capacidade das crianças parece que é um pouco mais limitada, eu não entendi direito.

Tenho vontade de agarrar Fred e mandá-lo ir direto ao ponto, mas me contenho fazendo mais uma respiração barulhenta.

– Para encurtar a história, o fato é que a Pietra conseguiu ir do quarto para a sala. E ficar pulando de cômodo em cômodo, numa brincadeira de sumir e aparecer. Continuei parado no corredor, examinando as mentes delas. É assim, Ágatha: você precisa ter a chave para ter o acesso ou alguém que tem uma chave é o acesso pra você.

Balanço a cabeça. Eu já sabia disso também. Meu Deus, ou Fred está tendo muita dificuldade de ir direto ao ponto ou só quer me irritar mesmo.

– Então, é só você se concentrar para o lugar que deseja se cosmotransportar.

– *Tá!* – Dou uma risada de deboche. – *Eu já fiz isso um milhão de vezes, Fred! Segurei aquela maldita chave e me concentrei tanto e fiz tanto esforço que me deu até dor de cabeça. Não é tão simples assim, não! Ou talvez seja porque eu sou humana, por isso não consegui me cosmotransportar sozinha. Acho que é isso!*

– Não, não é. Porque eu não sou humano e também já tinha tentado um milhão de vezes, sem dar em nada. Minha vó ficava repetindo várias vezes a fórmula para Pietra: "Queridinha, você segura sua chave bem firme assim, limpa a sua cabecinha, se concentra no lugar para onde quer ir e puff, desaparece daqui e aparece lá. Só não pode duvidar". Parece que a dúvida neutraliza o poder mental necessário para o cosmotransporte, e você acaba falhando. É como se as dúvidas criassem uma barreira invisível que te impede de chegar aonde você quer. As crianças passam por esse treino, depois fica fácil. Nenhuma criatura duvida do próprio poder. De repente, eu pensei em vir pra cá, abri os olhos e tava no meio da cozinha da sua casa. A Tereza entrou pela porta e me viu plantado ali. Minutos depois, você chegou.

Não consigo fazer meus lábios se fecharem.

– Estúpida! É isso que eu sou. Uma garotinha estúpida e amedrontada. Sem autoconfiança nenhuma. Eu nunca acreditei que seria capaz, não sozinha. Eu fui meu próprio obstáculo esse tempo todo. Mas que merda! – Preciso dar um jeito nisso. Meus pés não podem continuar sendo enormes bolas de chumbo.

– Eu também falhei, Ágatha.

– Mesmo se eu estivesse com a minha chave agora, Fred, eu nem sei se eu seria capaz…

– Seria sim, Ágatha Guiller. Ou você vai continuar a vida inteira sendo uma peteca?

Não. Isso não. Claro que não! Eu vou pegar a minha chave de volta e vou conseguir me cosmotransportar sozinha. Ah, vou. Nem que eu derreta meu cérebro de tanto tentar.

– *Pegar as chaves de volta. Esse é o primeiro problema que temos que resolver* – digo para mim mesma.

Nossa primeira tarefa é essa. Mas como? Tom não vai nos ajudar, aliás, foi ele quem roubou minha chave. Ai, que ódio dele! Théo, idem. Seu Ângelo trata Fred como um incapaz, não confia de verdade nele. Escondeu que ele era um extraterrestre. O pai de Fred deve fazer parte da comitiva que não quer que a gente descubra o que Laura e os outros têm para nos dizer. A avó de Fred ensina a Pietra, que é praticamente uma bebê, mas nunca deu nenhuma dicazinha sequer ao outro neto.

Só tem uma criatura que pode nos ajudar agora. Ela, Laura, precisamos procurar por ela.

– *Fred, vamos fazer contato com Laura.*

– *Ainda não, Ágatha. Pode ser muito perigoso. Laura está com eles agora, com os Invasores. Calma, vamos tentar achar outra alternativa. Nós precisamos pensar primeiro. Calma, Ágatha, não vamos nos precipitar. Vamos pensar. Calma.*

Fred só fica repetindo para eu ficar calma, que coisa mais irritante! Calma, calma, calma, como se essa fosse uma palavra mágica. Só acaba me deixando mais nervosa. Fico quieta para não brigar com ele. A situação já está bem ruim.

Talvez seja realmente perigoso nos metermos com Laura. Ela está com os Invasores. Não posso negar, eu mesma vi.

– *Vou pra casa, Ágatha. Vamos dar um tempo. A gente fica se comunicando mentalmente, alguma ideia vai surgir.*

Levo Fred embora. Não conversamos no caminho. Dirigir a caminhonete do meu pai não resolve nada, mas me acalma. Nos despedimos com uma troca de sorrisos forçados. Quando volto para casa, me enfio debaixo do edredom. Concentro a mente e faço o chamado. Recebo a resposta no mesmo instante. Mesmo que um caminhão de bombeiro pisque luzes imaginárias no meu cérebro, eu sabia que não resistiria. Eu simplesmente sabia que, quando ficasse sozinha, eu iria atrás dela. Foi o que eu fiz, o chamado.

6

Minha velha vida

Leio a frase no meu pulso. *Tudo é um ponto e o ponto é você.* Passo os dedos pela chave tatuada. Essa foi a escolha certa, Ágatha? Não consigo parar de pensar nisso. Será que eu devia, que eu podia confiar nela? Não, não é uma questão de confiança. É sobre não ter mais nenhuma alternativa. Ela foi minha única saída.

Eu jamais conseguiria fazer o que Fred sugeriu, esperar uma ideia aparecer. Ah, que bobagem! Não me lembro de ele falar uma idiotice maior que essa. Eu tinha que fazer alguma coisa, e não ficar plantada esperando uma ideia milagrosa surgir na minha cabeça. Que burrice! Faz de conta que você está no meio do oceano se afogando, então para de nadar e espera, porque algo vindo do nada vai surgir e salvar você. Tá, quem acredita nisso? Fred é tão burro às vezes.

Ela respondeu rápido: *"Ágatha, eu estava só esperando o seu chamado. Preste atenção: amanhã, exatamente ao meio-dia, esteja no seu antigo banco de pedras em Santana das Rosas. Leve Fred com você, sem falta. E não carregue o protetor artificial. Também não conte a ninguém que vai me encontrar, o que inclui Fred, Tom, o irmão dele, Dan e Jô. Exatamente ao meio-dia será feita a revelação."*

Tentei vários contatos com ela depois disso. Nada. A mente de Laura desapareceu. Perdi totalmente a conexão.

Ando em círculos pelo meu quarto, esfregando as mãos suadas. A cada minuto, o céu se enche mais e mais de estrelas. E minha cabeça, mais e mais de perguntas. E de medo. As luzes irritantes do caminhão de bombeiro imaginário não param de piscar na minha mente.

– Ah! – gritamos em dueto quando minha mãe entra sem bater.

Damos um pulo para trás. Ela esbarra no batente da porta e eu caio sentada na cama.

– Mãe, você PRECISA parar com isso! Pelo menos, você tem que bater antes de entrar!

– Nossa! Isso é algum tipo de crime agora? – Ela enruga a testa.

Eu também não tinha percebido essas linhas se formarem aí. Minha mãe está mais velha, mais magra e mais agressiva. Também mais fria. No último ano, dona Cristina viveu uma década de transformações. Todas ruins. Está tão diferente do que era. Ela não reagia assim. Antes, ela ria das minhas broncas.

– Você está bem, Ágatha? Tá parecendo nervosa... Filha, são aqueles sintomas novamente?

– Ah, mãe, esquece isso! Eu não sou uma esquizofrênica! Esquizofrenia circunstancial nem existe, eu procurei no Google. Eu só não tô conseguindo dormir. Que saco! – Fecho a cara e cruzo os braços. A insistência da dona Cristina nessa doença me deixa sempre mal-humorada.

Agora tudo que eu faço pode ser um sintoma daquela doença idiota. Eu estou com o maior problemão, acabei de ser roubada pelo meu namorado, minha mãe queria o quê? Abrir a porta e me ver num sono profundo e restaurador? "A bela adormecida." Tudo bem que ela não sabe de nada disso, mas qualquer mãe de uma garota de vinte anos devia imaginar que ela tem uma vida oculta, uma vida própria.

– Esquece o que eu falei, Ágatha.

Me arrependo na hora de ter sido tão grossa. Sorrio sem graça. Ela segue em frente.

– Eu já sei aonde vamos. Ainda bem que você ainda não se trocou. Me espere lá em baixo, desço em um minuto.

Fico parada observando-a bater à porta. Os passos dela somem corredor adentro.

Levanto e agarro a bolsa de nylon rosa. Como um gesto automático, procuro pelo protetor artificial. Eu o vejo em cima da cama. Dou alguns passos em direção a ele. Viro as costas e desço as escadas correndo, pulando vários degraus ao mesmo tempo.

Ignoro a biblioteca. Sento na bancada da cozinha. O visor do micro-ondas marca 3:27. Minha mãe deve estar em mais uma de suas noites longas. Aquelas que não acabam nunca. Talvez seja isso. Depois da morte do meu pai e do Fernando, dona Cristina entrou em uma noite escura e nunca mais saiu de lá.

– Vamos, filha! – Ela botou um jeans e uma camiseta branca. Se não fosse pela echarpe pink, enrolada meticulosamente para dar a impressão de ter sido jogada de qualquer jeito, estaríamos iguais. Ah, os sapatos! Os sapatos nos distinguem como se fôssemos de classes sociais diferentes. Meus pés estão metidos numa das minhas sapatilhas gastas.

Minha mãe está de salto, claro! Um scarpin cinza-elefante comprado em Florença.

A Boulangerie do Nelson é perto de casa, chegamos bem rápido. Nem precisei perguntar aonde íamos, era óbvio demais. Apesar do horário, o lugar está cheio de gente. Encontramos uma mesinha minúscula bem nos fundos, encostada nas vidraças que dão para os jardins. Grudo a cabeça no vidro e fico olhando para as flores e para o monte de outras plantas. O jardim está iluminado.

– Você sabe o nome desse tipo de poda, Ágatha?

Balanço a cabeça sem desgrudar minha testa do vidro. Aperto os lábios. Seria tão fácil responder: *Quem se interessa pelo nome de podas, mãe? Eu é que não!* Mas calo minha boca antes de pronunciar qualquer palavra. Ah, se dona Cristina pudesse ler mentes…

– Topiaria. Você já viu jardins iguais na França e na Itália. São comuns no mundo todo atualmente. Essa técnica artística de jardinagem tem, provavelmente, origem romana e…

– Mãe – aponto o relógio de pulso –, não tá meio tarde pra uma aula de jardinagem? – Eu tentei ficar quieta, eu juro. Mas conheço minha mãe. Dona Cristina iria falar por trinta minutos sem parar. Quem pode aguentar?! Podas! Fala sério!

– Tá, filha – ela engasga. – Não consigo me controlar. Tudo bem, tudo bem. Vamos aos pães, *moncher*! – Ela arrasta a cadeira e vai em direção aos expositores.

Depois de gastarmos longos minutos examinando *croissants, tartelettes,* brioches e baguetes, pedimos o de sempre. *Petit* com tiras de presunto de Parma, *croissants* de chocolate e dois *macchiatos*. Para começar.

– Ah, uma água com gás e dois copos, por favor.

A *Boulangerie* cheira a pão quente, café e manteiga. Muita manteiga. Acho que manteiga deixa as pessoas felizes. Todo mundo parece bem aqui. Ouço pensamentos letárgicos e macios. Deveríamos substituir o Prozac por manteiga. Seria uma boa. Um comprimido de Prozac por dez gramas de manteiga. Fique à vontade para aumentar a dose.

Estamos no nosso segundo *macchiato* quando um homem para ao lado da nossa mesa. Ele parece animado ao nos ver.

– Cristina! Que coincidência te encontrar aqui numa hora dessas! Será que combinamos? – Risos. Dele e da minha mãe.

Ela se levanta um pouco sem graça. Alegre, mas sem graça. Deve ser um cliente ou um expositor da Galeria. Viro meu rosto para os jardins. A topiaria. Só volto a prestar atenção neles quando a ouço dizer:

– Felipe, eu não sabia que você era um frequentador notívago da Nelson.

Esse não é o mesmo nome do cara que ligou em casa na hora do almoço, procurando pela minha mãe? O amigo *íntimo* dela?

– Adoro os *croissants* daqui. Mas preciso confessar que, às vezes, quando sei que não vou dormir mesmo, qual outro lugar eu teria para ir?

Um monte, eu penso, mas não digo. Só o encaro.

– Sei… Também tenho tido dificuldades com o sono. E ficar sozinha em casa só piora. Tenho passado noites inteiras rolando na cama.

– Quando for assim, é só me ligar, Cristina. Na verdade, eu quase nunca durmo. Tem coisas demais na minha mente.

– Oi – levanto na rapidez de um Mistral –, sou Ágatha, acho que nos falamos mais cedo pelo telefone hoje. Ontem, quer dizer. – Confiro o relógio no meu pulso.

Ele parece confuso.

– Ah, sim, Ágatha! Eu sou o Felipe do telefone.

Olhos azuis penetrantes sorriem para mim. Ele tem o porte de um ex-atleta que manteve o físico, mesmo sob a pressão dos anos e da gravidade. Minha mãe fica ainda mais frágil ao lado dele. Muito, muito magra.

Seu aperto de mão é frio. O meu é apressado e úmido.

– Que feliz coincidência a nossa! – O rosto da dona Cristina está levemente corado. Não consigo ver as linhas marcadas de sua testa, as mesmas que estavam ali quando ela entrou no meu quarto sem bater.

Então esse é o "amiguinho da mamãe".

Como um reflexo que desisti de controlar, vasculho a mente dele. Trancada. Os humanos também podem fazer isso: tornar-se impenetráveis. Fred me contou que é uma questão de foco e proteção. Isso vale para as mentes das criaturas e para mentes humanas também. A diferença é que as criaturas trancam suas mentes conscientes do que estão fazendo, enquanto para nós, os humanos, esse processo depende da maneira como pensamos e somos. Bem, comigo não é assim. Sou humana e tranco minha cabeça quando bem entendo, porque não sou mais ingênua. Eu sei das coisas agora.

– Estão aqui há muito tempo? Eu acabei de chegar. – Ele sorri. Bonitão, charmoso e gentil no ponto exato. A porcaria toda que uma mulher carente como minha mãe deve estar procurando.

Além dos montes de problemas que eu coleciono, só me faltava essa: "mamãe e seu amiguinho". Balanço a cabeça, talvez eu esteja agindo como uma menininha mimada, com ciúmes do papai que morreu e deixou a mamãezinha sozinha, livre para outro cara. Isso iria acontecer uma hora ou outra, com certeza. Só não precisava ser agora. E nem com o ex-atleta charmosão. Ele é tão diferente do meu pai.

– Quer se sentar com a gente, Felipe?

Olho para as vidraças e bufo para meu próprio reflexo. Reviro os olhos. Dona Cristina está pegando pesado.

– Preciso checar alguns dados e terminar um relatório importante para amanhã. – Felipe dá meio giro para mostrar a mochila pendurada em suas costas. – A gente se vê amanhã, então, Cristina. Ou melhor, daqui a pouco já é a nossa hora do almoço. – Ele sorri com o rosto todo. Minha mãe consente timidamente. – Sua mãe fala muito de você. Faz tempo que eu quero te conhecer. – Felipe bota de novo seus olhos azuis penetrantes em cima de mim.

Movo os lábios na tentativa de um sorriso. Minha mãe suspira. Acho que vou vomitar.

Nós duas ficamos olhando enquanto Felipe se afasta, senta em frente ao balcão, abre o laptop e começa a digitar com dedos nervosos.

Não conversamos mais nada na *Boulangerie*. Nem no caminho para casa. Entramos e fomos cada uma para o seu quarto. Tranco a porta do meu.

Eu quero que minha mãe seja feliz, "reconstrua" a vida dela e toda essa baboseira. Eu gostaria de querer isso, na verdade. Talvez seja mais fácil com as pessoas de fora. Só que estamos falando da "minha" mãe, e isso é um assunto complicado. Meu pai estava aqui até ontem, praticamente. E agora já tem outro cara na jogada. Reviro os olhos. Que nojo!

Abro a porta do guarda-roupa e encaro o espelho. Preciso deixar de ser uma menininha mimada. Já conheço até outro planeta e não consigo dar conta do "amiguinho da mamãe"? Que espécie de humana egoísta eu sou? Faço uma careta para o meu reflexo. Ele devolve, é claro.

O protetor artificial começa a vibrar. Uma mensagem. Me jogo na cama e leio.

"Nunca mais saia sem este protetor. Nunca."

Leio de novo. Não desgrudo os olhos da tela. Tom é claro e objetivo. Ríspido, ele está me dando uma ordem: *"Nunca mais saia sem este protetor. Nunca."* Uma ordem, não uma resposta ou explicação como tenho pedido tanto. Implorado até. Nem um voto de confiança. Só uma ordem.

Seguro o protetor artificial sem piscar e o atiro com toda força contra a parede. Não sou um soldadinho, nem que o capitão da tropa seja um cara de outro planeta e eu seja apaixonada por ele. Nem assim. Eu cansei.

Levanto e pego a porcaria do chão.

– Mas que merda é essa? – Não aconteceu nada. Nenhum estrago. Nenhum arranhão.

Jogo o aparelho no piso de madeira e pulo em cima dele.

– Vai pro inferno, Tom! Enfia essa porcaria onde você quiser! Mas comigo não, baby! Comigo não!

Piso nele como uma louca. Pulo com os dois pés, com um só, fico alternando os pés num ritmo cada vez mais veloz. Ele tenta escapar, só que eu não deixo. Paro ofegante.

– Vamos ver agora!

É impossível! O protetor artificial está intacto. As criaturas sabem mesmo como fazer a porcaria de um aparelho resistente. Imagina essa tecnologia na Terra!

Olho pela janela, o céu começa a dar sinais de que outro dia está vindo. Sorrio, já sei o que fazer. Com passos decididos e rápidos, alcanço o parapeito da janela. Arremesso o protetor lá embaixo.

– Também sou dura na queda, seu protetorzinho de merda! – Enfio a cabeça para fora e resmungo para o chão de ardósia, onde o aparelho caiu num baque.

Batidas na porta.

– Aconteceu alguma coisa, filha? Eu ouvi um barulho. – Minha mãe força o trinco. A porta está trancada.

– Não, mãe, só deixei um negócio cair lá embaixo. Já vou buscar. – Abro a porta. Ela está de camisola. De seda, obviamente.

Desço os degraus pensando: *Quebra-quebra-quebra-quebra-quebra.* A cozinha está escura. Não acendo as luzes. A porta range quando forço o trinco. Lá está ele, novinho em folha no chão de pedras.

Eu sabia. Eu sabia que não ia adiantar.

Tenho uma ideia melhor. Ando rápido até o corredor lateral, onde fica o pequeno jardim repleto de vasos com as especiarias da minha mãe. Perto da porta que dá acesso à garagem está o latão grande, onde juntamos lixo reciclável. Enfio o protetor artificial lá dentro, bem no fundo.

Subo correndo para o quarto. Caio debaixo do edredom e agarro os montes de travesseiros. Não vou conseguir dormir. Mesmo assim, vou tentar até cansar.

Quando o sol brilha fraco no céu e eu, como esperado, não fechei os olhos nem um pouco, levanto e procuro o caderno. Rabisco o perfil de uma enfermeira pedindo silêncio e escrevo: *"O Ministério da Saúde adverte: proteção em excesso faz mal à saúde"*. É uma boa frase, eu acho. Pelo menos é verdadeira. Devia ser *slogan* de alerta para namorados mandões e pais neuróticos.

– Garota boba!

Eu voltei a falar sozinha! Nem tinha percebido.

Carrego algumas coisas para o banheiro e fico horas debaixo da água quente. Quando desligo tudo, passo a toalha pelo espelho enorme, que está todo embaçado.

– Será que você tá se metendo numa enrascada? – Sorrio para a garota descabelada no meio do vapor. Eu até posso estar me metendo numa enrascada, mas pelo menos não estou de braços cruzados esperando o mundo se resolver para mim. Não vou parar de nadar no meio do oceano, acreditando num bote salva-vidas vindo do nada. Não preciso ficar repetindo isso. Sorrio, prefiro as pessoas que agem do que as que esperam. Eu já esperei demais.

Jeans *skinny*, sapatilhas e uma blusa justa cinza de malha meia-estação. Amarro o lenço na alça da bolsa rosa.

Acrescento no caderno, antes de descer: "*A garotinha idiota parou de usar laços. O mundo nem notou. Ela calçou suas botas countries e saiu por aí. Sabia que podia cair num buraco bem fundo. Lá onde acaba o mundo. Só não podia esperar mais, mesmo que esse fosse seu fim.*"

Quando coloco o caderno na bolsa, eu o vejo.

– Droga, droga, DROGA! – Já tinha passado pela minha cabeça que não seria tão fácil assim. Seguro o protetor artificial e ando em círculos pelo quarto. Chacoalho as mãos. Tom esteve aqui. Por que não se mostrou para mim? Por que simplesmente não teve uma conversa honesta comigo? Por que ele evita um confronto a qualquer custo?

Eu preciso pensar. Eu preciso fazer alguma coisa com isso. Não posso ser controlada dessa maneira. Se Tom roubou minha chave, porque não quer que eu me cosmotransporte sem ele, que enfie toda sua proteção em cima de outra pessoa, não em mim. Eu não quero. Obrigada, mas passo a vez!

Claro! A escrivaninha antiga que meu avô paterno fez! A gaveta debaixo do lado direito tem uma chave. Guardo algumas coisas ali. Bilhetinhos que minha mãe escrevia quando eu era pequena, o primeiro desenho do Fred, um desenho que eu mesma fiz de mim em uma praia, brincando com todos aqueles potes de plástico. Tem também o bilhete que Tom me deixou quando foi embora daqui tão de repente, e o outro, que ele deixou para Verónica Gonzáles me entregar. O porta-retratos que ficou em cima do caixão do Fernando. E esses dias encontrei um chaveiro antigo do meu pai lá na biblioteca. Veio parar na gaveta também.

Verónica Gonzáles é uma palestrante famosa em muitos países. Defende a bandeira de uma vida sustentável, é uma protetora do nosso planeta, uma ativista ambiental. Na verdade, não é nada disso. Ela é uma alienígena-chefe de Gael, disfarçada entre os humanos.

Abro o guarda-roupa, procuro no bolso do casaco cinza de lã e encontro fácil a chave. Destranco a gaveta e coloco o protetor artificial lá, junto com as coisas que eu nunca quero perder. Enfio a chave no bolso de trás do meu jeans.

– Se você quiser pegar, Tom, tá bem aqui. Vem! – grito para o além. Eu sei que uma gaveta trancada não é obstáculo para um extraterrestre. Só que eu não tenho mais nada pra fazer além dessa coisa idiota.

Termino de me arrumar. Enquanto capricho no delineador, vejo o brilho nos meus olhos. Daqui a poucas horas vou saber do que se trata essa história toda. Toda, toda, não. Bem, meio-dia Laura irá nos encontrar e um dos mistérios irá se resolver. A revelação. Esfrego a tatuagem. *Tudo é um ponto e o ponto é você.*

No caminho para a universidade, agarro meu iPhone. Minha mãe não puxa nenhum assunto. Isso quase não acontece mais. Não olho para ela, nem ela para mim. Minha mãe está pensando coisas estranhas a meu respeito, está com vergonha porque eu notei sua queda pelo Felipe. Reviro os olhos. Maldita capacidade de ler mentes.

– Tchau, Ágatha. Vou chegar tarde hoje. Uma nova mostra.

Dou de ombros e bato a porta. Eu queria ser mais legal. Eu podia ser mais legal. A vida é muito mais difícil para ela do que para mim, eu acho. Eu tenho Tom, tenho outro mundo... O que eu queria dela? Que ela murchasse até desaparecer em um luto sem fim? Talvez sim. Balanço a cabeça. Agora não é hora de pensar na minha mãe. Não mesmo.

Pego um ônibus para Santana das Rosas. Os porteiros sempre me deixam entrar. Fecho os olhos quando estou chegando perto do meu banco. O cheiro de lírios. Sorrio. Replantaram tudo. O banco não é mais de pedra. É de cimento agora. Mesmo assim, este continua sendo meu lugar preferido desde os seis anos de idade, quando comecei a vir aqui. A sensação boa que me dá continua igual.

Deito no banco. Me concentro. Procuro Fred. Preciso avisá-lo.

Ele me diz, telepaticamente, que não conseguiu pensar em nada que resolvesse nosso dilema de pegar as chaves de volta.

– Meu Deus, uma ideia fantástica não apareceu? Vai se afogar se desistir de nadar. – Ele ri quando boto isso na cabeça dele.

– Humana doida!

– ET idiota!

Então peço para Fred esquecer esse assunto por um tempo e vir me encontrar aqui, antes do meio-dia. Ele não me pergunta sobre o que se trata, só diz que sim. Daqui a pouco estará aqui. Ele está com Livy agora. Reforço mais uma vez, precisa ser antes do meio-dia. Ele diz que estará bem antes disso, a Livy tem que fazer não sei o quê, não sei aonde, às dez e meia (só consigo prestar atenção nas horas), depois ele vem direto para cá.

Fred e Livy são apaixonados. Ela é uma menina muito legal. Me ajudou com a escolha do curso e tal. Eu até poderia ser amiga dela. Ela não sabe de nada. Também é humana como eu. Nem desconfia que o mundo que acha que conhece não existe. Não faz a mínima ideia de que fomos invadidos pelos bebês-experiência. Vive tão inocente e contente que até me irrita. Me esforço para não a criticar, por causa do Fred. Ela tenta se aproximar. Eu também tento. Quem sabe um dia desses.

Os minutos se arrastam. Fico deitada o tempo todo, examinando o relógio. Procuro por Tom um número incontável de vezes. Como sempre, o resultado é o mesmo. Nunca consigo alcançá-lo. Nada. Esfrego as mãos suadas. Acabo roendo algumas unhas. Escrevo bobagens sem tamanho no caderno. Risco tudo, arranco folhas, só deixo uma pergunta: *"O que eles querem comigo?"* Risco mais uma vez, escrevo outra pergunta no lugar: *"O que eu quero com eles?"* Então escrevo várias vezes uma única palavra: revelação. De todas as formas e tamanhos possíveis: revelação.

Não consigo elaborar uma teoria. Nem chego perto disso. Mordo mais uma unha pensando em Laura.

O gato pula em cima de mim, depois se enrosca nas minhas pernas. Após o terremoto, toda vez que eu apareço aqui, encontro esse gato. É um gato de rua. Magro e malhado. Eu gosto dele. Sento no banco e pego o bichinho no colo. Às vezes trago uma porcariazinha qualquer para ele comer.

– Desculpa, Coisa. Hoje eu não trouxe nada pra você. – Coço a cabeça dele.

Ele pula ao meu lado no banco e começa a lamber as patas.

– Você se arranja, né, Coisa? – Coloquei o nome no gato de Coisa. Ele dá um salto e vai embora.

– *Oi, humana doida!* – Fred sempre chega de mansinho e me assusta, como nos velhos tempos. Depois que fui internada e descobri que ele é um alienígena, ele fica me chamando de humana doida toda hora. Eu o chamo de ET idiota. E nós dois fingimos que ficamos ofendidos.

– *ET idiota!* – resmungo mentalmente – *Fred, como você consegue esconder tudo isso da Livy?*

– *Eu vou contar pra ela. Mas não agora, Ágatha.* – Ele senta ao meu lado. – *Na hora certa, eu vou contar.*

Não acredito muito nisso. Hora certa é só outro nome que dão para: "mais tarde eu resolvo, agora não, por favor, agora não". Procrastinação cheia de covardia. Mas tanto faz. Não é problema meu.

– *Você pensou alguma coisa, Fred? Tem alguma ideia do que eles querem nos contar?* – pergunto.

Ele balança a cabeça.

– *Tô muito mais preocupado em pegar nossas chaves de volta.* – Ele olha sério para mim. – *Quer me contar o que eu tô fazendo aqui?*

Mordo os lábios. Mantenho minha mente supertrancada.

– *Hum, tem uma coisa.* – Confiro meu relógio de pulso. Ainda falta meia hora. – *Mas você vai ter que esperar até meio-dia. Meio-dia a gente volta a conversar. Só fica aqui comigo, pode ser?*

Ele me encara ainda mais sério, passa o braço pelas minhas costas. Deito a cabeça nos ombros dele. Ficamos sentados assim, quietos, esperando a hora marcada. Odeio o que Tom faz comigo, me deixa sempre no escuro. Estou fazendo o mesmo com Fred. Não, não é bem assim. Daqui a pouco vou contar tudo para ele. Tom também me diz a mesma coisa: daqui a pouco, daqui a pouco.

Exatamente ao meio-dia, me levanto.

– *Me desculpa por não ter falado antes, Fred. Eu chamei a Laura.*

Fred também se levanta, ficando ao meu lado, sem dizer nada. A mente dele não tem nada para mim, como a minha não tem para ele.

– *Estou aqui, Fred e Ágatha.*

– *Aparece, Laura.* – Eu odeio essa mania das criaturas ficarem invisíveis. Quem pode com isso?

Laura surge. Ela não está sozinha. Meu cérebro para de funcionar assim que vejo as duas. Laura trouxe outra criatura com ela, uma mulher, aquela mulher magnífica... Abaixo a cabeça, porque dos olhos dessa mulher reflete uma luz tão intensa, quase insuportável. É como no meu sonho, só que pior. Agora é real. Consigo levantar o rosto, a luz diminuiu um pouco. Encaro Laura e depois a outra. No fundo eu já sabia, eu sei que sabia, só não podia aceitar. Ninguém dá adeus à sua velha vida tão fácil assim.

7

A mais nova do clã

O silêncio que se deu depois pareceu durar anos. Talvez tenha sido apenas alguns instantes, mas foram desesperados e longos. Os piores que já vivi. Eu não consegui tirar os olhos daquela mulher. Ela não sorriu, nem tentou se aproximar, só ficou parada, olhando de volta para mim.

No fundo eu já sabia, eu sei que sabia, só não podia aceitar.

E então, como no maldito sonho, tudo aconteceu de uma vez feito um acidente de trânsito.

Ela ainda olhava para mim quando o ritmo do cosmotransporte me alcançou e me arrancou de lá. Eu não prestei atenção em nada, só nela e na luz que vinha dela. Só ela e toda aquela luz. Aquela mulher... Então fechei os olhos e deixei o cosmotransporte me levar para não sei aonde, porque não importava mais. A revelação havia sido feita. O mistério acabou. Eu encontrei a verdade que busquei todos os dias da minha vida.

Não consigo saber há quanto tempo estou aqui. Fui trazida para cá, também não sei por quem. Eu nem quis olhar quem era, eu só queria desaparecer, dar um jeito de esquecer. Passaram-se poucos minutos? Horas, talvez? Não abri os olhos ainda desde que me largaram aqui. Estou deitada num lugar gelado, muito, muito frio, tentando contatos mentais. Fred, Tom, Laura, aquela mulher... Mas é como se minha mente tivesse voltado a funcionar como antes, quando eu ainda não acreditava em telepatia, quando eu ainda não sabia da potência que as mentes têm, quando eu era só uma garota alienada. Eu não fazia ideia do quanto eu era feliz. Nunca mais poderei ser aquela garota. Nunca mais.

Desisto dos contatos mentais e abro os olhos de uma vez. Fecho rápido, há muita luz aqui.

Então me sento. Preciso de coragem. Não vai aparecer um bote salva-vidas vindo do nada. Tenho que me mexer. Que lugar é esse? Levanto. É um quarto? Estou na casa de alguma criatura?

Com certeza aqui é um quarto. Um quarto pequeno e sufocante, está mais para uma caixinha de palitos de fósforo pintada de branco. E eu estou na parte de dentro da caixinha. As paredes são brancas, muito brancas, e brilham. Uma espécie de luz irradia de dentro delas, como se houvesse centenas de lâmpadas de LED iluminando esse cubículo. Além da luz, só tem uma cama aqui, que também é branca. Tudo é branco. E brilha. Nenhum armário, nenhuma janela. Não existe porta! Talvez esteja camuflada em alguma parede. Circulo o quarto, tateando-as. Não encontro nada. Repito a operação. Minhas mãos começam a suar. O que está acontecendo? Que droga de lugar é esse? Quem era aquela mulher? Quem era aquela mulher? Quem era aquela idiota? Chacoalho a cabeça e sento na cama tremendo.

Cadê Fred e Laura? Eu não devia ter chamado por ela, não devia! Será que eu tô sempre fazendo a coisa errada? Garota idiota! Estúpida, burra! Tom tentou me avisar. Fui tão teimosa, eu sou tão teimosa. Achei que ele queria manipular todos os meus passos. Ele só queria me proteger. Estúpida! E agora, o que eu vou fazer? Como vou sair da porcaria em que me meti?

Me concentro para alcançar a mente de Fred. Mais um esforço que não dá em nada. Minha mente dá voltas em torno dela mesma. Só ouço meus próprios pensamentos. Todos eles paranoicos. *Onde estou? Quem é aquela mulher? Aquela mulher magnífica... Cadê Fred? Eu devia ter ouvido Tom! Quem me trouxe pra cá? O que eu estou fazendo aqui? Que merda de lugar é esse? Como vou escapar desta caixinha de palitos de fósforo iluminada?*

Todas essas perguntas só estão escondendo um único pensamento. O verdadeiro. *No fundo eu já sabia, eu sei que sabia, só não podia aceitar.*

– Vamos, Ágatha, você consegue achar uma saída! – grito para mim mesma.

Faço todo tipo de esforço mental. Só continuo ouvindo meus próprios pensamentos e, atrás deles, a verdade. *No fundo eu já sabia...*

Levanto rápido. Ando pelo espaço minúsculo do quarto, aliso novamente todas as paredes, em todos os ângulos inimagináveis. Isso não é possível! Deve haver algum tipo de porta ou janela escondida aqui. Não consigo encontrar nada. Claro! Criaturas se cosmotransportam, não precisam de portas ou janelas. Mas tem que haver algum sistema de circulação de ar. Olho para cima. O teto não é muito alto, é tão branco quanto as paredes e também irradia a luz brilhante. Subo na cama e boto as mãos no teto. Duro e gelado, como todo o resto.

Se eles são capazes de fazer um aparelho que não quebra, como o protetor artificial, não devem encontrar problemas em construir um caixote como este, com algum sistema de ventilação imperceptível. Sorrio. Sou a retardada Neandertal. Com certeza essa sou eu.

Depois de mais algumas tentativas para achar uma saída, desisto. Só vou encontrar o que eles quiserem que eu encontre. É assim que funciona com as criaturas. Seus passos são todos guiados por elas.

Desabo na cama, me levanto depois de um segundo. Agacho e olho debaixo dela. Não tem nada, só a maldita luz brilhante. Isso aqui é uma espécie de caixão VIP. Começo a andar em volta da cama, cada vez mais rápido. Nem percebo que estou correndo.

Não sei que lugar é esse, não sei onde Fred está, nem quem é aquela mulher que apareceu com Laura. Estou sozinha, presa na porcaria da caixinha de fósforos iluminada. Por que eu não dei ouvidos ao Tom? Maldição!

– Ágatha idiota, idiota, idioooota aaaa! – grito enquanto corro em volta da cama. Esbarro nas paredes.

– Já chega, Ágatha! Eu vim buscá-la.

Paro, meio sem fôlego. Ouço a voz fria e feminina novamente:

– Vamos, não temos tempo para um chilique. Controle-se, garota!

O quarto parece ainda mais apertado e branco. Estreito os olhos, tentando ver direito. Devo estar alucinando, porque a luz brilhante tomou o cubículo todo. Esfrego os olhos com força. A luz brilhante fica cada vez mais forte. Não consigo vê-la, mas sei quem ela é. Estou numa roubada maior do que eu imaginava. Se Adriana, uma alienígena amiga de Tom, veio me buscar, as coisas estão mesmo feias para o meu lado. Eu não gosto dela. E ela me odeia.

Adriana agarra meu braço com força. Nem tento me soltar. O movimento do cosmotransporte é rápido e violento. Um vendaval.

Assim que tudo para, caio no chão. Levanto no mesmo instante.

Adriana me trouxe para uma sala gigante, parece infinita. As paredes também são brancas e a mesma luz brilhante reluz delas. A intensidade da luz não me cega.

Várias criaturas estão reunidas aqui. Todas de branco. Ele está entre elas. Tom, todo de branco também. Tom e eu nos encaramos sem sorrir. Ensaio um passo em sua direção, ele faz uma negativa discreta com a cabeça. Paro. Tento contato mental com ele. A mesma porcaria, só meus pensamentos e, atrás deles, a verdade. *No fundo eu já sabia, eu sei que sabia, só não podia aceitar.*

– Ágatha! – Uma porta oval se abre em uma das extremidades da sala. Fred entra por ela, seguido por Verónica González. Ela segura Fred pelo braço. Eles também estão de branco.

Só então vejo o óbvio, minhas roupas estão todas brancas também. As mesmas roupas que eu estava usando. A blusa cinza de malha meia-estação, jeans *skinny* e sapatilhas. Só que está tudo branco agora! Como isso é possível? Nunca vou parar de me espantar com esse mundo. Nunca!

Tom e as outras criaturas se movimentam em torno de nós três. Formam uma espécie de círculo, estamos presos dentro dele.

Continuo sem conseguir fazer contato mental. Meu cérebro vai explodir de tanto eu tentar. A enxaqueca já passou do nível insuportável há muito tempo. Coloco os dedos nas laterais da cabeça. Ela vai estourar.

– Ágatha e Fred – Verónica fala, sem nenhum tipo de sotaque. Ela larga Fred, que vem e me abraça.

Todas as criaturas se sentam ao mesmo tempo, exceto nós três. Elas assumem uma postura ereta, tão retilínea e perfeita, que é impossível ser natural. Nenhum humano se sentaria assim, nem mesmo o mais avançado dos iogues. Bem, ninguém aqui é humano mesmo, a não ser eu.

A luz brilhante fica mais intensa. Continua irradiando das paredes, mas, agora, até as criaturas brilham! Fred e eu nos abraçamos mais forte. Verónica se aproxima mais, posso sentir seu hálito amendoado.

– Fred e Ágatha, estamos na Prisão Perpétua. Vocês, com certeza, já ouviram falar daqui. Trouxemos vocês para que fiquem seguros. Não há, em toda Gael, lugar mais seguro e confiável que este. Laura e sua irmã, Lara, quase capturaram vocês dois. Então fomos obrigados a…

Minha mente se fecha sozinha. É incontrolável. Não ouço mais nada. Então esse é o nome dela, daquela mulher… Lara. E ela é irmã de Laura. Quando eu sonhei com aquela mulher, ela surgiu das sombras para me buscar. No sonho, eu sorri como nunca havia feito antes, eu adorei. Eu abandonei minha velha vida, e todas as pessoas que eu conhecia. *Eu sabia, eu sei que sabia, só não podia aceitar.*

– Só aqui podemos protegê-los desse perigo. – Desperto, Verónica continua falando sem parar. – Infelizmente, aquelas irmãs nos traíram. De Lara, esperávamos tudo.

Isso já aconteceu antes. Mas Laura? – Verónica está realmente transtornada.

Todas as criaturas se dão as mãos num único movimento sincronizado. Permanecem na postura ereta perfeita. A luz brilhante explode e me cega. Não consigo mais enxergar nada, só a luz intensa. Fred me aperta.

– Ágatha e Fred – a voz de Verónica toma tudo. – Chegou o momento de vocês conhecerem a verdade.

"Eu sei. No fundo eu já sabia, eu sei que sabia, só não podia aceitar." Grito mentalmente. Ninguém parece me ouvir, nem mesmo Fred ou Tom. A luz brilhante é insuportável. Então abaixo a cabeça, fecho os olhos e deixo a idiota da Verónica contar toda a história. Eu sei aonde vai acabar.

– Nós trabalhamos incansavelmente para impedir que vocês dois chegassem até aqui, que descobrissem tudo. Agora não é mais possível. A traição de Laura e Lara mudou todos os nossos planos. Somos forçados a agir, mesmo contra nossos objetivos iniciais.

Não movo nenhum músculo, nem reajo ao abraço cada vez mais forte de Fred. Eu só queria ser capaz de criar uma fenda e desaparecer dentro dela. Não importa para onde.

– Eu sou a visionária da Experiência.

Verónica dá uma pausa, como se tivesse acabado de proclamar um ato heroico e aguardasse aplausos furiosos. Ela nem imagina o quanto abomino a Experiência. Agora mais do que nunca. Não importa o objetivo dela, é crime raptar crianças. Sejam elas criaturas, humanas ou qualquer outro tipo de coisa que exista no Universo. Mesmo crianças amaldiçoadas, não se deve tocar nelas.

– Gael havia sido tomada pelos Invasores – Verónica volta a falar. – O Espaço Negro conquistou a supremacia em nosso planeta. Eles quase dominaram a todos. Nossa luta era árdua, estávamos recuando. Todos nós, cheios de medo, presenciando a lenta destruição de nosso próprio mundo.

Verónica dá uma nova pausa. Se eu não estivesse em choque, aguardando pelo fim dessa história, eu agarraria essa desgraçada e a faria pagar por ser a visionária da Experiência. Ah, faria mesmo!

– Diminuíamos em número e esperança a cada instante. Então, num vislumbre de luz intensa, a ideia completa da Experiência surgiu em minha mente. Toda de uma vez. O plano todo. A Experiência seria nossa chance para enfraquecermos os Invasores e, com isso, retomarmos Gael. Nosso mundo por direito. Traçamos estratégias complexas para colocar a Experiência em prática. Precisávamos da colaboração de muitas criaturas e também de outros planetas. Ao menos de um outro planeta, o depositário. A Terra é um mundo aliado de Gael, sua ajuda foi e continua sendo fundamental para o sucesso da Experiência. Humanos aliados encontraram lares terrenos para as futuras Experiências. E no dia em que Lara deu à luz seu terceiro filho, estávamos prontos e atacamos como um exército indestrutível. Nós não iríamos recuar, estávamos prontos para vencer. Lara era esposa do Grande Líder Invasor, Wlademir Goy. No entanto, ela havia começado a colaborar, em segredo, com nosso movimento para retomar Gael, concordando em trair Wlademir, nos concedendo seus três filhos para iniciarmos a Experiência. A prova cabal de sua rendição. – A voz de Verónica é eloquente. Ela seria incapaz de parar agora.

Aperto os olhos cada vez mais. – Lara e Laura sempre mantiveram contato. Laura é esposa de Théo, como vocês sabem e conhecem. Laura nos fornecia as informações sobre Lara e sua promessa de rendição. Em meados do ano terreno de 1999, Lara teve seu terceiro filho e a Grande Guerra aconteceu. Resgatadores raptaram muitos outros bebês Invasores e o resto da história vocês conhecem. A Experiência se tornou a nova realidade de dois mundos: Terra e Gael. E tem se mostrado muito bem-sucedida até o momento. Nossa luta para manter a paz ainda é árdua. Não há descanso. Não há tréguas. Invasores são implacáveis, criaturas terríveis. Semeiam o mal, devastam tudo por onde passam. Mas a Experiência atingiu seus objetivos rigorosamente e conseguimos retomar nosso planeta. Foi um golpe certeiro, um grande golpe.

A terceira pausa. Não consigo pensar em nada, as palavras de Verónica ricocheteiam por todos os cantos. Ela está chegando ao fim do discurso. O meu fim. *No fundo eu já sabia...*

– Atacamos os Invasores enquanto eles estavam despreparados e desprotegidos. Jamais suspeitariam da traição de Lara, que era tida por todos como a Grande Líder Invasora, a maior e mais destemida defensora da raça maligna. Em segredo, Lara nos repassava todos os passos e planos Invasores. Na Grande Guerra, conseguimos resgatar milhares deles, que estão aqui agora, nesta prisão. A traição da Lara nos deu a brecha que precisávamos para agir. A esperança reapareceu em nossas mentes e lutamos com vigor. Estávamos preparados para a vitória. Wlademir Goy, o Grande Líder Invasor, abandonou a luta e fugiu. Aquele verme abominável! O que enfraqueceu ainda mais o grupo deles. Nunca mais foi visto. Boatos se espalham sobre ele, há indícios que atestam que Wlademir Goy se esconde na Terra. Trabalhamos em sua captura, sem nenhum descanso. Seguimos pistas de seu possível paradeiro, mas todas se mostraram infundadas até o momento. Temos certeza de que quase o alcançamos inúmeras vezes.

Abro os olhos e encaro Verónica. A luz brilhante perdeu a intensidade. As criaturas permanecem sentadas em suas posturas perfeitas. Tom está fixo em mim. Verônica nos olha profundamente. Preciso manter minha cabeça erguida, mesmo que ela pese toneladas agora.

– O nome da primogênita de Wlademir e Lara Goy é Dan Goy.

Sinos badalam por todos os lados, fazendo uma tremenda confusão. É com esforço sobre-humano que me mantenho em pé. Eu sei o fim da história.

– Dan nunca foi capturada. Os outros dois filhos do casal-líder Invasor se tornaram as primeiras Experiências. Ágatha e Fred – Verónica se aproxima ainda mais e coloca uma mão sobre o ombro de Fred e outra, sobre o meu. Não tenho forças para reagir, apenas sustento seu olhar –, vocês já devem desconfiar agora. Fred, você é o segundo filho de Wlademir e Lara Goy. Ágatha, você é a mais nova do clã dos Goys. Vocês dois são as primeiras Experiências.

Como no sonho, estou deixando tudo para trás. Minha velha vida e todas as pessoas que faziam parte dela. *No fundo eu já sabia, eu sei que sabia, só não podia aceitar*. Ninguém dá adeus à sua velha vida tão fácil assim.

8

A verdade

"Vocês já devem desconfiar agora. Fred, você é o segundo filho de Wlademir e Lara Goy. Ágatha, você é a mais nova do clã dos Goys. Vocês dois são as primeiras Experiências". Fecho os olhos e deixo as palavras de Verónica González estragarem tudo pelo caminho. Meu passado acaba de ser destruído. E meu futuro está todo arruinado.

Eu sou uma Invasora. Invasora. Eu, uma Invasora?

No fundo eu já sabia, eu seu que sabia, só não podia aceitar. Eu não tenho como aceitar. Não isso. Eu, uma Invasora...

Eu sou uma Invasora. Eu não sou uma pessoa! Eu não sou humana! Sou uma criatura, uma alienígena. Eu não sou a porcaria de uma garota normal, entediada e sem sentido. Eu sou um ET. Isso muda tudo!

Eu sou uma Invasora. Eu sabia, eu sabia, eu sempre soube. Tinha alguma coisa errada na minha vida, alguma coisa fora do lugar. Agora eu descobri o que é. Eu. Eu sou o erro que procurei por todos esses anos. Eu achava que o erro estava nos outros, no mundo, na escola, na minha família. Que tudo estava fora dos eixos. Eu só não procurei onde devia. O grande erro sou eu.

Eu sou uma Invasora. Minha mãe estava certa todas as vezes em que me chamou de estranha, todas as vezes que insistiu nessa ideia. Só que sou muito pior que uma garota estranha. Eu sou uma semente do mal. Fui criada para destruir. Até mesmo no sonho, minha mãe estava certa quando disse: *"Você. Eu sabia que não era você."* Não, não era mesmo eu. *Eu não sou sua filha, dona Cristina. Nós não somos nada uma da outra. Você está certa, mãe, não sou eu, nunca fui eu. Eu sou a filha errada.*

Eu sou uma Invasora. Eu sabia que não fazia parte de nada daquilo. Todas aquelas pessoas não tinham nada a ver comigo. Eles não são nada meus, não de verdade. Não são os meus pais, não são meus irmãos, não são meus parentes, não são meus amigos. Não são nada! Foi tudo uma invenção. Foi tudo mentira. Ágatha Guiller não existe.

Eu sou uma Invasora. Fred é meu irmão... Isso estava na cara! *Garota estúpida, burra, você não vê nada!* Eu sou uma idiota. Eu gosto mais dele do que de qualquer um e sempre me culpei por isso, ah, como eu me culpei. Era como se eu não tivesse o direito, como se fosse errado. Eu estava certa! Eu não era ingrata, ele é meu irmão, minha família de verdade. Sempre tivemos uma intimidade de irmãos, eu não sentia o mesmo por Tino, Fernando ou Thiago. Bem, eles não são meus irmãos. Fred e eu crescemos grudados. Sempre nos tratamos como irmãos. Estávamos certos nisso.

Eu sou uma Invasora. Mas e a minha família? E a vida que eu tive até aqui? Eles não são a minha família. Eu não sou como eles. Eu não sou uma Guiller. Aquela casa não é minha, aquela vida não é minha. Eu sou uma intrusa. Será que eles sabem? Será que era isso que minha mãe queria me dizer toda vez que me chamava de estranha? Será que ela queria me contar o que eu era? Como fui parar naquela família? Quem me colocou lá? Verónica disse que humanos aliados encontraram lares para as Experiências. Quem é o humano aliado que me colocou na casa dos Guillers? Eu sou um monstro, eles não. Não é só um muro invisível que existe entre nós e que nos manteve distantes a vida toda. Não, não é só isso. A linha que divide as coisas boas das que não prestam nos separa. E eu sou a maldita parte que não presta.

Eu sou uma Invasora. Como teria sido a minha vida se eu tivesse ficado em Gael, se eu nunca tivesse ido embora? Se eu tivesse sido criada pelos meus pais Invasores, meus verdadeiros pais, como teria sido? Quem eu seria hoje? Uma Invasora. O que eu teria feito até agora?

Eu sou uma Invasora. Eu amei Gael desde a primeira vez, porque eu sou daqui. Diferente de como me sinto na Terra, em Gael meu corpo e minha mente despertam. Eu queria vir embora para cá a qualquer custo, não ligava em abandonar todo o resto. Aquele resto não é nada, nunca existiu de verdade. Eu sou daqui. Eu tenho que ficar. Esse é o meu verdadeiro lar.

Eu sou uma Invasora. Eu sou como aquelas crianças que Laura descreve nos livros dela. Lembro bem quando li, porque fiquei pensando naquilo por dias. *Crianças incapazes de fazer amizade, com muita dificuldade de se envolver com os pares. Desenvolvem aspectos afetivos positivos, mas são incapazes de fazer amizade. São crianças solitárias.* Nunca tive amigos nem turmas. Nunca fiz, realmente, parte daquele mundo. Tudo à minha volta se encaixava, menos eu. Uma força invisível impedia que eu me aproximasse das outras pessoas (ou que elas se aproximassem de mim). Não somos parecidos, não somos semelhantes, não somos nem da mesma espécie.

Eu sou uma Invasora. Eu sou uma Experiência, uma cobaia. Sou um ratinho de laboratório, um animalzinho criado para testes. Como eles puderam?! Para eles, sou apenas uma porção de dados a serem analisados e interpretados. Depois, se der errado, viro um material descartável. Eles não podem, não têm esse direito! O que eles fizeram comigo? Desgraçados, desgraçados!

Eu sou uma Invasora. E aquela mulher, Lara, ela é minha mãe?! Eu fui abandonada ao nascer, eu sou uma criança abandonada! Um bebê deixado em uma família qualquer. Um bebezinho entregue para ser uma Experiência. E minha mãe humana, Cristina, ela não é mais minha mãe?! O que eu faço, então? Passo uma borracha no meu passado inteiro? Boto tudo num arquivo morto? Que merda toda é essa?! Ágatha Guiller nem é o meu nome. Quem sou eu, afinal?

Eu sou uma Invasora. Filha dos Grandes Líderes. Meu nome é Ágatha Goy. O que eu vou me tornar agora?

Eu sou uma Invasora. Eu sou uma alienígena. Por isso uso a mente para me comunicar, para ler outras mentes, claro! Minha capacidade não é humana. Eu tenho poderes sobrenaturais. Eu estava na família errada, com o nome errado, no planeta errado, com a espécie errada. Eu era a pessoa errada para aquele mundo. Ágatha Guiller não existe. É uma personagem inventada, uma coisinha ridícula. Uma pedra falsa. É isso que eu fui até aqui, uma pedra falsa.

Eu sou uma Invasora. Wlademir Goy é o nome do meu pai e ele é o vilão da história. Thomaz Guiller não é nada meu. Eu sofri tanto com a morte dele e com a do Fernando. Eu sofro todos os dias. Eles nem são meus parentes.

Eu sou uma Invasora. E Tom? Ele sabia, ele sabia, ele sabia! *Tom, seu desgraçado!* Ele nunca me contou nada, ele me enganou como sempre. Eu achava que formávamos um casal estranho. Um Resgatador e uma humana. Não é nada disso, nós somos inimigos. Um Resgatador e uma Invasora. Nós não somos um casal estranho, nós somos uma aberração, é isso que somos. Por que ele me escolheu? Será que foi para testar alguma hipótese? Será que foi só curiosidade? Será que ele queria saber como as Experiências se comportam sexualmente? Não, eu não posso acreditar nisso. Existe alguma coisa entre nós. Não pode ser tudo mentira. Não pode! Não nós dois… Eu sou uma fraude, o amor também?

Eu sou uma Invasora. Essa é minha origem, minha natureza, quem eu sou de verdade. Sem nenhuma máscara. A Experiência foi só uma camisa de força, não ia durar para sempre. Isso vai tomar conta de mim? Será que já está acontecendo? Quando vou começar a espalhar o mal?

Eu sou uma Invasora. A pior parte do meu mundo. Eu sou o vírus, o defeito, o carrasco, a doença. Tudo o que tem de ruim. Sou a anomalia, o cromossomo que não devia acontecer. Eu venho do Espaço Negro. Sou do submundo. Não tem nada de certo nisso. Não pode ter.

Eu sou uma Invasora. Essa é a grande verdade da minha vida. E verdades não têm solução, não são equações que você possa resolver. Você pode mudar de cidade, de país e até de planeta, só não pode mudar quem você é. E eu sou a mais nova do clã dos Goys.

Uma vez, Théo me disse que ser um Invasor é um destino muito ruim. Ele estava enganado. Não é um destino ruim, é uma maldição. A minha maldição. Uma maldição de sangue.

9

Uma prova

"Está escuro, estou num túnel. Não consigo ver nada. Estou escorregando. As paredes são geladas e lisas. Bato braços e pernas, preciso achar uma saída! Arranho as paredes, tento me agarrar a qualquer coisa. SOCORRO! Grito para todos os lados: eu preciso de ajuda! Alguém, por favor, me ajude! Continuo caindo, cada vez mais rápido. Tudo o que eu faço não adianta nada, não me leva a lugar algum, só cada vez mais fundo. SOCORRO! Por favor, alguém me tira daqui! Eu preciso de ajuda, SOCORRO! Alguém, alguém! Me tirem daqui! Caio mais rápido, mais rápido, cada vez mais rápido. Meus dedos sangram de tanto eu tentar me segurar. Não tem nada que eu possa fazer. Não tem ninguém. Não tem saída. Fecho os olhos, cruzo os braços, me entrego ao mergulho. Só tenho mais um desejo: que o fim seja rápido."

– Ágatha! Ágatha!

Levanto a cabeça, assustada. Tudo está tão claro. Ainda me sinto caindo, como no sonho.

Tom me abraça. Agarrada a ele eu digo:

– Tom, eu tive um sonho horrível! Eu tava caindo, escorregando em um túnel escuro. Era tão frio, foi tudo tão rápido! Eu não conseguia parar. Eu gritava, mas não tinha ninguém... Era o fim. – Afundo-me nos braços dele. – Ai, foi horrível!

Ele me aperta mais forte. Mal consigo respirar. Minha cabeça começa a doer. Depois de poucos instantes, ele se afasta e fala devagar:

– Vai ficar tudo bem.

– Foi só um sonho idiota. Deixa pra lá! – Dou de ombros.

Ele me encara e se afasta um pouco mais.

– Quando a Verónica contou tudo, você desmaiou e eu te trouxe pra cá.

Meu cérebro ainda demora alguns segundos para ligar os pontos. Enfim as conexões se refazem e me lembro de tudo. Levanto em um sobressalto. As paredes reluzem a luz branca, minhas roupas também. Estou no mesmo cubículo de antes, a caixinha de fósforo iluminada. Uma cela da Prisão Perpétua, agora eu sei o que é.

Tom se levanta e fica ao meu lado. As imagens das criaturas naquela postura ereta inumana invadem minha cabeça. As palavras da Verónica voltam todas de uma vez e murmuram em tons diferentes, como se muitas vozes formassem um coro sombrio e repetissem juntas: *"Vocês já devem desconfiar agora. Fred, você é o segundo filho de Wlademir e Lara Goy. Ágatha, você é a mais nova do clã dos Goys. Vocês são as primeiras Experiências"*.

A verdade. *Eu sou uma Invasora*. Escorregar por um túnel escuro em direção ao fim não foi um sonho. Não, não foi. Foi uma metáfora. Minha mente usando uma figura de linguagem inocente para ferrar comigo.

Deixo-me cair encostada na parede. Não tenho coragem de olhar para ele. Coloco a cabeça entre as pernas. Não, não pode ser. Eu não posso ser uma Invasora. Isso não... Tem que ser um erro. Eles podem ter se enganado, trocado os bebês. Eu já vi acontecer! Já ouvi notícias na TV. Ou eles podem estar simplesmente mentindo, é isso! Minha vida não pode ter sido uma farsa até aqui. Não pode!

E se for verdade, e agora? Eu não quero ser uma pessoa adotada. Eu não quero ter que encarar isso, conhecer os detalhes de toda a palhaçada. Eu não quero saber de nada. Eu só quero a minha vida idiota de volta. Simples e idiota. Eu quero a minha vida chata de volta. Eu a quero de volta. Por favor, Deus, não me faça encarar isso. Por favor, por favor, por favor. Suplico mentalmente.

– Ágatha. – Tom senta ao meu lado sem fazer barulho algum. Ele me força a levantar a cabeça e depois segura minhas mãos. Olha para mim do jeito que sempre fez, como se esse fosse um encontro qualquer. E eu, fosse a Ágatha de sempre. Como se nada que acabei de descobrir tivesse importância. Posso ver na expressão dele, Tom não dá a mínima para o que eu sou. Mas essa não é a verdade. Nunca mais vai ser do jeito que era. Eu nunca mais vou ser aquela garota. Eu não posso, mesmo que eu tente. Eu nem sei qual é o meu nome. Vou ter que mudar tudo na minha vida.

Tom passa os braços em torno de mim, o que me deixa ainda pior. Travo os dentes, seguro as lágrimas. Não posso deixar nenhuma escapar, porque quando eu começar, não vou mais parar. Mas minha garganta se fecha, como se dúzias de mãos invisíveis me sufocassem, eu chego a senti-las. As lágrimas arrebentam todas de uma vez. Eu me entrego. Choro alto, quase não consigo respirar.

– Eu sou uma Invas…

– Você não é. – Tom levanta meu queixo, limpa meu rosto. – Você é a Ágatha. A mesma garota que eu conheci. A mesma garota por quem eu me apaixonei. A criatura que eu amo. Você é a mesma garota. Não mudou nada!

Eu queria poder acreditar, seguir nessa direção macia. Não mudou nada. *Eu sou uma Invasora, mas continuo sendo a mesmíssima garota de antes.* Seria tão mais fácil se isso fosse verdade. *Vai ficar tudo bem.* Todos sabem que não vai. Não, não vai. Nunca mais vai ficar tudo bem. Eu sou uma Invasora!

– Ágatha – Tom continua limpando meu rosto. As lágrimas não param de cair –, as coisas que aconteceram antes de você nascer, o lugar de onde você veio, seus verdadeiros pais, não são você. Você não escolheu nada disso. Não é culpa sua. Você não pode pagar por nada disso, pelo que outras criaturas escolheram.

Deixo que ele continue limpando meu rosto e que continue dizendo essas bobagens. Eu não acredito em nada, porque sei que as coisas que aconteceram antes de você, nascem todas com você. E isso não tem nada a ver com culpa, é só um fato. De onde você veio, quem são seus pais, importa sim. Tudo é você. Pelo menos uma parte sua. E mesmo que você desconheça essa parte, ela existe aí dentro. E algum dia, quando você menos esperar, ela vai aparecer.

Olho para minhas mãos. Eu não me pareço com eles, com ninguém da minha casa. Como eu deixei isso escapar? Como nunca achei estranho? Eles se parecem entre si. Fernando tinha quase tudo da minha mãe. Tino ficou com os cabelos e o queixo do meu pai. Thiago é um mix de sucesso, o *crème de la crème* da genética do meu pai e da minha mãe foi herdada por ele. Eu não tenho nada. Claro que não, óbvio que não. Encolho-me um pouco.

Também não me pareço com ela, com Lara. Fred, sim. Morenos. O mesmo rosto anguloso. Lembro dos olhos de Dan, azuis como os meus, só que ainda mais intensos. Nós duas devemos ter "puxado" ao *papai*, o Grande Líder Invasor.

Afundo minha cabeça em Tom. Horas passam enquanto ele alisa meu cabelo, beija minha testa e diz que me ama, que nada mudou, que vamos enfrentar isso juntos. Eu quase acredito. Mas uma voz diz claramente dentro da minha mente: Tom está completamente errado.

Tudo ficou ainda pior agora. Mais confuso e muito mais difícil. Mesmo quando eu não fazia a mínima ideia de que tipo de coisa Tom era, em algum lugar dentro de mim, eu sabia a verdade. Eu sabia que ele não era a parte má da história. Nunca acreditei que ele fosse. Ele é o herói. Um maldito herói salvador dos mundos. Eu sou o mal em potencial. Mesmo que ele diga que não, que a origem não interessa, que são as escolhas que contam, nós dois sabemos que não é assim. O mundo todo sabe que só as escolhas não bastam. Nem só os desejos. Você precisa ter o potencial. E o meu não é nada bom.

Eu sou a praga, ele é a cura. Tom nasceu encantado. Bênçãos por todos os lados. Eu não. Fui amaldiçoada muito antes de nascer. Gerações e gerações obscuras me trouxeram ao mundo.

Será que eu vou resistir?

A pergunta é: No fim, o que vai sobrar de mim?

Tom é um Resgatador. Foram eles que inventaram a Experiência. Eles raptaram bebês como eu, que hoje vivem na Terra sem saber quem são. Sem memória de que são criaturas. Sem saber que são alienígenas. Desconhecem o próprio poder e, por isso, não o usam. Têm a certeza de que são humanos, que pertencem àquele planeta, que aquelas são as suas famílias. Todas as Experiências têm poderes sobrenaturais. Elas ignoram o mal em potencial que carregam dentro delas.

– Eu queria muito ter te contado antes, eu até tentei. Mas fui impedido, eu não tinha permissão. Estou sendo vigiado o tempo todo. – Tom se ajoelha na minha frente, segura minhas mãos, as dele estão suadas. Elas nunca suaram antes. – Verónica González é a nossa Guia. Ela é a Guia dos Resgatadores e a visionária da Experiência. Ela deu ordens de que as Experiências não poderiam conhecer a própria origem. Caso isso acontecesse, todo o plano falharia. O sucesso da Experiência está em não saber quem se é. Essa é a coluna do plano, o que segura todo o resto. Eu estava sendo vigiado o tempo todo, monitorado. Não pude te contar a verdade. Enviei algumas informações em sonhos para você. Eu esperei, mais do que isso, eu desejei que você ligasse os pontos, que visse as pistas. Eles não poderiam descobrir o que eu estava tentando te contar, senão impediriam qualquer contato meu com você. Eu não podia deixar isso acontecer, Ágatha. Eu tinha que cuidar de você, te proteger. Eu não podia deixar você sozinha. Eu não pude te contar antes. Me desculpa.

Coloco a mão em seu peito e o afasto delicadamente. Sorrindo.

– Você é um cachorrinho obediente, né? – Não sei o que me dá, só não consigo controlar as palavras. De repente, olhar para a expressão cheia de virtudes dele me deixa com vontade de socá-lo. Herói, idiota de um herói filho da mãe! – Todos vocês são! Cachorrinhos obedientes seguindo a Verónica e suas ordens! Não importa o que ela queira, vocês abaixam a cabeça e abanam os rabos!

– Só me escuta. Por favor... – Ele tenta me abraçar novamente. Empurro Tom com força agora. Me levanto e vou para o outro lado da cela.

– Para com isso! *"Só me escuta, por favor!"* – Sorrio em deboche. – Me escuta você, Tom! – Faço sinal para que ele não se aproxime. – Tom, eu sou uma Invasora. Meus pais não são meus pais, meus irmãos... É tudo mentira, porra! Tudo, tudo o que eu vivi, é tudo mentira! Eu não sou daquele planeta e você sabia de tudo. Toda vez que você olhava para mim, você sabia. Você não podia ter me enganado assim. Não podia...

– Ágatha, eu não podia te contar. Se eles imaginassem que eu poderia te falar a verdade, me trancariam numa cela como esta. Eu não tive escolha! Você não ouviu nada que eu te disse? Eu tentei te mandar mensagens em sonhos.

– Você é retardado? Quem você acha que eu sou? Uma espécie de vidente? E você é um oráculo cheio de charadas inteligentes? Por causa daqueles sonhos idiotas eu ia adivinhar que sou uma Invasora? – encaro Tom e pergunto calmamente. – Aquele sonho com minha mãe e com Lara, foi você?

Ele balança a cabeça confirmando. Me aproximo dele, chegando bem perto. Quase encosto meu rosto no dele, quando digo:

– Me conta, que protocolo você tava seguindo todas as vezes que a gente transou, hein? Pela direita, pela frente, assim não. Ela é uma Experiência, isso não pode! – Cruzo os braços com força, sem me afastar. – Você é um babaca, Tom. Um mentiroso. Você não é nada do que eu achava. Você não é o cara maravilhoso de outro planeta que chegou para me tirar daquela vidinha chata que eu levava. Não, você é só um soldadinho de merda! É isso que você é! – Balanço a cabeça. Ele também não recua. – Eu não confio em você. Você é comandado por eles, por ela. Eu nem sei mais o que vocês escondem! Você pegou a MINHA chave! Tom, você sempre soube que eu não era humana, que eu era uma Experiência, e você nunca me contou. Você não podia ter escondido isso de mim. Eu nunca vou poder te perdoar. Acabou! Mas me conta uma coisa, por que você se aproximou de mim? Fazia parte do manual da Operação Experiência? É isso que eu sou pra você, só mais uma Experiência?

– Ágatha, não é nada disso, eles estavam me controlando, você…

– Cala a sua maldita boca de cachorrinho obediente! Eu nunca mais vou poder confiar em você. Será que você não entende? Não depois disso. Você escondeu a coisa mais importante da minha vida. Eu sou uma Invasora, Tom. Nós somos inimigos. Isso nos separa para sempre. – Ele tenta dizer algo. Faço sinal para que ele pare. – Você teve muito tempo pra falar, agora é a minha vez. Eu não acredito mais em você. Eu não posso mais acreditar em você. O que vocês fizeram está errado. É cruel, vocês raptaram bebês! A Experiência não pode acontecer. É tão errada. Será que você não vê? Será que todos vocês não enxergam?! Isso vai ter que acabar, vocês terão que…

Ele me interrompe.

– Chega, Ágatha! Você está indo longe demais! Agora você vai me escutar! Presta atenção no que eu tô tentando te dizer. Eu queria te contar, mas não podia! – Tom está gritando. – Não é só estalar os dedos, é muito mais complicado que isso! Agora senta e me escuta.

Sorrio, balançando a cabeça de um lado para o outro.

– E o que eu posso fazer? – Dou uma gargalhada. – Sair por aí? Nãããão, porque eu sou uma prisioneira! Eu sou uma maldita Invasora presa numa cela! Eu tenho alguma escolha? Claro que não, vocês é que mandam. É assim que funciona em Gael, não é? – Não espero ele responder. Não preciso mais das respostas dele. – Eu não sabia que Fred era meu irmão! Você não podia ter escondido isso de mim, Tom!

Tom se senta na cama. Faz um gesto para que eu me sente também. Reviro os olhos, me sento com força e cruzo as pernas como ele, em posição de índio. Ficamos de frente uma para o outro, ele nem parece o mesmo. A maldita dor de cabeça foi parar não sei aonde, não sinto mais nada. Eu não queria que nada disso estivesse acontecendo, sei que não podia ser fácil entre nós dois. Afinal, ele é um alienígena. Não precisava ser fácil. Mas essa agora. Eu, a droga de uma Invasora. Nem sei aonde essa história vai dar. Bufo.

– Fala.

– Eu vivia indo com meus pais nas salas de monitoramento. Desde muito pequeno eles me carregavam com eles. Depois que Lara deu início à Experiência, eles trabalharam juntos. Meus pais e sua mãe.

– O nome da minha mãe é Cristina. – Bufo mais alto e reviro os olhos. Será que ele é um idiota mesmo? Será que eu me enganei com ele esse tempo todo?

Tom me encara, austero. Depois de um tempo, ele recomeça.

– Lara é a Guia do Monitoramento. Para render-se, ela exigiu ocupar esse cargo. Queria monitorar os filhos o tempo todo. Ela fazia isso daqui, da Prisão Perpétua, do Salão Branco onde estávamos.

– Que nome idiota, Salão Branco! Tudo aqui é branco!

Tom ignora meu comentário. Ele continua sério.

– Lara era a única a usar o poder mental sem restrições aqui dentro. Até mesmo Verónica tem alguns acessos mentais negados. O poder de Lara é o maior que eu já vi. Você já percebeu que aqui a gente praticamente perde o poder mental, né?

Então é isso. Nada de telepatia na Prisão Perpétua. Nada de alcançar alguém com sua mente. Você fica preso na sua própria cabeça. Exatamente como os humanos, como eu tinha me sentido a vida toda até aprender a usar a mente.

– Acho que aqui é o Inferno – debocho. – Sem poder mental, luz brilhante por toda parte. As pessoas estão enganadas, a frase está toda errada: não é fogo do inferno, é luz do demônio. Bem – dou de ombros –, se aqui for o Inferno, não tem problema, não pra mim. Criaturas como eu devem se divertir em lugares como esse.

Ele me olha curioso. Mesmo sem conseguir acessar sua mente, eu sei o que ele está pensando. Que eu sou uma idiota, que eu não devia brincar neste momento. Agora temos assuntos mais importantes para falar. Me ajeito um pouco melhor na cama e prometo, em silêncio, que vou fechar a boca.

– Quando a Prisão Perpétua foi construída, foi projetada com um escudo protetor de potência máxima, que impede o uso do poder mental. Somente nos cosmotransportes ele é possível. E isso precisa cumprir um protocolo rigoroso, chamado CPI – Chave de Permissão Intermediária. Quando Resgatadores trazem Invasores pra cá, para celas como esta, precisam ter acesso ao protocolo CPI. O Resgatador recebe uma chave intermediária de uso restrito e rápido. – Tom abre a mão e me mostra uma chave prateada. Muito parecida com a chave dourada. – Ela se desintegra sozinha. Temos pouco tempo, Ágatha. Precisamos ser mais rápidos. Bem, deixa eu terminar de te contar. O escudo protetor não consegue impedir o poder mental de Lara, como eu já disse. Ela monitorava as Experiências e... – ele tensiona o pescoço – e ficava com vocês. Ela ficava com você e Fred no banco de pedras, lá em Santana das Rosas. Aquele é um Espaço Protegido para vocês três ficarem juntos. Vocês nunca viram Lara antes, mas ela esteve lá o tempo todo. Sempre que você estava no banco de pedras, Lara estava também. Você e Fred foram atraídos para aquele lugar para ficarem juntos com Lara.

Não consigo respirar nem piscar. Então era isso! Eu sempre amei o banco de pedras porque encontrava minha mãe lá. Me escondia lá para ser eu mesma. Não era nada disso, só ia até lá para encontrá-la. A porcaria da minha verdadeira mãe. Ela ficava comigo. Era essa a sensação quase perfeita que eu tinha quando passava horas no meu banco. Lá sempre foi meu lar número um. Eu estava com ela, com aquela mulher, a minha mãe. Nós ficamos juntas desde sempre, nunca realmente nos separamos. Então era isso! Eu amava aquele lugar porque me encontrava com ela. Fred, eu e Lara juntos. Fred e eu não a víamos, mas ela estava lá, o tempo todo. Nem me lembro de como começamos com isso, de todo dia querer ir para lá. Parecia uma coisa inocente de criança. Na verdade, não importa, foi só uma desculpa. Fomos atraídos para aquele banco para ficarmos com ela. Lá eu estava em casa. Meu lugar preferido no mundo. Perto dela, a traidora. Minha mãe. A mulher que fez de mim uma Experiência.

Não mexo nenhum músculo.

– A história de vocês é uma lenda em Gael. Eu fiquei curioso e em uma das vezes em que eu estava no Monitoramento com os meus pais, procurei pelos filhos de Lara e Wlademir Goy. Eu vi você, Ágatha, e desde aquele dia você se tornou minha obsessão. Eu não consegui mais tirar você da minha cabeça. Tudo em você me atraiu. Seu jeito, sua confusão. Tão linda, tão secreta, tão perdida. Vigiar você se tornou meu passatempo, meu trabalho, meu objetivo. Eu queria te encontrar. Passei anos observando você. Eu só pensava em arrumar um jeito de te conhecer de verdade.

Posso sentir sua respiração e seus olhos obcecados em cima de mim.

– Comecei a invadir sua mente em sonhos. Eu me apaixonei por você, Ágatha. Eu queria te tocar, te mostrar Gael, te trazer pra cá, te contar a verdade sobre quem você é. E quando você começou a me corresponder mentalmente, fui te encontrar na Terra. – Tom segura minhas mãos. Eu deixo. Talvez nem tudo esteja perdido. – Tudo pode ter sido mentira até aqui. A sua vida, você como humana, seus pais e irmãos humanos, as informações que eu escondi de você. Tudo! Mas eu nunca te enganei sobre isso: eu te amo. Eu te amo. É só o que importa. Aqui, na Terra, no Universo inteiro, é só o que importa: eu te amo.

Quase pulo em cima dele. Mas o que sai é:

– Eu não confio em você, Tom. De qualquer jeito, somos inimigos agora. O veneno e a cura. – Ele quer falar, mas eu encosto o dedo indicador nos lábios dele. – O que eu sinto por você também não é uma mentira. E não mudou mesmo sabendo a porcaria que eu sou e o mentiroso que você é. Não sei se vamos dar um jeito nisso.

Chego mais perto dele antes de continuar:

– Eu espero que sim. Mas eu preciso confiar em você de novo. E você vai ter que me provar que eu posso. Palavras e promessas não adiantam mais. Tom, eu quero uma prova. Eu preciso de uma prova. – Agarro seu pescoço e o abraço com força. Sussurro em sua orelha: – E eu já sei o que você tem que fazer.

10

Uma flecha

Estou sozinha de novo. Foi sempre assim, minha vida toda. Sozinha.

Tom desapareceu sem me dizer nada. Escutou o que eu queria e foi embora. A chave prateada estava se desintegrando. Ele não me deu nenhuma resposta, nenhum sinal se ia ou não fazer o que eu pedi. Mal terminei de falar qual era a prova, ele foi embora dizendo:

– Os Guardiões da CPI são como milhões de olhos de corujas, não dão brechas. Logo estarão aqui. Eu tenho que ir. – E desapareceu.

Nem tive chance para mais nada. Ele se cosmotransportou. Estou sozinha nessa cela infernal. A luz brilhante me deixa tonta. Eu odeio esse lugar.

Ando em círculos em volta da cama. Eu não posso ficar aqui parada. Esfrego as mãos suadas. Já vou morder uma unha, quando falo alto para mim mesma:

– Chega, Ágatha!

Então me arrasto até a cama, sento com as costas esticadas, absolutamente eretas. Cruzo as pernas numa pose que não é minha. Vou esperar. Calmamente, decido. Tamborilo os dedos nos joelhos e até tento assoviar. *Ele vai fazer o que eu pedi, vai me dar a prova, ele tem que fazer.*

Tento assoviar "E.T." da Katie Perry, mas sou um desastre em música. Ah, vá se ferrar! Levanto e começo a andar em círculos de novo. Mais rápido agora. Sei que não é assim que vou sair daqui, andando de um lado para o outro como uma barata tonta. Só que sentar e esperar, como se eu fosse uma pessoa controlada, é simplesmente ridículo. Eu era uma humana sem paciência. Continuo assim, a diferença é que sou uma alienígena agora. Meu Deus, eu não sou uma garota, sou um ET! Um ET!

Aliso as paredes brancas – todas elas – procurando alguma fresta. Tem que haver alguma coisa. Olho para o teto, que reluz brilhante. Não tem saída aqui. Eles devem ter inventado uma forma de respirar numa caixa fechada, com certeza. Tenho que parar de pensar como uma humana, a lógica não é mais essa. Eu preciso mudar, mas antes eu preciso escapar. Vou acabar sufocando se eu não sair daqui. Coloco a mão na garganta.

Nem portas nem janelas. Sem saída. Não consigo alcançar a mente de ninguém. Até das minhas roupas reflete essa luz brilhante e intensa. Eu fui adotada. Sou uma Experiência. Mordo todas as unhas que restam.

– Não, não, não, não, Ágatha! – Chacoalho a cabeça.

Preciso colocar meu cérebro para funcionar. Tenho que ser minha própria aliada, mas é impossível controlar meus pensamentos. São crianças desobedientes e desaforadas. Fazem tudo sem a minha permissão, conversam o tempo todo. Estão gritando dentro da minha cabeça neste exato momento: Experiência, Invasora, adotada, Experiência, Invasora, adotada, Experiência, Invasora, adotada. Não querem parar!

Sempre desprezei aquele papo de "deixar sua mente limpa", achava uma completa baboseira entediante. Bem, se eu tivesse me esforçado, talvez fosse útil agora.

– Seja objetiva, garota, vamos! Foco – falo enquanto termino de arrebentar as unhas.

Como é que alguém deve se sentir quando descobre que sua vida toda é uma mentira? Uma mentira bem grande. Existe algum padrão a ser seguido? Todo mundo "deve" ficar revoltado? É tão ruim assim saber que você é adotado? No meu caso, não é só isso. Eu não sou uma pessoa rejeitada, acolhida por outra família. Ou alguém que sobreviveu a uma tragédia e teve que crescer em um lar que, a princípio, não devia ser o seu. Eu não sou nem mesmo uma pessoa de verdade. Perdi a porcaria da identidade para sempre. Não vai adiantar uma segunda via. No meu caso, não. Não é só trocar o sobrenome. Família compartilhada não resolveria a minha situação. Nunca iríamos nos integrar, os Guillers e os Goys.

Não sou humana, *tudo bem, tudo bem, tudo bem*, repito sem parar. Talvez isso seja bom. Tenho poderes agora. O problema é que eu sou uma Goy e meus poderes são obscuros. Como isso vai mudar a minha vida? Eu já era uma Goy, só não sabia.

– Vamos, Ágatha, pense em alguma coisa. Você pode dar um jeito! – Afinal, eu não sou uma garota qualquer, sou uma alienígena.

Os Guillers não têm nada a ver comigo, eram os vigias da prisão onde os Resgatadores me meteram. Foi tudo uma questão de controle. Sento na cama e agarro minha cabeça pesada.

Não sei o que pensar, não sei o que fazer, não sei para que lado virar. Me levanto e dou um soco na parede.

– Que merda é essa!? – grito apavorada. Dou outro soco e a mesma coisa acontece.

Minha mão e o meu braço todo entram na parede. Que parece não ser mais do que uma névoa esbranquiçada e brilhante. Arranco o braço depressa.

Coloco minha mão no mesmo lugar, bem devagar. Ela está dura, argamassa e concreto. Dou tapinhas de leve na parede. Será que eu tô enlouquecendo? Será que eu sempre fui maluca e tudo isso é uma invenção da minha cabeça? Talvez eu esteja internada num daqueles hospitais de gente pirada e toda essa realidade não passe de um mundo que eu mesma inventei. Talvez eu seja um caso perdido. Talvez tudo seja mentira.

Aliso a parede. Compacta, intransponível. Precisaria de uma picareta para arrebentar isso aqui. Dou mais um soco. Minha mão e meu braço passam por ela, como se fosse apenas uma luz brilhante.

– O que é isso?! – Arranco o braço e dou um pulo para trás.

– Ágatha!

Fred surge ao meu lado, me levanta e me abraça. Tom está com ele. Sorrio. Tom me deu a prova. Ele fez o que eu pedi. Trouxe meu irmão. Ainda pode existir uma chance para nós dois. Uma chance para mim. Talvez…

– Fred, você é meu irmão! – Abraço Fred com força e esqueço de todo o resto.

– Sua doida, você é um ET! – ele grita, enquanto me gira.

– Isso é ridículo! – Bato na cabeça dele.

– Totalmente! – Ele bagunça meu cabelo.

Paramos de girar e nos encaramos, ainda abraçados.

– Nós somos Invasores, Ágatha.

– Nada da nossa vida foi verdade, Fred. Todos aqueles anos, era tudo mentira.

– Não, Ágatha. Não foi tudo uma mentira.

– Você tá louco? Eles nos enganaram o tempo inteiro! Foi tudo mentira, sim!

– Precisamos ir agora. – Tom nos interrompe.

Só então presto atenção nele novamente. Tom fez o que eu pedi! Ele se arriscou, desacatou as ordens da Verónica, aquela tirana.

– Que se foda tudo isso! – Agarro o pescoço de Tom. – Que se foda o que eu sou. Eu não vou perder você. Eu não posso ficar sem você. – Olho direto nos olhos dele. – Prefiro morrer. A gente vai ter que dar um jeito de fazer isso funcionar. Essa porcaria que eu sou.

– Que se foda, Ágatha! – Ele se afasta um pouco e me encara. – Você não é nenhuma porcaria. Você é a mesma garota e eu te amo. Nada, em nenhum mundo, muda isso.

– Eu também te amo, Tom. Eu te amei desde a primeira vez que vi você, lá no aeroporto em Nova Jerusalém, lembra? – Ele sussurra um sim, enquanto beija minha orelha. – Não, foi antes disso! Eu te amei desde que você apareceu nos meus sonhos.

– É para sempre, Ágatha. Não me importa a sua origem, só o que me importa é quem você é. Você é tudo o que eu quero no Universo inteiro.

Toco seu rosto, é tão lindo. Ele se aproxima mais. Beijo a boca dele. Ele é meu, nada vai nos separar. *Você é tudo o que eu quero no Universo inteiro.* Vou desmaiar.

Ele me beija devagar. Não um beijo cheio de desejo e pressa, como quase sempre foi entre nós. Nos beijamos como se estivéssemos dizendo sim. Sim, sou uma Invasora e ele, um Resgatador. Nem isso vai nos separar.

Aliso suas costas. Ele me cobre inteira. Agora somos nós dois. Se eu não soubesse o que nós somos, eu poderia jurar que esse é o beijo mais humano que eu já ganhei em toda minha vida. Esse beijo me enche de esperança. Um tsunami de força e coragem.

Todo o resto parece pequeno e distante, como se os problemas não existissem de verdade. Como se, juntos, pudéssemos tudo. Desde que descobri o que eu sou, esse é o melhor momento de todos.

Que importância têm os códigos genéticos que meteram dentro de você? Eles são o seu passado. Não podem ser o meu futuro. Não, não podem.

– Que se foda! – Fred nos abraça.

Rimos juntos. Três patetas agora.

– Peraí, olha só isso! – Dou um soco na parede. Minha mão a atravessa. Espero alguns segundos e aliso devagar o mesmo local. Está dura feito diamante. – O que é isso? – pergunto para Tom.

– É só mais um artifício de proteção da Prisão Perpétua. As paredes das celas retornam para o estado absoluto de energia quando quem está preso aqui dentro tenta destruí-las. Ou tenta escapar. É o melhor jeito de contermos os Invasores e de eles não se autodestruírem enquanto estão aqui.

Nossa, os Invasores não têm nem o direito de acabar com eles próprios. Eu não tenho esse direito. Nem Fred.

– Então é possível atravessá-la? – Fred brinca de alisar e socar a parede sem parar. Vejo seu braço sumir na névoa esbranquiçada.

– Não. Se você entrar todo nela, acaba paralisado. Só consegue voltar para a cela ou fica preso dentro da parede.

Eu nunca vou deixar de me espantar com esse mundo. Mesmo que agora ele também seja meu. E que eu consiga ver tantas falhas nele.

Tom segura minha mão e toca em Fred. Falo baixo, no ouvido dele:

– Obrigada.

Ele sorri e pisca para mim. É o sorriso mais lindo do mundo. Sim, juntos nós podemos tudo, vamos dar um jeito nessa coisa que eu sou. Tenho certeza disso.

Tom segura uma chave prateada. O ritmo do cosmotransporte é rápido. Escapamos da Prisão Perpétua.

Eu não sei para onde estamos indo. Não sei nem quem eu sou. Perdi a identidade, a família, a noção. Não tenho casa, cidade natal, nada dessas coisas. E o pior de tudo, meu sangue carrega uma maldição. Mas eu tenho Tom e sou capaz de amar. Minha origem não muda nada disso. Eu não sou uma flecha lançada por mãos invisíveis. Essas mãos não vão decidir o meu futuro. Eu não posso deixar. A vida não pode se resumir a isso, um destino traçado antes de você nascer. Eu não sou uma flecha e você também não deveria se parecer com uma.

11

A pior versão

– O quê?! – grito assim que abro os olhos. – Aqui?!

Não dá tempo de ninguém dizer mais nada, porque a porta do meu quarto é aberta às pressas e Tereza entra quase sem fôlego.

– Tere... – Olho em pânico para Fred e Tom.

– Minha bonequinha! – ela me interrompe e já está em cima de mim, me sufocando com seu abraço apertado. Eu fico rígida, apavorada. Ela viu Tom! – Vai ficar tudo bem, pode acreditar em mim – Tereza balbucia e se afasta, olha nos meus olhos. Mesmo em choque, eu reconheço esse olhar. É o mesmo de sempre. Aquele que diz: *você pode contar comigo até o fim, vou estar sempre aqui.*

Tereza passa a mão pelo meu rosto e meus cabelos, e fala devagar:

– Ágatha, eu sei quem você é. Eu sei que tipo de criatura você é. Cuido de você desde que veio para esta casa. Não tenho dúvidas da criatura boa que você se tornou. Agora me ouça com atenção! – Ela aponta um dedo em riste, seu rosto torna-se severo. – Não é com sua origem que você tem que se preocupar. Não é porque você nasceu de Invasores que você precisa se tornar uma. E sua mãe, Lara, nem é uma Invasora de verdade. Você foi criada por esta família e por mim. Os Guillers não têm nada de Invasores, nem eu. Nós mudamos quem você se tornaria.

Não.

Não.

Não.

Essa não.

Tereza não.

Caio sentada na cama. Não consigo entender o que ela continua falando, palavras desconexas, murmúrios sem sentido. Tereza… ela…

– Você… – Respiro, tentando coordenar pensamento, fala e oxigênio. – Você… – engasgo.

– Sim, sou a sua Protetora. – Tereza leu meus pensamentos antes mesmo que eu terminasse de formulá-los. – Desde sempre, bonequinha, eu protejo você. – Ela sorri como se tivesse acabado de me dar a melhor notícia de todas.

Eu protejo você. Sou a sua Protetora. Eu devia ficar contente?

Como pude ser tão cega a vida toda? Os cuidados exagerados de Tereza comigo, nada daquilo era normal. Ela sempre me protegeu mais que a qualquer outro, me defendia em qualquer situação. Tereza ficou no meu pé a minha vida toda, se intrometendo em tudo. Ela é minha Protetora.

Cada Experiência que vive na Terra tem um Protetor na sua cola. Tereza é a minha.

O tempo todo, Tereza tinha um único objetivo: esconder minha verdadeira identidade. Eles chamam isso de proteção, só que é um erro. Não é proteção, é mentira. Foi tudo mentira até aqui. Era só o trabalho dela, fazia parte do plano. Cozinhar, aspirar e organizar a rotina imbecil desta casa foi apenas um disfarce. O famoso jogo de esconde-esconde das criaturas.

Levanto a cabeça e a encaro. Ela também não é humana. Sua mente tão focada nas atividades do momento era só mais um disfarce. Tereza faz parte da cúpula da Experiência. Ela é a Protetora de um dos filhos Goys, as primeiras Experiências. Somos uma lenda em Gael, Tom disse. Tereza é mais um cachorrinho obediente da Verónica González. Eu não posso acreditar que foi tudo um esquema. Eu amo Tereza!

O jeito que ela sabia como eu estava me sentindo, parecia adivinhar meus pensamentos. Claro, ela invadiu minha mente o tempo todo. Sem privacidade, sem saber de nada, sempre enganada, foi assim que eu cresci.

Tereza foi designada para ser minha Protetora. Era o trabalho dela inventar uma vida falsa para mim. Ela só respeitou ordens. Não é amor, não é como se ela fizesse parte da família. Sou uma obrigação para ela, uma tarefa a ser cumprida.

– Não é verdade, Ágatha. Eu te amo desde que botei os olhos em você no dia do seu nascimento. Eu pedi para vir pra cá, para ser designada para esta missão. Foi escolha minha. – Mais uma vez Tereza invadiu minha mente.

Mordo uma unha até sentir o gosto do sangue. Encosto na parede e fecho os olhos.

– Você está bem, Ágatha? – Ouço Tom.

Balanço a cabeça, indicando que sim. *Está tudo bem, não poderia estar melhor. Perfeito! Maravilhoso, a vida é esplêndida! Vou explodir de tanta alegria!* Ele é bobo? Como eu poderia estar bem? Sou parte de um jogo, sou uma peça qualquer no xadrez das criaturas.

– *Vamos, garotos!* – Tereza finalmente se afasta de mim.

Abro os olhos. Tereza e Fred estão se abraçando. Tom está sentado ao meu lado, ele segura minha mão. Eu nem tinha percebido.

Tenho vontade de gritar para Fred: *Tereza sempre mentiu pra gente!* Mas só fico parada, olhando para eles. Ele não está surpreso como eu. Nem assustado. Ou revoltado, se sentindo enganado. Ele está contente, dá pra ver.

Nós somos irmãos, somos extraterrestres, o diabo de dois Invasores, só que não poderíamos ser mais diferentes. Será que Fred não se importa de ter sido enganado a vida toda? Como ele pode estar contente? Talvez até agradecido. Garoto estúpido!

– *Bem* – Tereza ainda sorri para Fred enquanto fala mentalmente –, *vocês não podem ficar aqui por mais tempo. As criaturas vão chegar a qualquer momento! Os Resgatadores querem impedir que Invasores raptem vocês dois. Ou que vocês encontrem Lara e Dan e que acabem fazendo parte do Exército Invasor. O Conselho não sabe como agir. Quando vocês descobriram quem são, todo o plano da Experiência foi rompido. Ele se baseava em uma premissa: nenhuma Experiência poderia conhecer sua origem Invasora. Sempre se acreditou que esse segredo era a chave que mantinha as Experiências distantes da natureza sombria que carregam. Agora tudo está uma grande confusão! Vocês precisam partir! A barreira de proteção que criei não irá durar muito mais tempo. Já está tudo certo. Aqui, garotos, as chaves de vocês.*

Tereza nos entrega as chaves douradas. Fred agarra a dele bem rápido e sorri. Eu continuo sentada na cama, não consigo me mexer. Eu duvidava, mas o estado de catatonia é real. Pode acreditar, um dia qualquer pode até acontecer com você. Tereza bota a chave entre minhas mãos. Não sou capaz de mover nenhum músculo. Será que eu morri? Uma bala no lugar certo acaba com você. A verdade também tem esse poder?

– *Elas estão aguardando vocês. Rápido, garotos, vão!* – Tereza se volta para mim. – *Querida, vá em frente.*

Querida, vá em frente. É tão simples, é só seguir a sua vida.

Querida, vá em frente. Qual o problema? Você não é humana, sua família foi só uma brincadeirinha sem graça. Isso não tem nada a ver, você devia até agradecer!

Querida, vá em frente. Tereza só se esqueceu de dizer para onde.

Levanto da cama e a encaro. Enfio a chave dourada no bolso.

– *Vocês realmente precisam ir. Agora!* – Tereza está nervosa.

Tom agarra minha mão, estamos prontos para nos cosmotransportar.

– Não! – grito e o empurro de lado. – Não vou a lugar nenhum. – Respiro. – Tereza, me conta tudo. Como eu vim parar nesta casa? Minha mãe sabe?

Os três ficam imóveis. Tereza assente, ela vai me contar.

– *Não, Ágatha. Sua mãe não sabe de nada. Ela estava grávida e teve o bebê, uma garotinha, que morreu poucas horas após o parto. Ela nasceu com uma síndrome rara. Thomaz era um humano aliado há muito tempo. Ele colaborava conosco em segredo. Ele sabia do plano da Experiência. Fez tudo sozinho, entrou em contato e trocou os bebês. Você havia nascido há poucas horas.*

Estávamos averiguando a família mais apropriada para criar você, tínhamos três em vista. Os Guillers pareciam perfeitos. Manipulamos as mentes da equipe médica para que esquecessem o óbito da verdadeira filha de Cristina e Thomaz. Cristina nunca desconfiou.

– Como assim manipularam as mentes da equipe médica?

– Temos poder mental para isso. Somos criaturas. Quando necessário, lançamos mão desse artifício e modificamos a realidade. Pelo menos a apreensão da realidade.

Meu Deus, é tudo um jogo. A vida é um plano sórdido. Nunca sabemos quem está no comando.

E minha mãe não tem a mínima noção de que tem uma filha morta. Ela é uma trouxa. Eu sou uma trouxa. Puseram vendas em nossos olhos. Achávamos que éramos inteligentes, espertas. Somos duas trouxas. Meu pai é um mentiroso maquiavélico.

– O que vocês fizeram com o bebê morto?

– Seu pai enterrou no quintal desta casa. Embaixo das azaleias, lá no fundo.

O tempo todo a filha dela esteve tão perto. Meu pai não tinha escrúpulos. Ele passava várias horas cuidando daquelas azaleias.

– Mais alguém daqui de casa sabe?

– Não. Todos esses anos, apenas Thomaz e eu.

Eu quero matar meu pai, aquele idiota! Minha mãe e meus irmãos acreditam que eu sou da família. Ele não podia ter mentido para todo mundo. A Experiência é um plano cruel e nojento. Joga com as pessoas como se elas não fossem nada, como se não tivesse importância você construir sua vida em cima de um monte de mentiras. Eu queria matar meu pai, mas ele já está morto. Desgraçado!

Ele nunca contou nada. Nenhum deslize, nenhuma palavra estranha, nenhuma brecha. Absolutamente nada. E o tempo todo ele via quem eu era. Ele sabia de outros mundos. Ele sabia que tipo de coisa eu era. Ele nunca falou para minha mãe que o bebê dela morreu e está logo ali, no fundo de casa. Não dá pra aceitar isso! Dona Cristina, tão dona de si, nem sabe que a verdadeira filha dela está morta, bem debaixo de seu nariz.

Eu queria poder falar com minha mãe que ela estava certa todas as vezes que me chamou de estranha. Mesmo naquele maldito pesadelo, ela estava certa. *Você, eu sabia que não era você.* Não, não sou mesmo eu. Sou a filha errada. Sua garotinha está morta. Sou uma impostora.

Tereza me abraça de repente. Respiro o shampoo dela. O mesmo shampoo todos esses anos. Gosto tanto do cheiro de menta dele.

– Vai dar tudo certo. Você vai saber o que fazer. Você cresceu rodeada de muito amor. Agora você precisa ir, Ágatha. Os Resgatadores não vão demorar. A barreira que fiz não pode impedi-los por mais tempo. E você não quer voltar para a Prisão Perpétua, quer? Agora você precisa ir até o fim. Precisa conhecer toda a verdade.

Dou um passo para trás. No meio de tantas mentiras, de um jeito ou de outro, eu fui sempre protegida. Isso eu não posso negar. Tereza fez isso muito bem.

Tom segura minha mão. Fred pega no braço dele. Sorrio para Tereza e desaparecemos.

Talvez mentes humanas não suportem tantas reviravoltas. A minha não é humana, eu vou ter que dar um jeito de aguentar tudo isso.

– *Chegamos, Ágatha.* – A voz mental de Tom é macia. Ele me abraça. – *Estou aqui. Agora não existem mais segredos entre nós. Vamos ficar juntos para sempre.*

Abro os olhos e lá está ele. Meu antigo banco de pedras, que virou um banco de cimento. Meu lugar preferido no mundo. O esconderijo secreto para a mamãe-Invasora encontrar-se com seus filhinhos-Experiência. Perfeito, quase mágico. Lar doce lar. Suspiro.

Ficamos os três em silêncio, esperando. Eu sei quem nós estamos esperando. Tom e eu continuamos abraçados. Fred está um pouco atrás. Eu quero mesmo olhar para ela. Quero encarar aqueles olhos brilhantes dela.

– *Fiz um acordo com Lara. Foi ela quem nos ajudou a fugir da Prisão Perpétua. Ela tem contatos entre os Guardiões da CPI, em troca eu traria vocês dois aqui para terem uma conversa.* – Tom invade nossas mentes. – *Ágatha, escute o que Lara tem a dizer.*

Cruzo os braços e me afasto. Fred dá a volta no banco e fica ao meu lado. Segura minha mão. O preço que você paga pela liberdade é esse, acaba sempre metido em outra prisão. É assim que as coisas funcionam, por mais que você negue.

A Coisa sai de debaixo do banco e pula em cima de mim. Esfrego a cabeça do gato e o coloco no chão.

– Vai embora, Coisa. É melhor você sair daqui, vai! Hoje não é um bom dia – espanto o gato, que fica parado me olhando. Depois se vira e desaparece sem fazer barulho algum. Eu bem que podia ser esse gato. Será que ele não quer trocar de lugar comigo?

Fred pega minha mão de novo. Olho para o chão, não quero encarar nenhum dos dois. Não temos nada pra dizer. Eu só queria ir embora, ficar sozinha. Vejo minhas sapatilhas esfoladas. Nem reparei quando minhas roupas voltaram à cor normal. Nada mais daquele branco reluzente. Eu nunca mais vou voltar para a Prisão Perpétua. Não interessa o que eu tenha que fazer, isso nunca mais vai acontecer.

As duas surgem numa brisa leve. Permanecemos em silêncio por um momento, olhando desconfiados uns para os outros.

Eu não quero ter essa conversa. Não quero ouvir a história toda, eu não quero conhecer os detalhes nem as justificativas. Fred aperta minha mão com mais força.

– *Estarei por perto.* – Tom segura meu rosto com as duas mãos. Eu o encaro. – *É só me chamar, Ágatha. Eu apareço no mesmo instante.* – Ele e Laura desaparecem, sem nem me dar tempo de responder. *Me leve com você*, era isso que eu ia dizer. *Por favor, me leve com você. Eu tenho que dar o fora daqui.*

Ficamos os três, como sempre. Fred, eu e Lara. Tem sido assim nesse banco por todos esses anos, a diferença é que agora Lara não está mais invisível. Também existe outra diferença, a principal. Agora nós sabemos quem realmente somos.

Fred está sério, um verdadeiro cavaleiro medieval. Rígido, focado, pronto para uma batalha. Ele está passando pelas mesmas coisas que eu, perdeu o passado, a família, a identidade, tudo! Por que então acho que ele pode aguentar muito mais? Tenho certeza de que pode.

Aquela velha sensação me invade sem avisar. Foi sempre assim aqui. É a presença dela que exerce esse poder.

Lara. Balanço a cabeça, isso não está certo. Não é assim que as coisas deviam funcionar. Ela é uma traidora. Uma mãe que dá seus filhos para se tornarem Experiências não tem perdão. Não, não pode ter. Lara não merece nada! Ela muda de lado quando bem entende. É uma oportunista traiçoeira. Ela é a culpada por eu ser uma Invasora. Cruzo os braços e me afasto um pouco de Fred.

– Vai, Lara, conta a sua historinha de uma vez por todas. Somos todos ouvidos!

Vamos conhecer a pior versão da história. Então, vamos logo com isso.

12

O espaço preferido

Lara não começa a confessar seus segredos logo de cara, nem a dar justificativas ou pedir desculpas. Não é nada disso que acontece. Eu cheguei a pensar que fosse ouvir: *Me perdoem por ter abandonado vocês.* E todo o bláblábláblá tradicional. Não. Ela só fica parada, séria, olhando para Fred e para mim, que sustentamos seu olhar o máximo que podemos. O que não é muito tempo, claro.

Bolinhas de sagu. São elas que saltam da minha memória de repente, bem no meio dessa confusão toda. Lembro de mim bem pequenininha, abrindo a geladeira escondido para lambuzar as mãozinhas na tigela de sagu. Gostava de mexer naquela meleca. Depois lavava as mãos apressada. Ninguém nunca me pegou no flagra. Nem sei por que eu pensei nisso justo agora. Às vezes eu passava, o que parecia horas esperando uma chance para meter as mãozinhas no sagu. Era tão bom, eu apertava os olhinhos e ondas de alívio me invadiam. Depois eu saía correndo, apavorada de alguém aparecer. Fecho os olhos e mexo as mãos, eu queria uma tigela de sagu agora.

Sou uma garota crescida, não posso mais encontrar alívio nesse tipo de coisa. *Acorda, Ágatha!* Sou uma garota crescida, de vinte anos, que está diante da sua verdadeira mãe. Eu devia estar pronta para uma conversa adulta e esclarecedora. De longe, parecemos duas mulheres civilizadas, bem-educadas, aristocratas até. Uns amores. Na verdade, somos duas mulheres perturbadas. Mãe e filha estragadas. Quero arranhar o rosto dela, fazê-la chorar, se arrepender, se humilhar. Quero que ela sofra, que implore não sei o quê. Mas que implore.

Examino cada centímetro de Lara. Alta, cabelos negros volumosos, olhar penetrante. Frio. Ombros largos e eretos. Nada faria essa mulher se dobrar, a não ser que ela quisesse, eu aposto. Ela é a minha mãe. *A minha mãe.* Não a Cristina, curadora, um pouco distante e que foi minha mãe por todos esses anos. É ela, Lara. Uma alienígena Invasora. Eu não podia ser filha da mocinha da história? Não, claro que não. Fácil demais.

Lara tem o rosto anguloso da irmã. Não consigo parar de olhar para ela. Suas rugas são profundas, expressivas e orgulhosas. Ela é bonita. Eu não sei quem ela é, eu não a conheço. Eu não faço a mínima ideia de quem é a minha própria mãe.

Não quero mais arranhar o rosto dela, eu só quero ir embora. Dou um passo para trás e abraço a mim mesma. Não quero ouvir a voz mental dela, não quero mais olhar para ela. Eu só quero dar o fora. Eu preciso sair daqui.

Fred também está vidrado nela. Eles são parecidos, Fred e Lara. Cabelos escuros, olhos cor de mel, o rosto anguloso. Olho de um para o outro, checando os detalhes. Semelhanças físicas evidentes. Muito irritantes.

Mordo uma unha. Ela é a porcaria da minha verdadeira mãe. Eu podia ter passado a vida toda sem saber disso. Eu queria ter passado a vida toda sem saber de nada. Eles me enganaram por vinte anos, podiam me enganar para sempre. Bando de incompetentes.

Lara vem em nossa direção. Meu corpo inteiro reage. Tento dar mais um passo para trás, mas Fred não deixa. Ela se aproxima mais, Fred aperta com força minha mão. Lara põe uma mão sobre o ombro do Fred e a outra, sobre o meu. Então aquela velha sensação me invade de uma vez. Sem controle. Foi exatamente assim que me senti a vida inteira neste banco. A coisa boa que eu sempre procurei aqui era ela. Talvez ela me abraçasse o tempo todo. O que eu chamava de lar número um, era ela. Minha verdadeira mãe sempre foi ela. Nós estivemos juntas, quase grudadas, por todos esses anos.

– *Fred e Ágatha.* – Lara retira as mãos de nós. A sensação boa não vai embora.

Sua voz mental é... É... É conhecida. Sim, eu já ouvi antes, um milhão de vezes. Meu cérebro reconhece na hora.

– *Fred e Ágatha.*

Quantas vezes ela chamou nosso nome, sem que nos déssemos conta, sem que "ouvíssemos" de verdade? Só não queríamos sair desse banco, porque era aqui que éramos felizes. Era como estar em casa, ou de volta ao útero. Eu estava em casa, eu estava de volta ao útero. *Mãe, por que você me abandonou? Por quê?*

Depois que ela disse nossos nomes, Fred e eu praticamente paramos de respirar.

– *Fred e Ágatha...* – Mais uma vez.

– *Fred e Ágatha...*

Não vou aguentar tanta papagaiada. Não depois de duas décadas de mentiras.

– *Tá, esses são os nossos nomes.* – Invado as mentes dos dois e reviro os olhos em câmara lenta. – *Mas isso nós já sabemos. Não precisamos que você nos conte. É a outra parte que você tem que falar, Lara. Os segredos, as mentiras. Como você nos abandonou, por que... Por que você deixou que vivêssemos sem saber de nada por todos esses anos?* – Encaro Lara.

– *Estamos ouvindo.* – Fred não desgruda os olhos dela.

Somos nós dois de um lado e, do outro, a ré. Eu já sei a sentença: "Mulher alienígena é culpada por abandonar seus filhos em outro planeta. A pena: deve ir direto para as malditas luzes do inferno. Para sempre."

– *Eu não me arrependo de tê-los enviado à Terra. Não me arrependo de vocês dois serem as primeiras Experiências. Não tenho pedidos de desculpas a fazer, sinto muito se era o que esperavam. Não existia uma alternativa melhor. A Experiência salvou vocês dois. Era tudo que eu tinha para oferecer. Sinto muito.*

Fred e eu nos olhamos boquiabertos. Os nós dos meus dedos estão brancos, Fred está apertando forte. Lara não vai pedir desculpas. Não é isso que as mães que abandonam os filhos fazem? Pedem desculpas, pelo amor de Deus! Tem todo aquele choro, o melodrama, eu já vi na TV. Ninguém ensinou isso para ela?

Fred e eu não vamos ouvir um discurso meloso. Nada de frases do tipo: "*Se eu pudesse voltar atrás, eu nunca faria aquilo. Eu jamais abandonaria os meus filhos! Venham aqui para a mamãe!*". Nada disso. Minha mão está dormente. Fred nem percebe que está me machucando. Está vidrado nela.

Tento arrancar a mão. Ele afrouxa um pouco, sem desviar os olhos de Lara.

– *Vocês mereciam essa chance* – Lara retoma. – *E quem deve dar a melhor chance para os filhos? É a mãe. É sempre a mãe. Foi o que eu fiz. Eu dei a vocês a melhor chance de suas vidas.*

Talvez essa mulher seja uma completa idiota. Uma louca, uma lunática, uma esquizofrênica, uma burra, sei lá. Só alguém assim imaginaria que a melhor chance de um filho é ficar longe da mãe.

Mordo os lábios. Tranco a mente. Não vou perguntar mais nada. Não vou pedir satisfação. Não vou dizer o que eu penso. Não vou gritar com ela. Balanço a cabeça. Não vou entrar nessa. Não quero explicações, nenhuma justificativa. Afinal, eu não me importo mesmo. Ela não é a minha mãe. O nome da minha mãe é Cristina. Foi ela quem cuidou de mim, me deu tudo. Sim, a dona Cristina é a minha mãe. Essa daí é só uma estranha.

– *A Experiência é a minha benção para vocês, acreditem. Não importa como me senti desde aquele dia, o dia em que você nasceu, Ágatha. O dia em que me tornei uma mulher invisível. Você nasceu, Ágatha, e eu perdi tudo o que eu amava no universo: meus três filhos e Wlademir. Mas isso não importa. Vocês tiveram a chance que mereciam.* – Ela se cala. Agora não sou mais a vítima, a criança abandonada, sou a culpada pelo maldito destino da minha mãe. Só faltava essa! – *Wlad possui a natureza mais sombria e perturbadora que eu conheço. Mesmo assim eu o amei. Justamente por isso me apaixonei por ele. Eu ainda o amo. Não um amor colorido e suave como vocês aprendem naquele planeta. O amor não é nada disso. Não é fútil, macio ou leviano. Entre o pai de vocês e eu, o amor nunca foi colorido. É profundo e avassalador. O verdadeiro amor testa todas as suas forças, transforma todas as suas perspectivas. Não importa que Wlad e eu sejamos inimigos agora e que não possamos mais ficar juntos. Sempre nos amaremos.*

O que esta mulher está falando? Ela é ainda mais idiota do que eu pensava. Ela está falando do amor entre ela e o Grande Líder Invasor? É para isso que ela nos chamou aqui? Para nos contar a versão sombria de Romeu e Julieta, que, por acaso, são os meus pais?

– Talvez se vocês não existissem, eu ainda estivesse lá, ainda seríamos o casal mais poderoso de Gael. Mas eu tinha que fazer alguma coisa por vocês. Era a minha obrigação. Eu realmente não tive saída.

Continuo encarando Lara, mas não a vejo mais. Só um borrão branco e brilhante à minha frente.

– Aconteceu tão rápido. Um dia eu estava completa ao lado de Wlad, governando os Invasores, tínhamos tomado Gael, éramos os vencedores, os donos do mundo. E no outro, estava infeliz e perturbada. Temendo pelo destino dos meus três filhos. Como Laura me procurava sempre, pedi ajuda a ela. Planejamos minha fuga e minha rendição. Invadi a mente de Verónica e mandei o plano da Experiência para ela. Até hoje ela imagina ser a criadora da Experiência. Não me importo. Não preciso dos créditos. E assim que dei à luz você, Ágatha, fugi e traí os Invasores. Só há um motivo para eu revelar toda a verdade agora: vocês correm perigo. Dan quer vocês. Ela pretende convencê-los de que são Invasores e que vocês não têm escolha. O que não é verdade. Dan vê como certa a aliança entre vocês três. Juntos, lado a lado, para retomar Gael. Os irmãos Goys. Procurei por Verónica, nós tínhamos que revelar a verdade, contar para vocês sobre a Experiência antes que

os Invasores fizessem isso, antes de Dan alcançá-los. Proteger vocês dois estava ficando cada vez mais difícil. O cerco se fechava rapidamente sobre nós. Verónica se negou, como eu já esperava. Não queria interferir no plano da Experiência. Laura tentou um acordo com Dan. Mas parece que qualquer negociação com ela é impossível. Dan está cega pela sede de vingança. Então fugi para me encontrar com vocês.

Nós três nos encaramos. Posso ver as algemas invisíveis que nos unem. São feitas de sangue e sacrifício. O amor materno.

– *Deuses sempre oferecem presentes às criaturas do Universo todo. Uma nova vida é o mais precioso deles. A Experiência é uma nova vida. Quando elaborei a Experiência, quase não suportei a ideia de ficarmos distantes, de abandonar meus próprios filhos aos cuidados de uma miserável família terrena. Mas minha mente sabia que a Experiência era a melhor chance para vocês. Uma nova vida, um presente dos deuses, eu repetia para mim mesma. Os deuses devem ter me inspirado para essa brilhante ideia. Vocês tinham uma única chance e eu não poderia desperdiçá-la. Eu jamais a desperdiçaria, mesmo que tivesse que morrer para isso. Não importa o quanto abandonar vocês me destruiu. Isso realmente não importa.*

Fred e eu continuamos estáticos, sentados lado a lado no banco de cimento. Não estamos mais de mãos dados. Agora eu mesma aperto as mãos até que os nós dos meus dedos fiquem brancos, cada vez mais brancos. Meu cérebro faz bilhões de conexões e, sozinho, elabora centenas de perguntas. Também penso nas melhores formas de ofendê-la, de xingá-la, de acabar com ela. Não deixo nada transparecer. Apenas a máscara da garota distante, que não se importa. Reviro os olhos e bufo algumas vezes, repetindo um gesto forçado de desprezo. Como se eu não estivesse nem aí para o que ela está dizendo. É um gesto bobo, eu sei. Mas é tudo o que EU tenho para oferecer.

– *Fred e Ágatha* – Lara já está falando telepaticamente há um tempo quando volto a prestar atenção –, *Laura e eu somos irmãs, vocês já sabem. Pertencemos a uma antiga linhagem de Guardiões. Laura é uma Guardiã de histórias. Diferente dela, que desde muito cedo se envolveu com as palavras, eu me sentia perdida, eu não sabia quem eu queria ser, qual seria o meu futuro. Nada fazia sentido para mim.* – Abaixo os olhos e bufo. Desta vez um gesto autêntico. Será que essa confusão de identidade é genética? – *E isso nunca passou até o momento em que conheci Wlad: Wlademir Goy, o Grande Líder Invasor, o pai de vocês. Então, tudo se transformou! Como se portais de um mundo novo se abrissem para mim. Não um mundo visível, que outras criaturas também pudessem ver. Não, não foi isso que aconteceu quando conheci Wlad. Eu passei a habitar um mundo só meu, completamente diferente, onde eu não era mais uma criatura incerta e vacilante, mas uma deusa. Foi como se eu tivesse vivido esperando por aquele exato momento. Encontrá-lo foi como encontrar a mim mesma.*

Um líquido quente atravessa minha retina e escorre pelo meu rosto. Não me dou ao trabalho de limpar. Eu não posso ser assim tão parecida com essa mulher. Merda, merda, merda! Eu não posso! Só com Tom me senti realmente viva. As dúvidas de quem eu queria ser me corroíam e me deixavam sempre desanimada. Isso só acabou quando conheci Tom. *Encontrá-lo foi como encontrar a mim mesma.* Foi Lara ou fui quem disse isso? Porque foi exatamente como me senti quando conheci Tom.

– Desde muito nova, quando ouvia as histórias antigas sobre os Invasores, secretamente eu queria conhecê-los. Tudo no mundo deles me fascinava, me despertava. Fiquei obcecada por eles. Queria saber mais, descobrir os detalhes de como viviam, quem realmente eram, o tamanho do poder que tinham. O que era inaceitável em minha família original, obviamente. Somos Guardiões, sempre estivemos em lados opostos. Somos inimigos, o que não me impedia de pensar neles o tempo todo. Em segredo, comecei a confabular um mundo diferente, imaginava uma Gael onde Invasores e todo o resto das criaturas pudessem conviver. Sonhei com isso por anos, inventando uma nova realidade a cada instante. Jamais partilhei tais fantasias, nem mesmo com Laura, minha irmã e confidente. Quando ouvi falar em Wlademir Goy, me apaixonei no mesmo instante e passei a viver esperando o momento mágico em que nos encontraríamos. Eu sabia que aconteceria, acreditava que estávamos predestinados. E um dia, quando eu estava me cosmotransportando de um espaço para outro, ele surgiu. E os poucos instantes em que estivemos juntos, foram os melhores de toda a minha existência. E também foram suficientes para confirmar que eu estava certa. Wlad e eu estávamos destinados um ao outro. Ele é uma criatura magnífica, plena, intensa, poderosa. Não tive mais dúvidas, eu soube qual era o meu lugar no Universo. Era ao lado de Wlademir Goy. Fugi com ele e passei a defender os Invasores, como se minha própria vida dependesse disso. Abandonei todo o resto. Aceitei a causa deles: tomar o poder em Gael. Parecia justa, real e digna. Nós lutamos lado a lado, como se a nossa luta fosse a mais honrada de todas. Eu os amei e os defendi. Eu escolhi me tornar uma Invasora. Nunca havia tido tanta certeza de algo em toda minha vida.

Fred e eu ficamos imóveis, mais uma vez. Sem palavras, sem pensamentos, sem coragem, sem ânimo, sem vontade. Só queríamos que ela parasse de falar e nos deixasse em paz.

– Abandonei tudo por Wlad, não queria mais ser a garota sem rumo e perturbada. Eu era uma deusa ao lado dele. Finalmente eu havia encontrado algo pelo que viver ou morrer. Eu só queria estar com ele e, no auge de nossa paixão, tivemos nossa primeira filha, Dan. Forte e destemida antes mesmo de nascer. Uma guerreira. Uma Invasora implacável. A melhor de todas.

Meu cérebro não vai suportar essa pressão e vai explodir a qualquer instante. Lara e Wlademir, eu e Tom, a mesma sensação, a mesma conexão, a mesma paixão, o mesmo vício cego. *Eu não queria mais ser a garota sem rumo e perturbada. Finalmente eu havia encontrado algo pelo que viver ou morrer.* Foi exatamente o que senti, palavras que eu mesma pensei quando encontrei Tom. Desvio o olhar, encaro minhas sapatilhas sem graça, depois os lírios e o céu. Eu sei que vou evitar até morrer, eu sei que é mais fácil encontrar as semelhanças físicas entre Lara e Fred, mas nós duas, bem, nós somos perturbadas e perdidas. O amor é nossa doença e nossa redenção.

Suspiro.

– Laura nunca deixou de me procurar. Ignorei seu chamado por longos anos. Quando Fred nasceu, ainda me sentia uma criatura poderosa e absoluta. Mas quando Ágatha começou a crescer dentro de mim, algo sinistro me invadiu. Como se uma névoa ao meu redor desaparecesse aos poucos e eu fosse obrigada a ver tudo. Eu enxerguei a verdadeira face de Wlad e tudo o que eu havia feito até ali. Eu não chorei ou me arrependi, tampouco me escondi ou recuei. Eu tinha que olhar para frente, eu precisava livrar meus

filhos daquele destino. Eu não podia permitir que o mundo sombrio da culpa me atormentasse. Eu tinha que agir. Laura fez todas as pontes. Me encontrei com Verónica e, juntas, planejamos passo a passo a execução da Experiência. Afinal, existia uma saída. Se não para mim, para vocês! E deste ponto em diante, vocês conhecem a história. O Grande Golpe. A Experiência e a retomada de Gael. Minha rendição e a entrega de vocês dois.

Nos entreolhamos em silêncio, nós três.

– Enganei a todos os Invasores, até mesmo Wlad não desconfiou. Continuei desempenhando com maestria o papel da Grande Líder Invasora. Até que você nasceu, Ágatha. Então demos o Grande Golpe. Tudo já estava perfeitamente arranjado. Foi quando perdi Dan. Eu sabia. Eu fingia que não, mas eu sabia. Eu conhecia minha garotinha, eu sabia que ela não se renderia. Camadas de proteção infinitas me impediram de chegar até Dan. Ela pertence a Wlad mais do que a mim. Sempre pertenceu. Dan era ainda uma criatura pequena, mas seu poder Invasor era assombroso. Eu a perdi no Grande Golpe, mas nunca desisti. Vou resgatá-la. Sei que ela vive e se esconde e está se tornando cada vez mais poderosa. Ouço muitas notícias e boatos a seu respeito. Mesmo que nunca tivesse ouvido nada, eu saberia. Dan é minha primogênita e não há distância que seja capaz de nos separar. Eu vou encontrá-la. Por todos estes anos procurei por ela. Ela se esconde e foge de mim, eu sei. Só há uma verdade incontestável na minha história: nunca abandonei os meus filhos. Nunca. Lutei pelo que era melhor para vocês três, por isso não tenho desculpas a pedir.

Sou o início da Experiência, o princípio de tudo. Sou a maldição que despertou a consciência de Lara. Minha mãe não é uma curadora, repleta de problemas criativos, burocráticos ou financeiros. Nem uma mulher castigada e desiludida pela vida, por causa da perda de um filho e do marido. Minha mãe é Lara. Uma força fenomenal alienígena, que mergulhou no submundo e de lá, foi de lá que ela me trouxe. Me encolho no banco, abraço a mim mesma. Estou perdida, perdida...

– Não espero que compreendam a nova realidade de vocês toda de uma vez. Terão tempo para isso. Estou aqui, sempre estive, vou continuar a ajudá-los como sempre. Invasores estão perseguindo vocês dois. Aliar-se a eles foi o grande erro da minha vida, não deixarei que vocês o repitam. Precisava revelar a verdade para vocês. Laura me ajudou mais uma vez. Fez contato com Dan. Tentou persuadi-la, Laura tenta persuadir Dan há muitos anos. Mas ela se nega a me ver. Dan está convencida de que me odeia, mas ela está errada. Dan diz estar pronta para retomar Gael e quer os irmãos ao seu lado nessa luta. Tive que impedir! Não posso permitir essa tragédia! Vocês dois não! No Grande Golpe, milhares de Invasores morreram. Milhares estão na Prisão Perpétua. Mas, agora, os que restaram e estavam perdidos estão se aglutinando novamente, formando um exército. Dan está à frente dessa luta, conheço minha própria filha. Seu poder e sua fúria. Haverá uma guerra. Wlademir ressurgirá. Estou aqui para defender meus filhos. Meus três filhos. Eu prometo!

Levanto e me aproximo de Lara. Fred nem se mexe. Suportei todas as palavras delas, menos estas: *Eu prometo!* Olho bem nos olhos dela e digo mentalmente:

– Nada do que você disse tem importância para mim. Eu não ligo. Eu não me importo. Eu não tô nem aí. – Dou de ombros de forma exagerada. *– Eu nunca vou gostar de você. Nunca. Eu já tenho uma mãe e eu a amo. O nome dela é Cristina.*

Lara não recua. Nem se mostra ofendida, triste ou surpresa. Não consigo nada do que eu quero. Ela não se preocupa com amor ou qualquer outro sentimento que venha de mim. Seus pensamentos são claros e convictos. Ela é confiante em suas atitudes. Por alguns segundos, Lara me deixa ver tudo em sua mente. Ela não espera nosso amor. Ela nem saberia como reagir a ele. O amor que conhece é terrível e pertence a Wlademir Goy. Para ela, basta a missão que elegeu para si mesma: proteger os filhos até o fim. Não há brechas em sua mente para a culpa. Nem para qualquer tipo de carência afetiva.

Fred se levanta e fica ao meu lado. Ficamos os três praticamente grudados, parados, quietos, olhando de um para o outro, como se não pudéssemos escapar. As algemas que nos aprisionam estão visíveis agora. Sangue, sacrifícios e promessas.

Nós três estivemos juntos aqui, por toda minha vida. Fred, eu e Lara. É como estar em casa ou de volta ao útero. Meu espaço preferido, o útero de cimento que Lara fez para mim. Queria meter as mãos numa tigela enorme de sagu. Mas sei que não encontraria mais alívio. Sou uma garota crescida agora e vou ter que começar a me comportar como uma.

13

Um trio

A cada minuto o clima entre nós fica pior. Lara não pediu perdão. Na verdade, ter nos abandonado na Terra é seu grande feito, como ela mesma disse. Nossa chance de um destino melhor. Fred e eu não temos o que dizer. Nós três nos encaramos em silêncio.

Como posso escapar da porcaria que minha vida se tornou? Minha cabeça exausta insiste em encontrar algum caminho, alguma solução possível. Talvez eu pudesse dividir o meu tempo, como muita gente que tem duas famílias faz. Metade do ano, eu finjo que sou uma simples humana patética e continuo com a dona Cristina. Separo livros na estante de uma biblioteca qualquer. A outra metade, eu moro naquela maldita casa de três andares em Gael, com minha nova e verdadeira família, os Goys.

– *O que foi isso?* – pergunta minha mãe verdadeira, me arrancando do devaneio absurdo.

Fred está tão sério e concentrado em si mesmo, que duvido que tenha percebido algo. Eu, sim. Escutei passos a nossa volta.

– *Devem ser Tom e Laura, devem estar invisíveis* – respondo com convicção. Tenho certeza de estar sendo protegida por Tom. Tento contato com ele no mesmo instante. Claro que não dá em nada. Nunca dá.

– *Não são eles. Ela está aqui.*

– *Ela quem?* – Franzo a testa.

– *Sua irmã mais velha. Minha primogênita. Dan Goy.*

– *Mamãe, você é mesmo um arraso! Sempre tão esperta.* – Um sussurro frio e distante invade nossas mentes.

Procuro por ela, a garota de olhos azuis intensos. Dan Goy. A irmã mais velha.

– *Amores, eu estou aqui!*

Não vejo nada, só ouço risos descontrolados. Os passos invisíveis se aproximam e ficam mais fortes. Fred aperta meu braço. Lara fecha os olhos.

– *Dan. Filha...*

E então ela surge. Uma figura miúda e bonita. Ela é linda. E também brilha. Se não fossem os olhos dela, eu nunca desconfiaria. Mas eles me dizem tudo, tudo que eu realmente preciso saber. Dan só tem um desejo. E o nome dele é vingança.

– *Dan* – Lara repete. Só que desta vez não é como foi comigo e com Fred. As palavras dela não soam familiares nem quentes. É como se estivesse suplicando por perdão. – *Dan. Filha...*

Dan se aproxima dela. Lara levanta um dos braços para tocá-la, Dan agarra o pulso de Lara.

– *Não ouse.*

Lara abaixa a cabeça e deixa que Dan aperte seu pulso com força. Fred e eu assistimos a tudo como dois patos imprestáveis. Não reagimos, não interferimos, não fazemos nada. Apenas prestigiamos o espetáculo ruim.

– *Mamãe, mamãe, mamãe.* – Dan sorri. – *Saiu para comprar leite e nunca mais voltou.*

– *Dan, eu...*

– *Não ouse. Não ouse se explicar. Você traiu a nossa família, você traiu todos os Invasores!* – Ela recua um pouco. – *Você me abandonou.*

– *Não é verdade.* – Lara encara Dan espantada. – *No dia do Grande Golpe eu procurei você, muitos Resgatadores procuraram por você. Eu não queria deixá-la para trás. Mas você se escondeu de mim sob muitas camadas de proteção, foi impossível encontrá-la. Desde aquele dia eu procuro por você. Todos os dias, filha...*

Dan sorri, desdenhosa.

– *Você nos traiu, é só o que importa.*

Toda luz que irradiava de Lara se apaga de uma só vez. Dan segura os dois pulsos dela agora.

– *Vinte anos, mamãe.* – Dan sorri e eu quase acredito num reencontro. Então Lara se ajoelha e grita de dor.

Dan sorri ainda mais.

– *Mamãe, esperei vinte anos por este momento. Ah, como esperei!*

– *Tom disse que aqui era um lugar protegido!* – grito desesperada. Lara parece que não vai aguentar.

Dan solta os pulsos de Lara e me encara pela primeira vez.

– *Você está de brincadeira, né, irmãzinha? Você não acha que o seu namoradinho e a titia Laura são páreos para mim, acha?*

Sou estúpida e idiota. Uma criancinha ingênua. Dan deve ser mais forte que todos eles juntos. Isso é óbvio.

– *Sentem-se agora* – ela grita em nossas mentes.

Como robôs obedientes, caminhamos em fila até o banco e nos sentamos. Primeiro Lara, com os pulsos marcados. Depois Fred, absolutamente calado e sério. E, por último, eu, balançando a cabeça feito uma maluca.

– *O que é isso? O que tá acontecendo?* – pergunto para Fred.

– *Dan está no controle de nossas ações* – é Lara quem responde. – *Vamos fazer o que ela quiser. Mesmo contra nossa vontade, simplesmente vamos obedecê-la.*

– *Pois, bem. Mamãe já explicou para vocês. Não adianta reagir. Estou no comando agora. Se eu mandar sentar, vocês sentam. Se eu mandar correr, vocês correm. Se eu mandar dançar, vocês dançam para mim!* – Ela bate palmas.

Tento me levantar, mas não consigo. Tento erguer meu braço, mas ele não me obedece.

– *O que você fez com a gente?* – Só minha mente parece, ainda, estar um pouco sob o meu controle.

– *É um truque antigo, irmãzinha. Manipulação mental. Na maioria das vezes, a criatura nem percebe que está sendo manipulada. Acha que está tomando todas as decisões por conta própria, quando, na verdade, só está cumprindo ordens.* – Dan sorri. – *Vamos logo ao que interessa. Eu só vim aqui por duas razões. A primeira é você, mamãe. Eu queria lhe contar pessoalmente. Queria ver seus olhos brilharem de orgulho depois que soubesse da novidade: sou a Grande Líder Invasora agora! Tomei o seu lugar, mamãezinha. Sou sua sucessora. Segui seus malditos passos. Satisfeita?*

Lara está impassível. Sua pele está translúcida. Seus olhos, sem brilho algum.

– *Está orgulhosa, mamãe? Vamos, sorria.*

Lara sorri. Seus lábios se movem de forma grotesca e artificial.

– O que você quer com a gente? O que você quer de verdade? – Fred dá seu primeiro sinal de vida.

– Bravo, cavaleiro medieval! Sempre à frente na defesa dos pobres e oprimidos. Tão heroico! Ingênuo, mas heroico. Só não vai funcionar aqui, criança. Não comigo. Desista de uma vez!

Fred arqueja os ombros e deixa a cabeça cair.

– Bem, a outra razão que me trouxe até aqui são vocês dois, irmãos. Eu tenho um presente para vocês.

Ela abre as mãos e estende duas chaves negras em nossa direção.

Vejo meu próprio braço se mover sem que eu consiga detê-lo. Pego uma das chaves negras e a seguro com força. Fred faz o mesmo.

– Guardem as chaves.

Obediente, nós dois as metemos em nossos bolsos.

– Esse é o melhor passaporte de todos. Entrada livre, irmãos. Vocês podem ir a qualquer lugar com essas chaves, sem pedir licença. É como um passaporte alemão. Essas chaves negras são de vocês, por direito. Vocês são Goys. Elas lhes pertencem.

Tom e Laura, de repente, surgem na nossa frente, mas batem em alguma coisa. Uma barreira invisível, com certeza. Não conseguem chegar até nós.

Dan tem um ataque histérico de riso, olhando Tom e Laura baterem sem parar na proteção invisível, tentando rompê-la. Eles continuam batendo, cada vez mais forte. O choque deles com a barreira não faz nenhum barulho. Eu não consigo me mover, só fico estática olhando a cena, enquanto Dan ri sem controle. Tom está desesperado, eu posso ver.

– *Este é o seu príncipe encantado?!* – Dan aponta para Tom. – *Irmãzinha, você precisa melhorar sua escolha para homens. Aliás, você precisa melhorar em muita coisa. Além do mais, uma Goy e um Resgatador juntos é uma ofensa aos deuses. Os Goys honram seu nome. Nada mais de Resgatadores, entendido? Eles são a escória do nosso mundo.*

Dan olha para Tom e Laura, que ficam paralisados no mesmo instante. Então ela se vira para nós três novamente, as criaturas protegidas pelo domo invisível.

– *Amores, vocês sabem que está faltando alguém aqui, né? Conseguem imaginar quem seja? É ele, o Grande Líder Invasor, Wlademir Goy. Papai. Mas ele vai voltar e então seremos uma família novamente. A família mais poderosa de Gael. Juntos, conquistaremos tudo!*

Tom e Laura batem na barreira invisível. Não sei como conseguiram, mas eles não estão mais paralisados.

– *Hum, terei que deixar vocês agora. Mas a boa notícia é: eu volto! Nos veremos em breve. Ágatha e Fred, virei buscar vocês e os levarei de volta para nossa casa, de onde nunca deveriam ter saído. Agora prestem atenção: Ágatha Goy e Fred Goy, guardem as chaves negras em segurança, vocês precisarão delas.* – Uma sombra escurece seus olhos azuis intensos. – *Au revoir, amores!* – Dan desaparece.

Quando dou por mim, Tom já está ao meu lado e me abraça com força. Está todo agitado. Não consigo reagir, simplesmente não consigo fazer nada. Dan foi embora e, mesmo assim, ainda me sinto sob seu maldito domínio. *Manipulação mental, um truque antigo. Você nem percebe que está cumprindo ordens.*

– *Você está bem?*

Balanço a cabeça, mostrando que sim. Afinal, eu continuo aqui. Estou sã e salva, não estou? Enfio a mão no bolso. Sinto o aço frio da chave negra.

Lara não se move.

– *Lara, está tudo bem?* – Fred pergunta. Cada vez que olho para ele, vejo mais semelhanças entre ele e Lara. O mel dos olhos deles é idêntico. Não me pareço com nenhum dos dois.

Lara continua parada. Olhos fixos, sem vida. Franzo a testa.

– *Tom, precisamos sair daqui, temos que levar Lara daqui.* – Laura diz em sobressaltos.

– *Eu estou bem* – Lara se levanta.

A luz branca e brilhante irradia dela com intensidade.

– *Vamos. Só há um lugar onde Dan não nos encontrará. Vou levá-los até o Espaço Perfeito.*

Enfio a mão no meu jeans. A chave está aqui, em segurança. A chave negra que Dan me deu.

Tom segura minha mão livre e desaparecemos. Enquanto o ritmo do cosmotransporte nos suga e me leva mais uma vez para o desconhecido, só penso em Dan, nos olhos dela e na chave negra. Eu sei que vou usá-la, mais cedo ou mais tarde. E Fred também. Nós aceitamos os presentes da irmã mais velha. Dan, a garota escura. Sei que precisaremos das chaves negras em algum momento.

Da forma legítima que só o sangue permite, nós somos um trio. Dan, Fred e eu. Um trio fraterno. Um trio perdido e confuso, amaldiçoado pela mesma origem. Somos irmãos nisso também.

14

O espaço perfeito

Não importa aonde seja o Espaço Perfeito, a estrada de tijolos amarelos ficou para trás. Há uma floresta escura esperando por mim. Meus pés sabem que terei que avançar até encontrar o coração dessa floresta. Aperto ainda mais a chave negra no meu jeans.

Tom me abraça quando o ritmo do cosmotransporte acaba. Ainda seguro a chave negra entre os dedos. O contato com o aço frio me dá alívio. Não preciso mais da tigela enorme de sagu. Eu sei que devia me livrar desta chave e esquecer dela. Sepultá-la em um lugar distante para sempre. Mas amuletos malditos são como sonhos ruins. Quanto mais você deseja se livrar deles, mais sabe que é impossível deixá-los para trás. Eles não querem ser esquecidos.

– *Aqui é seguro.* – Lara ressoa.

Só então abro os olhos. Não consigo ver nada. Está frio e escuro. Fecho os olhos novamente. É a mesma coisa, frio e escuro.

– *Este lugar é absolutamente secreto* – declara Lara.

A voz dela está como antes, quente e familiar. Ao que tudo indica, ela já se recuperou do encontro com Dan. Depois de vinte anos, esteve com a primogênita pela primeira vez.

Não há vestígios de dor ou tristeza em Lara. Tampouco de alegria ou alívio. *Ela é rápida*, é o que penso dela.

– *Somente Wlad e eu sabemos da existência deste lugar* – Lara comemora. – *Era aqui que nos encontrávamos no começo de tudo, quando nosso romance era um segredo, no início da nossa história. Ele construiu este espaço para nós dois.* – Os olhos de Lara brilham, orgulhosos e radiantes. É a única luz do Espaço Perfeito.

– *Onde estamos, Lara?* – Laura pergunta à irmã. Posso notar a hesitação em sua voz mental. Como se, na realidade, ela temesse a resposta.

– *Estamos no Espaço Negro. Na parte mais profunda dele. É aqui o Espaço Perfeito.* – Lara fica em silêncio. Todos nós ficamos.

Tom me abraça cada vez mais forte. O calor que vem dele é perfeito, mesmo assim, não consigo tirar a chave negra da cabeça. Estou mais segura com ela. Meu passaporte alemão. Posso ir para qualquer lugar agora. Acesso livre. Balanço a cabeça e arranco a mão do bolso.

– *Precisamos iluminar este lugar* – Laura ordena.

– *Como?* – Fred é rápido em raciocínios lógicos e objetivos. Ele está sempre querendo arranjar um jeito, uma solução para os problemas. Nunca me preocupei muito com isso.

Como será que Fred está? O que ele pensa da Dan? O que ele sentiu ao vê-la? Ela também é irmã dele. Tento me comunicar com Fred, mas sua mente está bloqueada. Talvez seja melhor assim. Ele não quer conversar sobre nada disso comigo. Na verdade, nem eu. Eu só queria estar no meu quarto, sozinha na minha cama fofa e grande. Eu poderia ir para lá, afinal tenho a chave negra. Afundo minha cabeça no ombro do Tom. Não posso agir levada por impulsos, tenho que me segurar. Eu devia mesmo me livrar dessa chave. Ela está mexendo comigo.

– *Não é complicado iluminar um espaço. É só se concentrar e usar o poder mental para criar luz. Vamos, Fred e Ágatha, vocês são capazes de realizar esta tarefa. Está na hora de agirem como criaturas* – Tom é seco e direto. Nunca vi ele agir assim.

– *Ah, só faltava essa. Criar luz com a própria mente! Não brinca!* – Explodo numa gargalhada histérica, enquanto me afasto dele. Sinto todos os olhares em cima de mim, mesmo que não possa vê-los. Só os dela, que estão pregados no meu rosto o tempo todo.

É impossível me controlar, não consigo parar de rir! Iluminar um ambiente com sua mente, isso é uma piada? Luz da própria mente! Não consigo parar de rir, não dá! Criaturas são muito esquisitas.

Bem, eu sou uma criatura. Paro de rir no mesmo instante e então me lembro que no ano passado, quando estive nas salas de monitoramento, onde os Resgatadores fazem uma varredura no Universo para detectar a presença dos Invasores, Tom me disse alguma coisa a esse respeito. Não dei importância na época. Não fiquei chocada nem nada, só ignorei.

– *Ágatha, nós podemos criar luz. Não é tão difícil assim. Só tem que se concentrar* – Tom fala e volta a pôr os braços em torno de mim.

Só tem que se concentrar e acreditar, como se tudo dependesse de um simples passe de mágica: foco e fé. Não é assim que o mundo funciona. Isso não passa de um coaching barato! Já me concentrei e acreditei numa porção de coisas que não deram em nada. Ou será que não me esforcei o bastante? Será que o erro é sempre meu?

– *Fred e Ágatha, vocês não são humanos. Vocês têm todo o poder das criaturas. Somos seres de Gael, temos muitas habilidades. Iluminar um espaço é uma delas. Vocês precisam se acostumar com isso. Ágatha, sei que para você é uma surpresa maior ainda, afinal Fred já sabia que não pertencia à Terra. Só que agora, Ágatha, você tem que aceitar quem é. Você precisa parar de agir como uma humana. Essa não é a sua natureza. Você é uma criatura.* – Lara é áspera.

Como se saber disso, de uma hora para outra, mudasse tudo dentro de mim. Eu não entendo nada sobre ser uma criatura. E Lara não sabe nada a meu respeito para ficar dando tanta opinião assim. Naqueles encontros às escuras no banco de pedra, ela nunca me viu. Só via a pequena filha se tornando uma Experiência perturbada e contida. Eu não sou só isso, eu não sou só uma Experiência. Talvez a natureza humana já faça parte de mim de um jeito que eu não possa mais me livrar dela.

Eu quero gritar: *"Sua idiota, você bagunçou minha vida toda! Lara, por que você me abandonou? Você não podia ter feito isso."*

Na verdade, o que eu falo é:

– *Se eu for realmente aceitar quem eu sou, bem, então o que eu devo fazer primeiro? Matar algum de vocês? Porque é isso que os Invasores fazem, não é, Lara?*

Uma luz forte e brilhante se espalha por todo o espaço, como se dezenas de lâmpadas fluorescentes tivessem sido acesas de uma só vez. Alguém fez isso. Não fui eu, porque nem tentei.

Fred está sorrindo. Claro! O cavaleiro medieval sempre pronto para aprender uma nova habilidade. Insuportável.

– *Foi você, Fred?* – pergunto já sabendo a resposta.

Ele balança a cabeça, rindo feito um bobo. Fred parece o vencedor de um prêmio importante, mal acreditando na sorte que teve.

Me sinto ainda mais sozinha.

Olho em volta. O Espaço Perfeito, de que Lara tanto fala, não passa de uma gruta pequena e apertada. E muito fria. Um lugar horroroso.

– *Isso, Fred!* – Tom dá um passo à frente, ficando um pouco deslocado do resto de nós. Fred não para de sorrir. Conheço esse sorriso dele. O mesmo que ele dá quando me mostra um desenho, um dos bons. Só que agora seu sorriso está muito maior. – *Precisamos agir. Temos que pensar no que fazer daqui para frente. Vamos montar um plano juntos.*

Não consigo tirar os olhos de Fred. Poucas vezes o vi assim, tão orgulhoso de si mesmo.

– *Verónica está à procura de Lara, ela acredita que Lara tenha nos traído novamente e esteja secretamente em contato com Wlademir, conspirando para retomar Gael* – Laura diz.

Me viro para Laura. Olhando para ela assim, consigo perceber a diferença entre as duas. Laura é o dia, Lara é uma noite escura.

– *Vamos mostrar para ela que não é nada disso.* – Tom é categórico. – *Ela pode ver tudo em nossas mentes. É simples, vamos até ela.*

– *Talvez Verónica só esteja aguardando uma oportunidade para me capturar. Ela nunca aceitou que meus poderes são superiores aos dela. Verónica me odeia. Quando souber que o grande feito de sua vida – ter criado a Experiência – na verdade foi uma manipulação mental minha, ela vai tentar me destruir.* – Lara olha diretamente para mim.

– *Mas não foi Verónica quem teve a ideia da Experiência?* – Tom balbucia.

– *Não* – Lara responde rápido –, *a ideia é minha. Uma forma competente de conter os Invasores a longo prazo. Controlar a nova geração deles. Eu criei a ideia e coloquei o plano todo na mente de Verónica.*

Lara não tem escrúpulos.

– *Mas nós não podemos nos esconder dos Resgatadores por muito mais tempo.* – Tom já retomou seu papel de líder estratégico do nosso pequeno grupo. – *Nós temos que lutar ao lado deles. Precisamos defender Gael. Os Invasores não estão brincando. A guerra não vai demorar. Vocês viram o que acabou de acontecer, Dan é a Grande Líder Invasora agora. E parece que ela sabe muito bem como agir. Ela é muito poderosa, talvez até mais do que você, Lara.* – As palavras de Tom são decididas e confiantes. Lara não se deixa abalar por elas.

Estou totalmente confusa. Cada vez mais. Não consigo me interessar pelo que estão falando. Só penso em Dan e na chave negra que carrego no bolso.

– *Wlad está voltando, eu sei. Sinto sua presença se aproximando, tenho sonhado constantemente com ele. Wlad quer os filhos. Eu não posso permitir que isso aconteça. Meus filhos não!*

Laura se aproxima da irmã, tocando levemente seus ombros.

– *Meus pesadelos estão piores, Laura. Wlad, Dan, Fred e Ágatha. Os quatro estão juntos em todos os meus pesadelos. Eu não consigo ir até eles. Em nenhuma das vezes eu consigo alcançá-los. De alguma forma, minha mente e a de Wlad estão conectadas. Estiveram conectadas por todos estes anos num tormento sem fim, você nem pode imaginar.*

Mordo o lábio inferior. Será que eu devia contar os meus pesadelos para ela?

Invado a mente de Lara. Caio sentada no chão. Tom me levanta.

– *O que aconteceu?* – pergunto apenas para Tom. Ele me abraça e sussurra em minha mente:

– *Nenhuma criatura é capaz de invadir a mente de Lara, a não ser que ela convide. Você vai se machucar se tentar. Eu disse a você, Ágatha, o poder de Lara é imensurável. Não tente mais invadir a mente dela, você pode se ferir!*

Lara me encara sem sorrir. Coloca palavras duras no meu cérebro: *"Não se aproxime tanto assim, Ágatha. Não chegue muito perto de mim."* Desvio o olhar.

– *Posso tentar falar com meu pai. Ele vai nos ajudar, tenho certeza.* – Fred cruza a pequena gruta e fica ao meu lado. Me afasto um pouco de Tom, seguro o braço de Fred e falo só em sua mente.

– *Fred, não importa o que eles decidam, nós dois temos que ficar juntos. E não vamos voltar para a Prisão Perpétua. Nunca mais vou parar naquele lugar. Nem você, eu não vou deixar. Eles não mandam na gente.*

Fred faz um movimento mínimo com os lábios. Aperto mais seu braço e sorrio. Somos uma dupla.

– *Verónica irá nos ouvir. Precisamos juntar todas as nossas forças agora* – Tom retoma a palavra. – *Ela precisa entender que Lara não irá nos trair novamente e que Laura não está do lado dos Invasores. É fácil Verónica conhecer a verdade. Vamos deixar com que ela tenha acesso livre as nossas mentes.*

– *Não!* – A gruta fica escura de repente. – *Não vamos nos comunicar com Verónica daqui. Ninguém mais pode saber deste lugar. O esconderijo que Wlad construiu só dividirei com vocês e com nenhuma outra criatura. Não permitirei que ninguém mais tenha acesso ao Espaço Perfeito. De qualquer forma, vocês seriam destruídos se tentassem. Há muitas camadas de proteção aqui. Wlad cuidou de tudo. Só nós dois temos a chave.*

Aos poucos, a gruta é iluminada novamente. Todos estão apreensivos, menos ela. Lara está irredutível.

Fico olhando de uma criatura para outra, mas não consigo acompanhar a discussão que travam. Eles não sabem como agir, não sabem qual o próximo passo a dar. Estão perdidos. Eu, por outro lado, não sei quem eu sou, não sei nem que nome me dar. Experiência? Criatura? Invasora? Ágatha o quê?

Eles se agitam. Fred está tenso ao meu lado, todo rígido. Seguro seu braço com as duas mãos. Ele é o meu irmão. Meu único amigo. Sou capaz de fazer por ele o que não faria por mim mesma.

A voz mental de Tom se destaca entre as demais:

– *Fred, você vai fazer contato com seu pai, vá até o Ângelo. Precisamos de toda ajuda possível.*

– *Não! Meu filho não sai daqui sem mim!* – Todos nós encaramos Lara. Ela não se intimida. Permanece com a mesma postura inatingível.

– *Laura, procure por Théo e explique tudo para ele. Théo está totalmente perdido sem você. Eu vou falar diretamente com Verónica. Não somos criminosos. O plano de manter as*

Experiências sem conhecerem suas origens, desabou. Os Invasores vão atacar logo, eles estão se fortalecendo, formando um grande exército. Nós temos que proteger as Experiências e os humanos. E, claro, principalmente o nosso planeta. Dan é a Grande Líder Invasora e já tivemos uma pequena amostra do tamanho de seu poder. Não sabemos ao certo o alcance de tudo isso, mas não é difícil imaginar. Dan não teve dificuldade alguma para romper as barreiras em Santana das Rosas. Aquelas barreiras eram indestrutíveis.

Tom é o líder estratégico do nosso pequeno grupo, está na cara. Mesmo assim, ele está subordinado a Lara. Está na cara também. Parece que todos estão, até mesmo Verónica Gonzáles. Ninguém tem o mesmo poder que o dela, minha verdadeira mãe.

Tom falou do seu Ângelo como pai do Fred. Fred é meu irmão e o nosso pai é o Grande Líder Invasor, não o seu Ângelo, nem o morto Thomaz Guiller.

Lara se mantém distante de todo grupo. Só demonstra interesse e se manifesta quando algo se relaciona diretamente com ela, ou com seus filhos, como ela ressalta com tanta ênfase. *Meus filhos. Meus filhos. Meus filhos.* Talvez seja um pouco tarde para isso, não é mesmo?

– *Vamos acionar o Conselho imediatamente.* – Tom avança liderando.

– *Concordo. O Conselho Decisório é a nossa melhor opção.* – Laura dá um passo à frente.

– *Tanto faz para mim. Façam como acharem melhor. Só meus filhos importam. Só eles e mais nada. Não vou seguir as ordens da Verónica. Se o Conselho concordar em me manter livre, ficarei ao lado dos Resgatadores para defender Gael na luta que logo será travada. Caso contrário, vou defender somente meus três filhos.*

Abandonei a Prisão Perpétua porque Fred e Ágatha corriam perigo. Os Invasores estavam cada vez mais perto deles. Wlad se aproxima. Não vou deixar que nada aconteça a Fred e Ágatha. Vou destruir qualquer um que se puser no meu caminho. Qualquer um. Só meus filhos importam.

Só meus filhos importam... Lara esteve me protegendo por toda minha vida. Ela nunca me abandonou, não de verdade. Mordo uma unha.

– *Que Conselho é esse?* – Fred pergunta. Ele não consegue deixar de ser um maldito estrategista racional. O tempo todo preocupado com detalhes.

Eu também não faço a mínima ideia do que seja esse tal conselho. Mas também não faço a mínima ideia sobre quase nada mesmo. Não sei nada sobre o meu futuro. Esse não é o problema, porque ninguém conhece o futuro. O problema é que eu também não conheço o meu passado. Todas as lembranças que tenho dele são falsas.

– O Conselho Decisório são os Guias de Gael. Dezesseis Guias formam o Conselho Decisório. Todas as questões de relevância para nosso planeta são decididas por esse Conselho em votação democrática. – A maneira como Laura explica me faz lembrar Rita, minha antiga professora de Literatura. Será que ela é uma criatura? Eu gostava dela, então é muito provável que Rita não seja humana. Depois eu verifico isso.

– *Como assim?* – Fred inclina a cabeça. Maldito estrategista. Ele não consegue mesmo evitar. – *Como funciona o Conselho Decisório?*

– Ágatha e Fred, nós não temos um poder centralizado. Todas as questões importantes de Gael são decididas em votação pelo Conselho. Cada Guia faz sua análise, tendo em vista o interesse

global de nosso planeta. Muitas vezes consultando especialistas ou criaturas comuns. – Tom olha para Lara. – *E todos se unem para nossa maior missão: conter os Invasores. Essa é uma tarefa de todas as criaturas de Gael. Porque eles representam o perigo em nosso planeta, eles ameaçam o Universo.*

Eles representam o perigo em nosso planeta, eles ameaçam o Universo. Tom só se esqueceu de um detalhe, "eles" também sou eu.

– *E as outras Experiências? Nós precisamos encontrá-las!* – Encaro Lara. – *Foi você quem teve essa ideia absurda de Experiência. Então é você quem tem que começar a arrumar tudo isso. Você precisa ajudar as outras Experiências. Se não, assim que souberem o que são, todas as Experiências irão debandar para o lado dos Invasores.*

Todos me encaram. Os olhos do Tom estão totalmente concentrados em cima de mim.

– *Vão até o Conselho e então veremos como agir em todo resto, com as outras Experiências e tudo o mais.* – Lara aceita minha ideia. Mordo o lábio para não sorrir.

– *Então vamos?* – Tom é mesmo rápido para tomar decisões. – *Vocês três ficam aqui. Assim que tivermos uma resposta, faremos contato.* – Tom me beija. – *Eu volto logo.* – Ele sorri. – *Nada mais vai nos separar.*

Não sorrio de volta, mas beijo Tom com vontade.

– *Eu vigiarei a mente de vocês. Não tentem fazer contato conosco ou se arrependerão. EU vou até vocês. Assim que deixarem o Espaço Perfeito, esquecerão dele e não saberão onde estamos. Será como uma lembrança borrada na mente. É um velho truque que Wlad e eu usamos para despistar visitantes indesejados. O escudo protetor que envolve o Espaço Perfeito confunde todas as mentes. Com exceção, é claro, da mente de Wlad e da minha. E agora, de Fred e Ágatha. Só nós temos o sangue, vocês não.*

Será mesmo que Lara tem todo esse poder? Não admito, mas sou tomada pelo entusiasmo. Nós temos o sangue.

Agarro o braço do Tom e boto só na mente dele:

– Na Prisão Perpétua, você perde seu poder mental. Cuidado.

Ele sorri despreocupado.

– Ágatha, Verónica não é uma inimiga. Ela esteve à frente, protegendo nosso planeta por muito tempo. E Lara, bem, Lara saberá o que aconteceu comigo. E poderá me ajudar, se for necessário.

Quero roer uma unha. Tom me abraça.

– Eu amo você, logo estarei de volta.

– Eu vou atrás de você se alguma coisa der errado. – Toco a chave negra por cima do jeans.

Ele se afasta e me olha sério. Ele sabe que não vai me convencer do contrário. Sabe também que agora eu sou uma garota capaz de agir por mim mesma. Tenho os meus próprios truques. E a chave negra talvez seja o maior deles.

– Preciso mesmo de um tempo sozinha com Fred e Ágatha. Vou treiná-los para usarem suas habilidades de criaturas. O Espaço Perfeito é ideal para treinos. – Lara proclama.

Tom sorri. Ele e Laura desaparecem. Estamos de novo nós três. Lara, Fred e eu. O velho grupinho maldito.

– Então, "vamo" lá! Vamos aproveitar nosso tempo no Espaço Perfeito! – Falo para Lara. – *Vamos treinar nossas habilidades de Invasores. Ops, de criaturas. Ah, tanto faz, vamos logo com isso!*

Fred é o único de nós três que ri.

15

A nova garota

– Silêncio! Prestem atenção e se concentrem. Não temos tempo a perder.

Fred e eu nos entreolhamos. Reviro os olhos. Ele para de rir e num instante está todo compenetrado. Fixo em Lara. O filho obediente.

Reviro os olhos e bufo umas cem vezes, mas sei que não tenho qualquer outra alternativa, então também me concentro. Minhas mãos estão suando. Vou aprender a usar os poderes como as criaturas fazem. A garotinha quase invisível lá da Terra vai manipular mentes, paralisar criaturas, se cosmotransportar sozinha e tantas outras coisas, que eu nem faço ideia. Mordo os lábios para não sorrir. Tenho certeza que meus olhos estão me traindo, devem estar radiantes. Nunca me senti tão excitada antes. Mesmo quando estive com Tom em nossos melhores momentos, era diferente. Era perfeito, a melhor coisa do mundo! Mas ainda assim era diferente. Agora vou descobrir do que eu sou capaz, até onde eu posso ir sozinha. Agora sou eu, sou eu. Esfrego as mãos suadas. Levo uma unha à boca. Meto as duas mãos no jeans para não roer as poucas unhas que restam, alcanço as chaves. Em um bolso, minha chave dourada, e no outro, a chave negra. Quando me toco, estou mordendo duas unhas ao mesmo tempo.

Lara olha atentamente para nós dois. Consigo ver a excitação tomando conta dela também. Pode ser que eu esteja enganada, mas sou capaz de jurar que usar os poderes é o que Lara mais gosta de fazer. Talvez a única atividade que realmente dê algum tipo de prazer a ela. Ou alívio.

– Antes de treinar as habilidades de vocês, preciso que compreendam como o Universo funciona. Vou dar apenas uma explicação rápida e geral. Não temos tempo, portanto me ouçam com total atenção. Não repetirei as informações.

Fred e eu nos encaramos mais uma vez. As novidades não vão acabar nunca. O que vem pela frente agora? Encosto na parede gelada de pedras e cruzo os braços. Bocejo e olho entediada para Lara. Claro que eu tô doida para saber como o Universo funciona de verdade, os mistérios escondidos em cada mundo, só não quero que ela veja como eu estou gostando de tudo, nem como estou me envolvendo. Muito menos que, pela primeira vez em todos esses anos, estou me sentindo importante. Agora sou eu, vou aprender a usar os poderes que pertencem a mim. A mim! Nasci com todos eles, são meus. Mordo os lábios de novo, ainda que meus olhos me traiam cada vez mais. Devem estar radiantes, exuberantes, explodindo de tanta luz.

Minha mente está trancada. Agora ela fica quase sempre trancada. Não é mais uma tarefa difícil para mim. Com tantos espiões a minha volta, seria burrice deixar a mente livre.

Lara retoma:

– Gael e a Terra pertencem à mesma Estrela.

– O Sol? Gael também está no sistema solar? Mas como isso é possível e nunca descobrimos nada? Nenhum cientista sabe disso! A NASA já teria descoberto, é óbvio! Muitos cientistas estão há anos nesta busca, vida inteligente fora da Terra. – Ouço a voz mental atropelada de Fred, perseguindo um raciocínio lógico, enquanto meu cérebro tenta entender o que eles dizem, vagamente. Ele está todo nervoso e eu tô só tentando acompanhar a conversa. Minha mente em câmara lenta.

– Não é nada disso. Não me interrompam! Não vou avisar novamente. Tudo que direi é absolutamente novo para os humanos e está muito além do entendimento que vocês dois tinham até este momento. Então ouçam em silêncio e parem de se espantar. Prestem atenção e esqueçam, de uma vez por todas, as explicações cósmicas que tiveram até aqui. Estão quase todas equivocadas. E, no fundo, vocês já sabem disso. – Os olhos de Lara rasgam o espaço até nós. – *Pertencemos a uma mesma Estrela-Mãe: Gaia. Existem, ao todo, sete Estrelas-Mãe no Universo. Elas são o início do Universo. O começo de todos os mundos. Gaia é a número Sete. O princípio. Cada Estrela-Mãe é dividida em Sete Céus. Gael está localizado no Terceiro Céu de Gaia. A Terra, no Primeiro. A Via Láctea pertence ao Primeiro Céu. Em todos os Céus existem vida. Em todos os Céus de todas as Sete Estrelas-Mãe do Universo.*

Balanço a cabeça. Tento fazer um mapa da coisa toda, mas é grande demais para eu imaginar. Eu fui uma completa idiota até aqui. Mesmo depois que eu soube de Gael, que tive certeza que extraterrestres eram reais, na minha cabeça boba era só a Terra e Gael. Como tudo existia sem que eu soubesse de nada?! Sem que na Terra ninguém saiba de nada! Eu mesma existia sem saber quem realmente era... Será que os humanos são todos limitados? Será que nenhuma pessoa lá na Terra sabe como o Universo funciona? Sete Estrelas-Mãe em todo Universo, o quê que é isso? Qual o tamanho disso? Cada Estrela-Mãe tem sete céus e vida em todos eles! Sete céus em cada estrela, sete Estrelas-Mãe! Meu Deus…

Lembro que Théo e Laura até tentaram falar sobre esse assunto uma vez, há muito tempo. Não me interessei de verdade, não prestei muita atenção. Pensei que seria uma verdadeira revolução na Terra se os humanos descobrissem sobre os Sete Céus, mas logo deixei pra lá. Eu só queria saber do Tom, onde ele estava, como eu faria para encontrá-lo etc., etc., etc. Eu ignorava tudo que não fosse sobre ele, não dava a mínima. Mas agora, bem, agora eu não posso mais me interessar só pelo Tom. Além dele, tem esse Universo todo… tão gigante! E tem os meus próprios poderes. Eu preciso entender tudo isso.

Sei que estamos na Via Láctea, o que já é grande demais. Era óbvio para mim que a Terra não era o único planeta habitado. Achava idiota pensarem o contrário. Mas tudo isso! Sete Estrelas-Mãe, sete céus em cada uma…

Nunca consegui me localizar em meio a milhões, bilhões de outras estrelas da nossa própria galáxia. Os supostos planetas fora do sistema solar pareciam um mistério tão distante da minha vida. Algo que eu nunca descobriria e que nunca teria importância para mim. Pelo menos não diretamente. Uma realidade impossível de se compreender. Mas e agora? Vidas em todos os Céus. O que é isso? Faço a conta mental: Sete Estrelas-Mãe, cada uma com Sete Céus, isso dá sete vezes sete, quarenta e nove Céus. Todos com vida. Ah, é impossível colocar tudo isso dentro de uma mente. Mentes humanas não iriam suportar. Não seria uma revolução, seria uma catástrofe na Terra se os humanos descobrissem como o Universo funciona de verdade. Bem, minha mente não é humana. Preciso parar de me limitar. Esfrego as mãos e volto a prestar atenção no que Lara está falando.

– *Gael e a Terra pertencem à mesma Estrela-Mãe: Gaia. Há muitos outros planetas e vida em vários deles, como já disse. Vocês se acostumarão logo com isso. O Universo é multidimensional. Há uma infinidade de mundos coexistindo. E todos eles, de alguma forma, estão conectados. Somos quase infinitos. O Universo é um organismo em comunhão consigo mesmo. Ele é uno e múltiplo ao mesmo tempo. Tudo pertence a tudo, todos também pertencemos a todos.*

– *A-hã…* – Fred está catatônico. Eu nem pisco. Depois de alguns instantes, Fred faz a pergunta mais idiota de todas: – *E as outras Estrelas-Mãe, qual o nome delas?*

Ah, não consigo me conter. É muita estupidez mesmo para um estrategista obcecado por informações detalhadas.

– *Que pergunta mais idiota! Pra que você quer saber isso, Fred?* – Reviro os olhos e bufo. – *Que coisa mais besta, Fred! O que interessa o nome das outras Estrelas-Mãe?!*

– *Parem de me interromper! Conhecer o Universo lá fora pode te ajudar a entender o seu próprio mundo, Ágatha.* – A voz mental de Lara é enérgica e absoluta. – *Gaia é a Sétima Estrela-Mãe. Depois, em ordem decrescente: Ceuci, Xangô, Amaterasu, Fulla, Viracocha e, por fim, a Estrela-Mãe número um: Elohim.*

Fred nem mexe os olhos. Eu cruzo e descruzo os braços sem parar. Eu sabia que a vida era muito mais do que a escola ensina, muito mais do que as religiões profetizam, muito mais do que a ciência descobriu, só que isso é um absurdo! Juro que estou tentando pensar como uma criatura e não como uma humana, mas eu vou pirar! É só um aviso: eu vou pirar. Meu cérebro vai capotar! Sete Estrelas-Mãe, cada uma com Sete Céus, em todos eles há vida. Os humanos são uma piada: se consideram a única forma de vida inteligente do Universo todo! Falam de extraterrestres como se fossem tipos esquisitos e ridículos. Monstrinhos asquerosos que querem dominar a Terra a qualquer custo. Eles nem imaginam como isso seria fácil. Os humanos deveriam ter vergonha de serem tão ingênuos.

– A Estrela-Mãe Gaia é o elemento latente, o caos primitivo do início da criação dos mundos. Gaia é a vida aonde não havia nada. O universo das contradições. A Sétima Estrela-Mãe é dotada de um poder de criação desenfreado e incrível. Impossível de ser contido.

Olho para Fred, mas ele continua daquele jeito fixo em Lara, não presta a mínima atenção em mim. Ele não vai me socorrer. Está completamente hipnotizado pelas palavras dela. Meu cérebro travou. Lara continua sua explicação cósmica, sem notar minha paralisia mental. Eu não posso acompanhá-los. Eu não consigo mais. Eles todos devem ter se enganado, meu cérebro é humano sim.

– Não conhecemos o funcionamento de todas as Estrelas-Mãe. A mente de uma criatura não é potente o suficiente para absorver tal realidade.

Essa fala dela me tira do estupor.

– O quê? Você está dizendo que a mente de uma criatura não é potente o suficiente?! – Ela deve estar brincando, só pode! – *Existem mentes mais poderosas que a nossa?*

Lara esboça um leve sorriso. O primeiro que vi nela. Devo ter falado alguma piada bem idiota.

– *Bem* – ela continua, já voltando a sua aparência séria e superior, a criatura inatingível –, *por enquanto, vocês precisam saber que só é possível se cosmotransportar por sua própria Estrela-Mãe, ou por Estrelas-Mãe inferiores. Como Gaia é a Sétima Estrela-Mãe, só podemos nos cosmotransportar nos mundos que pertencem a ela. Seres de outras Estrelas-Mãe nos visitam, Gael, a Terra e outros planetas de Gaia. Todos nós da Sétima Estrela-Mãe vivemos de sessenta a trezentos anos. Os do Primeiro Céu, como os humanos, são os que têm a expectativa de vida mais baixa. Criaturas vivem de cento e cinquenta a duzentos anos. Numa média, é claro.*

– *O quê? Eu vou viver tudo isso?* – Não consigo mesmo me controlar. Imaginar-me com setenta, oitenta anos sempre foi o máximo que consegui atingir nas minhas viagens a um futuro distante. Cento e cinquenta a duzentos anos é totalmente fora de cogitação. Não é natural, é uma aberração. O que eu vou fazer com esse tempo todo?

– *Ágatha, você terá uma vida longa e próspera. Estou aqui para garantir. Sempre estive.* – Os lábios de Lara tremem, ela tenta sorrir para mim, mas logo desiste. – *Bem, vocês também precisam saber que os seres da Primeira e da Segunda Estrela-Mãe são imortais. Elohim e Viracocha não conhecem a morte. Só a eternidade.*

Fecho os olhos. Lara continua falando, mas já não ouço nada. Então essa coisa de imortalidade existe mesmo?! Não é só mito? Ou uma explicação religiosa e mística para a vida após a morte? Seres que nunca morrem! O "para sempre" existe mesmo?! O que os humanos fariam se soubessem disso?

– *Mitos e histórias são maneiras de conhecermos as verdades sobre os mundos, Ágatha. São ensinamentos universais muito importantes. Apesar de toda confusão de interpretação, há informações essenciais neles. Quase sempre provenientes de seres de Estrelas-Mãe superiores.* – Lara leu meu pensamento. Que droga! Eu estava conseguindo manter minha mente trancada até agora. Mas perdi totalmente o foco e a concentração. – *A imortalidade só existe nas duas Primeiras Estrelas-Mãe.*

Mesmo cada vez mais perdida, balanço a cabeça para que ela continue. Eu nunca entenderei essa realidade mesmo, então, por enquanto, nem vou tentar. Lara compreende e recomeça:

– *Os seres de Elohim não viajam para nenhuma outra Estrela-Mãe. Eles têm um poder legítimo que é impossível conter. Não pode ser presenciado. São seres do mundo invisível. Os seres de Viracocha visitam as outras Estrelas-Mãe. Eles fazem a ponte entre o mundo invisível e o mundo visível. Sempre intercedem a pedido dos seres de Elohim. Estes só se comunicam diretamente com os seres de Viracocha. Uma comunicação mental elevada. Na Terra, muitos visitantes de outras Estrelas-Mãe são conhecidos como profetas, loucos, bruxos, sábios ou pessoas de hábitos estranhos, os esquisitos. São absolutamente distintos dos humanos. Avança-se muito com a visita deles. Mesmo que os humanos os rejeitem em muitos casos. Como Giordano Bruno. Vocês devem conhecer a história dele. Torturado e queimado na fogueira por afirmar que havia um número infinito de mundos. É difícil para os humanos aceitarem a verdade sobre o Universo. Eles parecem retroceder, de tempos em tempos. Por isso nos mantemos em segredo para a grande maioria. Identificamos com muito cuidado os humanos aliados. São as mentes mais abertas e curiosas entre eles.*

Todo mundo conhece a história de Giordano Bruno. Faz parte do currículo escolar em todo lugar, eu acho. Humanos aliados são as mentes mais abertas e curiosas... Meu pai, Thomaz Guiller, era um humano aliado. Bufo. Mente aberta e curiosa o quê! Mente mentirosa, isso sim.

– *Nós, criaturas, não precisamos desses disfarces. Seres de outras Estrelas-Mãe se mostram como são e podemos nos comunicar livremente. Nossa mente já é capaz de aceitar a verdade sobre as realidades. Vocês dois também são capazes, já que são criaturas e não humanos.*

– *Eu vou conhecer seres de outras Estrelas?* – Eu posso não ter entendido nada do que Lara disse, mas esta parte sim. Seres de outras Estrelas-Mãe nos visitam.

Ela faz um sinal afirmativo somente com os olhos.

– *Posso viajar para outros planetas de Gaia?* – Eu quero fazer isso já, agora! Esfrego as mãos, agarro a chave negra no meu bolso.

De novo o mesmo sinal afirmativo, somente com a expressão dos olhos.

Estou começando a me divertir com essa loucura toda. É muito melhor que a realidade previsível que eu conhecia até agora.

Fred e eu nos encaramos e não aguentamos. Explodimos numa gargalhada nervosa e estúpida.

– *Doida, você vai ficar supervelha!* – Fred bagunça meu cabelo.

– *Idiota!* – Dou um tapinha na cabeça dele. – *Imagina só como vão ser nossas viagens de férias daqui pra frente! Que planeta você quer ir hoje? Ah, esse não, já estivemos aí semana passada.*

Damos outra gargalhada.

– *Não temos tempo e vocês precisam treinar. Se continuarem me interrompendo, vou paralisar os dois.* – Lara não se contagiou nem um pouco com nossa empolgação. Acho que nada que venha de fora consegue atingi-la, mesmo de seus filhos. Filhos? Ah, onde eu fui me meter! – *Concentrem-se, por favor.* – Ela está ainda mais séria agora. Se isso fosse possível, é claro. – *Iremos até o Conselho Decisório em pouco tempo. Vocês precisam estar prontos. Prontos para um combate e para se protegerem. Concentrem-se!*

Fred e eu paramos de rir. Ajeito minhas roupas. Mordo uma unha.

– *Na Sétima e Sexta Estrelas-Mãe, Gaia e Ceuci respectivamente, o tempo é medido de maneira semelhante. Horas, dias, meses e anos, para ser precisa. Mesmo que não tenham as mesmas exatas durações. Há também as estações. Nossos planetas orbitam em torno de Estrelas Menores, de forma muito parecida. A Terra em torno do Sol, como todos sabem. Gael em torno Zendha. A partir da Quinta Estrela-Mãe, isso não acontece. E finalmente, na Primeira e Segunda Estrelas-Mãe, o tempo não existe. É sempre agora, eternamente.*

Estendo meu braço em direção a Lara. Essa mulher precisa calar a boca!

– *Chega! Pelo amor de Deus, chega! Seres imortais? Um lugar onde o tempo não existe! Não, não, isso não! É muita loucura, mesmo para criaturas como nós.*

– Sua mente vai se abrir. E agora, não temos tempo para chiliques, Ágatha. Controle-se!

Deixo o braço cair com força na lateral do corpo. Encurvo os ombros e prometo mentalmente não abrir a boca para mais nada. "*Controle. Controle. Controle.*" Encho minha cabeça de comandos mentais infantis.

Fred coloca as mãos sobre meus ombros e sussurra em minha mente: "*Nós não somos humanos, nós já conhecemos outra realidade. Nós somos essa outra realidade. Agora precisamos ir mais fundo nisso. Deixe que Lara fale, Ágatha.*"

Lara nos encara por alguns segundos e recomeça:

– Criaturas não precisam de oxigênio como os humanos. Estamos no Terceiro Céu e a adaptação é a nossa principal característica. O cosmotransporte começa conosco. Nossos organismos se adaptam rapidamente a diferentes atmosferas e línguas.

Fred se vira para mim, mas não vou mexer a cabeça, não vou nem piscar, senão vou cair morta. Mordo meu lábio. Não precisamos de oxigênio!

– Como os demais seres da Sétima e Sexta Estrelas-Mãe, precisamos nos alimentar. E também de ciclos de repouso. Em Xangô, a quinta Estrela-Mãe há a suspensão dessas necessidades, eles vivem por mais de mil anos em mundos mentais diferentes. Xangô é a Estrela do julgamento, o fogo obstinado da justiça. Em Amaterasu e Fulla, os seres são muito potentes, podendo viver por tempo indeterminado. No entanto, são mortais. Amaterasu é a Estrela-Mãe que ilumina o Universo em expansão. Os planetas de Fulla são abundantes e completos. Viracocha e Elohim são impossíveis de se conceber ou compreender. São os lares dos seres imortais. Elohim é a morada de deusas e deuses, o grande panteão do Universo. E também, é claro, é lá que está o Grande e Poderoso

Deus e a Grande e Poderosa Deusa. Viracocha é onde residem os semideuses e as semideusas. O que sabemos é que nessas Estrelas-Mãe não existe guerra ou qualquer tipo de luta pela sobrevivência. Não há a necessidade de se fazer nada. Tudo já existe. Os semideuses viajam pelo Universo buscando a expansão em todas as Estrelas-Mãe. Esse é o trabalho deles, eles protegem e prosperam os mundos. Essa é a lei absoluta: expansão.

Meu cérebro capota várias vezes. "*Silêncio! Cala a boca, Ágatha, fica quieta! Controle, controle, controle!*", repito mentalmente um milhão de vezes. Todo tipo de absurdo é possível. Deuses, deusas, semideusas e semideuses são reais. Existe mesmo um Grande e Poderoso Deus e também uma Grande e Poderosa Deusa! "*Aguenta, Ágatha. Você não é uma humana cética que precisa de provas para aceitar a realidade. Aguenta, Ágatha. Não vai surtar agora, garota estúpida!*", falo mentalmente para mim mesma.

Eu achava a vida em Gael totalmente diferente e absurda. Imagina! Não é nada comparado ao resto do Universo. Deusas, deuses, semideuses, semideusas, o Grande e Poderoso Deus, a Grande e Poderosa Deusa! Não consigo me conter.

– *Você disse deuses?* – Balanço minha cabeça de um lado para o outro. Cruzo e descruzo os braços sem nenhum controle. – *A Grande e Poderosa Deusa?*

– *Sim.*

– *Existem deuses e deusas?*

– *Mas é claro.* – Lara age como se essa fosse uma verdade simples. Uma informação banal e evidente.

– É que... Eu achava que era somente um Deus. O ser supremo, alguma coisa desse tipo. – Esfrego e aperto as mãos, tentando fazê-las ficarem quietas. É impossível.

– Existem muitos deuses e deusas. E, claro, o Grande e Poderoso Deus e a Grande e Poderosa Deusa.

Encosto de novo na parede fria da gruta. Minha cabeça gira. Parece que vou ficar sem ar. Mas nem sei se preciso mesmo de ar. Deuses, deusas, semideuses... a Grande e Poderosa Deusa! Eu achava a vida complicada. Ela era uma linha reta, uma simples linha reta. Só que não era verdade.

– Tem mais alguma pergunta, Ágatha?

Encaro Lara. Talvez até ela se pareça com uma deusa. Uma deusa maligna. Deve existir esse tipo de coisa também.

Olho para baixo, para minhas sapatilhas gastas e balanço a cabeça em negativa.

– Estamos sempre em contato, mesmo que não nos demos conta. Esse estranho contato é a vida, é a lei do Universo que rege a todos nós, queiramos ou não. Agora vocês sabem disso.

Levanto minha cabeça num ímpeto furioso.

– Eu já pensei isso, essa mesma frase, na minha mente. Esse pensamento é meu! – Foi um sussurro meu para você, Ágatha. – Lara esboça seu segundo sorriso, que desaparece tão rápido quanto o primeiro.

Então é assim. Nem mesmo seus pensamentos são seus. Malditas criaturas que infestam tudo, que manipulam tudo, que distorcem tudo. Malditas criaturas! E ela, Lara, minha verdadeira mãe, sempre me conduzindo. Eu não posso aceitar, eu não vou aceitar. Eu quero agir por mim mesma. Enfio a mão no meu jeans e seguro a chave negra. *Dan, para onde essa chave vai me levar?*

– *Lara.* – Fred dá um passo em direção a ela. – *Jesus era um Deus? Um ser de outro planeta?*

– *Jesus é um semideus. Ele é imortal. Foi à Terra a pedido de um Deus, que cumpria ordens diretas da Grande e Poderosa Deusa.*

A humanidade toda, em todos os tempos, está tão enganada.

– *Outros semideuses já viveram entre os humanos. Jesus tinha uma missão para realizar na Terra, levar o ensinamento básico para a expansão mental. Os humanos ainda não o compreenderam, mesmo depois de mais de dois mil anos. Ainda esperam por milagres e ignoram o próprio poder de criação, do qual todos somos dotados, no Universo todo. Erguem altares e esquecem facilmente o que Jesus proclamou. A partícula criadora que cada ser é em potencial. Podemos falar disso em outro momento. Nosso tempo é precioso, tenho que preparar vocês para usarem suas habilidades de criaturas. É impossível usar essas habilidades com competência desconhecendo o funcionamento do Universo. Todas as criaturas de Gael possuem essas informações. Só mais um detalhe importante: os seres que pertencem a uma Estrela-Mãe só podem viver naquela Estrela. Podem se cosmotransportar pelo Universo para Estrelas-Mãe Inferiores, mas precisam retornar para suas próprias Estrelas-Mãe. Somente semideuses são capazes de viver em qualquer Estrela-Mãe. Exceto em Elohim, é claro. Elohim é impenetrável para qualquer um que não seja um deus ou uma deusa.*

Fred e eu nos entreolhamos. Não existe uma cara para se fazer depois disso. Não temos nada a dizer, nem para Lara, nem um para o outro. Só precisamos suportar esse turbilhão. Isso se meu cérebro não despencar.

Agora só tenho uma certeza: depois disso, nada mais vai me surpreender na vida. Na minha vida de duzentos anos! Tudo só pode ser uma piada.

Jesus era um semideus. Chacoalho a cabeça. Ele é imortal. Todo mundo acha que ele morreu e depois ressuscitou. Ele nunca morreu. Ele está vivo. Os homens não têm o poder de matá-lo.

– *Pronto! Agora que já sabemos que não sabíamos de nada, "vamo" lá! Vamos praticar! Chega de tanto bláblábla. Eu quero aprender a usar os meus poderes.* – Na verdade, eu não quero mais descobrir nenhum segredo do Universo. Não agora. Hoje não. Poderia ser uma catástrofe para minha mente.

Nosso tempo está acabando. O fim dos treinos está próximo. Fred é melhor nessa coisa de poder mental que eu. Preciso treinar. Mas o que eu preciso mesmo é ser essa nova garota. Afinal, Ágatha Guiller foi uma mentira. Uma longa e idiota mentira, como tantas outras na minha vida.

Tenho que me tornar essa nova garota de uma vez por todas! A que não precisa de oxigênio, a que não tem um cérebro humano, a que tem poderes sobrenaturais e que conhece os segredos inacreditáveis do Universo. Além, claro, de ser a garota que carrega uma maldição desde sua criação. Uma maldição de sangue. Essa nova garota, eu não vou mais me esconder dela.

– *Vamos treinar!* – repito.

Lara sorri.

– *Vamos treinar.*

16

O poder mental

– A primeira habilidade vocês já dominam com destreza, é a telepatia. Vamos para a próxima: compreender e se expressar nas línguas faladas em Gaia.

– Isso vai ser divertido! – Tem empolgação na voz mental de Fred. Ele sempre foi bom em idiomas. Claro, ele é um extraterrestre! Opa, eu também sou. Nunca fui boa em línguas. Nunca fui boa em nada. Balanço a cabeça, já chega! *Eu já sou essa nova garota. Não vou mais me esconder dela.*

– Ágatha, você tem esta habilidade. Ela já existe em você. – Mais uma vez Lara deve ter lido meu pensamento. Estou perdendo a concentração e vacilando sem perceber, garota estúpida! – *Você só não sabia que era capaz. Nunca se esqueça: adaptação é a principal característica das criaturas. Em vários aspectos. A língua é só uma delas. Nos cosmotransportamos e precisamos compreender a comunicação de seres dos outros planetas.*

Acho que sou mais humana do que criatura. Talvez eu tenha ficado tempo demais na Terra, vivendo em uma família humana. Toda informação que recebi desde que fui para os Guillers pode ter transformado meus códigos genéticos e feito de mim uma humana limitada. Preciso mudar essa situação. Eu quero usar todos os meus poderes. Para isso, preciso testar minhas forças, ver até onde sou capaz de chegar. Vou ficar boa em tudo, vou dominar todas as habilidades das criaturas. Mesmo essa porcaria de falar um monte de idiomas.

– *As palavras são diferentes nas diversas línguas de Gaia.* – Lara recomeça o bláblábla.

Reviro os olhos. Sou mesmo muito diferente dela. E não é só na aparência. Odeio discursos. Até os curtos, eu não suporto. Não aguento o falatório da minha mãe, a dona Cristina. Quando ela começa, nunca sabe a hora de parar. Lara é ainda pior, porque para ela, todas as palavras que diz são preciosas, como se fosse uma honra para qualquer um ouvi-las. Bufo.

Ela continua:

– *Concentrem-se. Vamos fazer uma viagem mental. Deixem as mentes de vocês livres. Agora!*

No instante em que Fred e eu fechamos os olhos, imagens da China estão por todos os lados.

– *Vamos começar: direcionem a mente de vocês a cada palavra que ouvirem, concentrem-se. Vocês já foram criados com esta habilidade. Ela está dentro e não fora. Decodificar os significados da linguagem é simples para a mente de vocês. Já sabem como fazer, basta acessar.*

Então ouvimos. Uma conversa qualquer entre dois humanos comuns. Claro que não entendo nada, é chinês! Quero rir ou falar um palavrão estúpido, mas me esforço e me concentro. "*Vamos, Ágatha. Tá tudo aí, dentro de você. Acesse!*" Aperto os olhos com força, como se isso fosse ajudar. *Eu já sou essa nova garota. Não vou mais me esconder dela.*

– *Eu entendi!* – A voz mental de Fred estala no meu cérebro, parece um megafone gritando: *Ágatha, você está atrasada, de novo!* Eu sabia que ele iria ser bem melhor que eu. Sempre foi. Mas precisava ser tão rápido?

Abro os olhos. Fred está rindo, orgulhoso de si mesmo. Estou começando a ter raiva desse risinho idiota dele.

– *De novo, Ágatha.* – Lara dá um comando. – *Concentre-se.*

Aperto a porcaria dos olhos. Os mesmos humanos conversando. *"Vai lá, Ágatha. Cada palavra. Vai!"* Tento deixar todo o resto de lado, os pensamentos duvidosos e me ater só à conversa. Coloco toda minha capacidade mental nisso. Minha respiração, meus desejos, qualquer fio de pensamento.

– Sim, posso ajudar você. Tenho 1800 kuai.

– Você tem certeza?

– Sim, eu já disse. Não tem problema."

Dou um pulo para trás. Assustada e surpresa. Eu consegui! Eu entendi chinês! Simples assim, como se fosse uma conversa qualquer em português. Sem esforço de tradução, nada! Tudo simultâneo. É fantástico!

Fred me agarra, dois patetas pulando feito sacis. Rimos sem parar. Fred vibra ainda mais que eu.

– *Isso mesmo, Ágatha. A conversão das línguas é automática. Está na essência da linguagem: a compreensão entre dois ou mais seres. E assim, como vocês são capazes de entender, vocês são capazes de falar.*

Paro a algazarra na hora.

– *Ahhh!* – Explodo! – *Aí também não, né?! Você está querendo demais de nós dois! Vai com calma, Lara.*

– *Rápido, nosso tempo está passando. Fechem os olhos e se concentrem. Mais uma viagem mental.*

Um novo lugar. É estranho.

– Este planeta chama-se Tellus, fica no Segundo Céu de Gaia. Ele é muito semelhante a Terra. Nele, os seres ainda não se comunicam por telepatia, nem se cosmotransportam. Lembrem-se, o cosmotransporte começa com a gente. Como na Terra, utilizam vários idiomas distintos. Neste local, fala-se uma língua nativa rudimentar. Concentrem-se agora!

Parece uma floresta. É uma floresta. Há algumas casas próximas umas das outras. Não consigo saber do que são feitas. Vários seres estão reunidos e falam ao mesmo tempo. Se parecem com humanos ou com criaturas, talvez um pouco mais baixos. Não entendo o que conversam entre si. Nunca ouvi nada parecido.

– Precisamos decidir isso o mais rápido possível, eles estão chegando.

– Tranquem tudo. Peguem somente o necessário. Vamos para a Pedra Sagrada em uma hora."

– Eu entendi! – Grito mentalmente enquanto abro os olhos.

Lara quase sorri, mas para no meio do caminho.

– Chega de idiomas! Quando for realmente necessário, vocês simplesmente falarão em qualquer língua. Precisamos treinar as habilidades de combate. Também quero ensiná-los a ficarem invisíveis.

– Eu já consigo ficar invisível. – Fred dá uma de aluno chato. Hermione Granger. Bufo e reviro os olhos. Irmãozinho babaca.

– Ágatha, não – Lara é firme.

Encolho os ombros. Mas paro logo no início do movimento e levanto a cabeça. *Chega de se encolher toda, Ágatha! Eu já sou essa nova garota. Não vou mais me esconder dela.* Até aqui, eu não sabia que podia. Se existe tudo dentro de mim, se já nasci com esses códigos todos, eu vou usá-los. Vou aprender, aceitar meu poder, treinar e me tornar a garota que realmente tenho potencial para ser. Ficar invisível, me cosmotransportar sozinha, dominar as línguas faladas em Gaia, ser boa no combate mental. Chega de ser a coitadinha que não presta direito para nada. Empino a cabeça um pouco mais.

Dou um passo à frente e sorrio. Estou pronta para aprender tudo isso. Neste momento, não tem nada que eu queira mais do que descobrir até onde eu posso ir.

Sou eu quem dou mais alguns passos, ficando bem próxima de Lara. Coloco a mão no ombro dela.

– *Me ensina, Lara. Me mostra do que eu sou capaz.* – Sorrimos, as duas. Um sorriso quase imperceptível. Fred nem nota. Talvez eles nem tenham acontecido de verdade.

– *O Poder Mental* – Lara insiste no bláblábla. Quando eu quase abro uma fresta no muro, ela estraga tudo e eu volto a empilhar tijolos e argamassa. – *Não é um conceito limitado como a grande maioria dos humanos define. Mente não é somente raciocínio, funcionamento cerebral ou a soma dos mecanismos conscientes, subconscientes e inconscientes. Nem se trata de um processador de dados, como os discos rígidos dos computadores terrestres. Mente não é um atributo mecânico. Mente não é o seu cérebro. Mente é a vida criada em cada ser do Universo. É a energia vital que nos move e nos conecta. A energia que nos impulsiona. Ela é una e indivisível, todos comungamos da mente cósmica. Ela se manifesta em cada ser do Universo e é a conexão de todas as partes. É o movimento vital. Por isso, quando peço para que usem seu Poder Mental, não estou pedindo para pensarem ou raciocinarem, estou pedindo para darem tudo o que têm, tudo de si. Agora vamos. Chega de bláblábla, não é Ágatha?* – Lara olha para mim, sem simpatia ou raiva. Não é uma bronca ou uma brincadeira. É só para me mostrar que ela conhece as críticas internas que faço dela. Mesmo com minha mente trancada, ela consegue invadir meus pensamentos. Será que eu não consigo esconder nada dela? Será que ela viu tudo que eu pensei até agora?

Lara deve ser muito poderosa. Talvez eu também possa ficar como ela, já que somos mãe e filha. Sorrio mais uma vez.

O Poder Mental não é bem o que eu imaginava. Eu achava que tudo dependia do cérebro. Eu não sei o que é e talvez nunca chegue a compreendê-lo direito. Mas de uma coisa eu tenho certeza, não é mero pensamento. Poder Mental é quem você é. Esfrego a tatuagem do meu pulso: *"Tudo é um ponto e o ponto é você"*. É o seu melhor.

– *Vamos!* – Sorrio para Fred e para Lara. – *Estou pronta. Vamos pirar de uma vez por todas!*

Eu tô mesmo animada!

17

Às algemas

Meu corpo inteiro enrijece. Não consigo nem piscar. Tento falar alguma coisa. Nada! Faço todo tipo de esforço para me mexer, mas não acontece nada. Nenhuma parte do meu corpo dá sinal de vida. Grito mentalmente. Não alcanço ninguém.

– *As frestas, Ágatha. Você precisa cuidar das suas frestas. Tornar a barreira em torno de você mais compacta. Faça um escudo de proteção competente. Crie um espaço blindado à sua volta. Se não, fica muito fácil identificar suas frestas e invadi-las. Isso pode te destruir.* – Lara é ríspida e direta. Ela jamais diria: *"Calma, está tudo bem. Mamãe vai te ajudar. Um passo de cada vez."* Não, não é assim que Lara pretende ajudar os filhos. Os cuidados maternos dela são de outra natureza.

Caio no chão num baque violento. Minhas malditas frestas. Sempre as incertezas, as dúvidas em relação a mim mesma. O eterno questionamento sobre o que consigo ou não fazer, se sou boa nisso ou naquilo, se sou capaz ou não. Nunca me sentindo o suficiente. Mas que inferno! Por dentro, sou cheia do que mais detesto, o maldito bláblábá.

Eu tento acreditar, juro. Já me esforcei repetindo frases estúpidas de elogio para mim mesma, aquelas coisas de automotivação, programação neurolinguística, todas essas bobagens. Não funcionou comigo. O que tem de errado comigo? Será que nunca vou ser confiante o bastante?

– Não há nada de errado com suas capacidades, Ágatha. Isso é evidente. Você só precisa alcançar a sua potência, o núcleo onde tudo está concentrado. E então, é natural acreditar em sua própria força. A fé em si mesmo e no Universo não exige esforço, é uma simples constatação do que existe. Você tem poder, é um fato e não uma questão de crença. As informações estão todas dentro de você. Acesse-as. É quem você é. Ninguém poderá convencê-la das suas próprias capacidades. Cada criatura precisa fazer isso por si mesma. Concentre-se, AGORA!

Levanto de uma vez. Observo Fred que me olha pelos cantos dos olhos, sem me encarar diretamente. Este é o meu treino. Ele é só um espectador e não quer me deixar com vergonha se eu fracassar de novo. Irmão cavaleiro medieval. Sempre um cavalheiro.

"Vamos lá, Ágatha! Se alguma criatura pode, você também pode. Afinal, o que te impede?", falo mentalmente comigo mesma. Eu sei a resposta. Eu me impeço. Sou meu próprio obstáculo, o inimigo número um. Isso tem que mudar! *Chega de blábláblá, Ágatha! Eu já sou essa nova garota. Não vou mais me esconder dela.*

De novo meu peito enrijece, minhas pernas travam junto com meu cérebro. Mais uma vez sou um desastre e caio em outro baque violento.

– Nenhuma criatura vai esperar você estar pronta. Você sempre tem que estar pronta, Ágatha. Sempre. Essa deve ser a sua postura na vida.

Levando com raiva. Então é isso, estar sempre pronta. Chuto a porcaria da parede da gruta. Como se fosse fácil estar sempre preparada. Dou mais um chute na parede da gruta. Minhas sapatilhas gastas ficam ainda piores. Não tô nem aí.

Encaro Lara. Concentro a mente, conecto todas as células no mesmo objetivo. Blindagem. Blindagem. Blindagem. Nenhum fio de pensamento em outro lugar. Todos em mim. Sou inatingível. Posso até ser uma garota perturbada, mas não sou uma fracote qualquer.

– *Ágatha, você conseguiu!* – Fred me agarra e começamos a girar.

Meu irmão. Sorrio. Fred não para de me girar. Dois patetas para sempre. Essa é a melhor parte de quem somos. Irmãos. A dupla de melhores amigos.

– *Eu consegui!* – Nem posso acreditar! É claro que eu posso. Meu nome é Ágatha e eu sou uma criatura poderosa.

Lara quase sorri, mas desiste e proclama:

– *Fred, agora é com você.*

Ela não dá uma brecha para eu, ao menos, curtir um pouco a minha vitória. Que mulher dura.

– *Preparado?* – Ao mesmo tempo em que pergunta, Lara paralisa Fred. Depois, ele cai.

Fred se levanta rápido. E de novo fica paralisado. Mais uma vez acaba no chão.

– *Vamos, Fred, não temos tempo de sobra. Se esforce mais, concentre-se direito.*

Ele está se esforçando pra caramba, dá para ver pela cara dele. Mas é só na décima tentativa que Fred consegue realmente se proteger, fazer a tal blindagem, o escudo protetor competente. Achei que ele seria melhor que eu. Eu sou a garota sem fé em si mesma. Fred, não. Talvez as coisas estejam mudando dentro de mim. Sorrio. Eu *era* uma garota sem fé em si mesma.

– *Agora façam isso um com outro. Como se fosse um combate de verdade.*

Bato com força as costas nas pedras da parede da gruta. Grito sem pensar.

– *Isso dói, Fred.*

– *Então combata comigo, vem!* – Ele ri e me chama com as mãos.

Eu nem penso se vou conseguir, só quero tirar a risadinha da cara do meu irmão.

Fred estatela no chão.

– *Está agindo bem, Ágatha. Enfrente as dúvidas, não se perca em questionamentos inúteis. Isso não tem fim. Para alcançar o seu poder, você simplesmente precisa ir em frente. Como uma rajada. É natural ser assim.*

Encaro Lara. Em frente, como uma rajada. Todos seus músculos enrijecem. Sorrio. É mais fácil do que eu pensava. E mais divertido também. Paralisar alguém, deixá-lo sem proteção, totalmente vulnerável. Não consigo parar de sorrir vendo Fred e Lara paralisados ao mesmo tempo. Eu consegui! Fiz isso com os dois. Estou preparada. Eu nem tive que me esforçar tanto assim.

Desabo com tudo no chão. Sei que foi ela. Minha mente é invadida por um murmúrio frio, que aumenta sem parar, até que eu não suporto mais. Lara travou um combate mental comigo. Bato as laterais da cabeça na pedra fria. Quero arrancar esse maldito murmúrio, ele vai acabar comigo. Posso morrer se isso continuar. Bato a cabeça com mais força. Ela tem que parar! Então, mesmo sob camadas de desespero, consigo me concentrar e pensar. É ela quem está fazendo isso comigo. É minha mãe e ela não vai me destruir. Só está querendo me dar uma lição. Lara pode ser uma Invasora desequilibrada e sombria, mas não vai matar a própria filha. Fecho os olhos com força, agarro meus pulsos e paro de me debater. Uma hora ela vai parar de me castigar. Eu aguento esperar.

– *Ágatha, nunca mais faça isso ou você se arrependerá.* – Todo o desespero desaparece de uma só vez. Levanto e a encaro. Ela sorri.

– *Talvez não seja eu que vá me arrepender.* – Sorrio de volta.

Sorrimos uma para a outra. Acabo de aprender a principal lição.

Fred olha para mim e para Lara, sem entender o que está acontecendo.

– *Fred, mostre para sua irmã como ficar invisível.* – Lara já se recuperou. Nenhum vestígio do sorriso.

Fred chega bem perto de mim.

– *Feche os olhos Ágatha e torne todas as suas células invisíveis.*

Quero gritar: *Idiota, como se faz isso? Você deve estar brincando!* No entanto, fico quieta e sigo os comandos dele. Fecho os olhos calmamente e penso: *Células, todo mundo invisível agora! Eu tenho esse poder. Eu preciso ficar invisível agora!*

– *Isso!* – Fred bate palmas, empolgado.

Abro os olhos. Uma névoa densa invadiu a gruta.

– *O que é isso? Que névoa é essa?*

– *Ficar invisível tem duas desvantagens: você vê tudo através da névoa e isso pode confundir você. A segunda desvantagem é que a invisibilidade é a atividade que mais consome energia vital, o que abala sua potência. É exaustiva e pode deixá-la fraca. Sem forças para um combate ou mesmo para criar barreiras invisíveis. Você pode ficar tão fraca a ponto de não ter condições de se cosmotransportar.* – Lara explica. – *Volte à forma física, Ágatha.*

Ficar invisível é tão simples. É tão fácil. E pode ser tão vantajoso.

– *Agora, Ágatha!*

Tudo volta ao normal. Bem, normal não é bem a palavra. Normal é um conceito sem sentido, totalmente equivocado. Ninguém mais, em todos os mundos, devia usar essa palavra. A partir de agora, vamos riscá-la dos dicionários dos trezentos milhões de mundos que deve existir. Talvez seja bem mais que isso.

Lara esteve invisível por muitos anos lá no banco de pedras. Ela se arriscou para ficar com a gente. Comigo e com Fred. A invisibilidade deixa você fraco. Ela corria perigo por nós. Muitos Invasores deviam estar à caça dela. Bem, talvez a invisibilidade não seja uma ameaça para Lara, já que é tão poderosa. De qualquer forma, eu sorrio ao imaginar que ela se arriscou só para estar perto de Fred e de mim. Nós nem sabíamos que ela estava lá. Nem notávamos a presença dela. A mãe invisível.

– *Vocês estão prontos.* – Lara sentencia.

É só isso? Simples assim? Eu não posso acreditar que estava tudo ao meu alcance e nunca fiz nada. Minha vida podia ter sido tão mais divertida, mas eu fiquei lá, parada feito uma garota boba e desanimada. Eu tinha poderes incríveis, todos à minha disposição e nunca fiz nada! Meu Deus, que perda de tempo. Quero dizer, meus deuses!

– *Eu ainda não me cosmotransportei sozinha.* – Lembro de repente.

Lara sorri pela quarta vez. Estou contando os sorrisos dela? Essa não! Cruzo e descruzo os braços.

– *Se você não teve dificuldades em ficar invisível, se cosmotransportar será fácil, Ágatha. Monitorar também não será um problema para vocês dois. Vocês carregam a potência de Wlad. E a minha também, é claro.*

Ela tinha que falar sobre isso, só para ficar óbvio a maldição que Fred e eu carregamos. *Não é potência, mamãezinha. É maldição.* Estou certa disso.

– *Eles estão prontos. Vamos encontrá-los.*

– *Eles quem?* – Fred indaga.

– *O Conselho Decisório nos espera. Vamos agora.* – Lara dá um passo e para. – *Fred e Ágatha, antes de irmos, quero dizer... Bem, eu preciso dizer... Eu só quero falar... Fred e Ágatha,* – ela nos encara de frente. – *Obrigada.*

– *Pelo quê?* – Rebato.

– *Por este momento.*

Nos encaramos em silêncio.

As algemas que nos une se tornaram completamente visíveis. Sangue, sacrifícios, promessas e contato. É fácil tocar as algemas agora. No fim, não fugimos mais delas.

18

Um assunto de família

Lara oferece as mãos. Fred e eu nos entreolhamos, seguramos as mãos dela e sorrimos.

O ritmo do cosmotransporte é o melhor de todos que já experimentei, deslizamos sobre nuvens de algodão. Essa mulher é boa. Realmente boa.

Quando paramos, a maldita luz intensa está por todos os lados. Eu detesto essa luz. Aos poucos, a intensidade diminui e eu posso voltar a enxergar. Estamos na Prisão Perpétua, na mesma sala onde Verónica revelou a verdade sobre quem eu sou. Eu prometi que não viria pra cá novamente. Mais uma promessa que não cumpri. Boto a mão no meu jeans e seguro a chave negra. De qualquer jeito, ninguém mais vai me prender aqui. Tenho meus próprios truques agora. Lara também não iria deixar, tenho certeza.

Ele se aproxima, vindo por trás. Não preciso me virar para saber que é ele. As mãos dele tocam meus ombros. Uma onda de entusiasmo me atinge no mesmo instante. Tom sussurra em meus ouvidos:

– Ágatha, vai dar tudo certo. Estou aqui, nada mais vai nos separar.

– Eu não ia deixar mesmo – respondo, alegre.

Rimos. Tom me agarra com força. Viro de frente e o agarro também. Isso não mudou, mesmo eu sendo uma Invasora. Sou louca por ele. Seria capaz de morrer ou matar. Seria capaz de nunca mais respirar. Tom é tudo o que importa.

– Nunca se esqueça, nós dois somos a verdadeira chave – ele diz.

Gosto do que ele acabou de dizer, mesmo não entendendo direito o que significa.

– Agora venha conhecer o Conselho Decisório. – Tom me gira. Observo as criaturas no Salão Branco.

Laura e Théo estão ao nosso lado. Assim que vejo Théo, alguma coisa é acionada no meu cérebro. Lembro do meu pai imediatamente. Não o meu pai, o Grande Líder Invasor. Esse eu nem conheço. O meu pai humano, o que está morto, o que não era meu pai de verdade. Thomaz Guiller. Não que Théo se pareça com ele. Fisicamente, não. Meu pai tinha um rosto normal, comum. Castanho, estatura média, aquela cara boa dele, meio insegura a maior parte do tempo. Como Lara disse, ele pertencia às mentes humanas mais abertas e curiosas, ele era um humano aliado. Eu devia me orgulhar, mas só sinto raiva. Raiva por ele ter me enganado tanto tempo. Minha mãe nem sabe que o bebê dela morreu e está no quintal. Vou ter que dar um jeito nisso também. Ela não pode viver a vida toda enganada.

Théo, diferente de Thomaz Guiller, tem traços fortes. Ele aparenta ser bem mais velho que meu pai. Não faço a mínima ideia de qual seja a idade dele. Criaturas vivem muitos anos. Será que já passou dos cem? Sua pele é escura como a dos indianos, ele tem a melhor cara que eu já vi em toda a minha vida. Sorrio para ele. Para o meu pai, nunca mais eu vou poder sorrir. Eu não devia ligar, ele nem era o meu pai mesmo.

– Olá, Fred e Ágatha.

Ocupando o centro da sala, lá está ela. A figura principal de todo o Conselho Decisório. Verónica González, a toda-poderosa. Ela nem imagina que, na verdade, segue as ordens da minha mãe.

Sorrio em silêncio.

A luz intensa explode por todos os lados e praticamente me cega de novo. Pisco algumas vezes, tentando me acostumar. O clarão vai perdendo a potência até atingir um ponto suportável. Faço um giro visual pela sala. Há várias criaturas aqui.

Do outro lado de Tom, reconheço o vendedor de sapatos com quem me encontrei no passado, quando conheci Gael. Ele sorri para mim, seus dentes tortos e amarelos aparecem. Continua com as calças largas demais, a diferença é que agora tudo é branco, todas as roupas. Sorrio de volta. É como se fôssemos velhos amigos. Aposto que posso contar com ele. Um aliado.

Adriana se aproxima e fica entre ele e Tom. Olha sem hesitação para mim. Sorrio para ela, do jeito mais falso que consigo. Depois, reviro os olhos preguiçosamente. Garota idiota.

Verónica praticamente grita do centro da sala. Todas as cabeças se voltam para ela.

– Fred e Ágatha, este é o Conselho Decisório. Como vocês sabem, o nosso planeta, Gael, é dividido em Espaços distintos. Temos representantes de cada Espaço neste conselho.

Como se não soubéssemos!

Encaro todas as criaturas numa observação minuciosa. Então são estes os "chefes" de Gael. Os mandachuvas deste pedaço do Universo.

– Nos reunimos assim – Verónica continua –, presencialmente, somente quando temos uma questão de extrema importância. Isso é raríssimo, estarmos todos em um mesmo espaço. A última vez que aconteceu foi há mais de vinte anos, quando arquitetamos o plano da Experiência, passo a passo. Naquela ocasião, precisávamos unir nossos poderes. Agora também precisamos. Desde aquela época, alguns membros do conselho já foram substituídos e novas tarefas foram criadas. Fazemos nossas convenções mentalmente. Pequenas reuniões presenciais acontecem em subgrupos, quando necessárias. Mas este é um momento de importância extrema e extraordinária. Vocês são as primeiras Experiências e também os primeiros a descobrirem quem realmente são. Tudo mudou. Temos que delinear um novo plano de ação. Resta ao Conselho Decisório definir o que fazer com as Experiências a partir deste ponto.

O que fazer com as Experiências, foi isso que ela disse mesmo? Quero voar em cima dela.

Lara e Verónica se encaram. Num combate, é claro que minha mãe venceria. Minha mãe... Mas e a dona Cristina?

– Em Gael, não temos um poder centralizador. Todas as questões relevantes são discutidas e votadas pelo Conselho Decisório – Verónica infla ao proclamar cada palavra.

A mim ela não convence. Verónica quer o poder de Gael, ela quer mandar em todos. Ela finge ser uma grande Líder defendendo seu povo e o seu mundo. Mas por trás dessa máscara sei que se esconde a Grande Ditadora de Gael.

– Eu sou a Guia dos Resgatadores e da Experiência. Sou o único membro do Conselho Decisório que acumula duas tarefas. O pai de Tom e Éric, Arthur Albus, era o Guia dos Resgatadores. Eu o substituí após sua morte prematura. A morte de Arthur foi uma grande perda e um choque para todas as criaturas. Arthur e sua esposa, Nice, formavam o casal mais valente de Resgatadores. Gael toda sofreu esse dano. Ser Guia dos Resgatadores é uma tarefa essencial para o equilíbrio do nosso planeta. Sem esse Guia, todas as conexões podem entrar em colapso.

Passo o braço pela cintura de Tom. Do discurso inflamado de Verónica, a única informação que realmente prestei atenção é sobre a morte dos pais dele, Arthur e Nice. Olho para Tom, que também passa o braço em torno de mim. Somos um casal improvável, o herói e a bandida. Sorrio. Juntos vamos resolver isso.

Lara dá um passo à frente. A luz intensa que irradia dela não me deixa ver mais nada. Aperto os olhos com força.

– Eu sou a Guia do Monitoramento.

Depois que ela completa a frase, a luz brilhante diminui de intensidade num rompante, como se tivesse sido tragada por um vácuo. A sala fica quase na penumbra. Verônica suspira e corrige a situação, iluminando tudo novamente.

– Meu nome é Lion, sou o Guia do Espaço das Coisas. – Lion pisca para mim. Sorrio para ele. Então esse é o nome do "vendedor de sapatos". Somos, sim, aliados. Não tenho dúvida.

– Sou Adriana. Guia do Espaço da Imaginação. – Ela acena com a cabeça diretamente para mim, num confronto infantil e ridículo. Eu poderia matá-la, se quisesse.

– Você não é uma Resgatadora? – pergunto sem pensar.

– Aprendi o Resgate com Tom, nos velhos e bons tempos. – Adriana olha para Tom e sorri. Depois para mim, erguendo as sobrancelhas num arco desafiador. – Realizo os Resgates apenas nas horas vagas, ou quando ele me quer. – De novo olha para Tom e sorri. – Meu negócio é mesmo a Imaginação. Sou muito boa nisso, você nem faz ideia. – Ela pisca para Tom.

Mordo o lábio inferior. Não olho para a cara dele. Tem algo entre os dois. Ou já teve. De qualquer forma, para ela continua tendo. Não preciso de habilidade mental nenhuma para perceber. Qualquer idiota vê quando uma mulher está disputando poder com outra por causa de alguém. Não é só na Terra que isso acontece. Criaturas também são ciumentas e vingativas.

Tom levanta meu rosto para que eu possa encará-lo.

– Ágatha, minha história com a Adriana terminou. Somos amigos agora.

Parece que levei uma facada.

Sorrio para Adriana, o tipo de sorriso que quer dizer: *"Quem se importa com você, sua babaca. Sua vez já passou, ele é meu agora."* Eu me importo, mas não vou dar esse gostinho pra ela.

– Meu nome é Sofia – diz uma garota de olhos parecidos com os de um oriental. Tem cabelos vermelhos. Acho que eles estão pegando fogo. Nunca vi cabelos tão vermelhos assim, como se fossem mais vivos que o resto do corpo. Ela deve ser mais nova que eu. Seria impossível essa garota passar despercebida em qualquer lugar que ela fosse. Se estivesse na Terra, com certeza seria uma top model. É o tipo capa de revista. – Sou a Guia do Espaço Gustativo. Substituí meu pai recentemente. Ele morreu no combate com os Invasores no Espaço Vazio.

Eu estava lá, eu participei desse combate. Um homem do nosso grupo caiu morto. Era o pai dela.

Sofia oferece um sorriso transparente. Gosto dela no mesmo instante. Amizade à primeira vista. Talvez aqui, enfim, eu tenha uma turma de amigos.

– Espera! – Fred está atônito. Eu tinha me esquecido completamente dele. – Eu conheço você! – Fred parece meio desesperado.

– Sim, Fred. Eu fui até Chamonix te encontrar. Eu fiz a revelação do nosso mundo pra você. – Sofia é delicada e firme ao mesmo tempo.

– É verdade, agora eu me lembro bem. Você era uma das garotas dentro daquele carro na França. A mais bonita que eu já vi... – Ele está literalmente hipnotizado por ela.

Sofia sorri timidamente. Fred está ficando bom em falar coisas idiotas. Cada vez mais meu irmão. Lembro da Livy. Se eu gostasse dela, não acharia legal todo esse entusiasmo do Fred.

– Ela é a namorada do Éric. Ou era, até ele se juntar aos Invasores – Tom diz.

O sorriso de Sofia desaparece. Mesmo assim, seu rosto ainda é doce. Fred engasga e começa a tossir.

– Sou Rey, Guia dos Guardiões. – Um homem baixo e gordo acena seriamente com a cabeça. Tem um bigode farto e avermelhado, que não deixa sua boca à mostra. Ele parece confiável. O tipo que eu escolheria para ser o Guardião de todos os lugares onde eu estivesse. Talvez tenhamos algum parentesco, já que Lara disse que viemos de uma linhagem antiga de Guardiões. Sorrio para ele.

– Filho! – O pai de Fred, seu Ângelo, se aproxima de Fred, que está do outro lado da sala oval. Eles se abraçam. Todos abaixam as cabeças, até mesmo Tom. Eu não. Fico feliz vendo a cena. Depois de um tempo, seu Ângelo caminha até mim. Nos abraçamos também. Um abraço muito mais caloroso e demorado do que éramos acostumados a nos dar. Os cumprimentos sem graça e convencionais que duraram anos entre nós.

– Ágatha e Fred, é muito bom vocês estarem aqui e conhecerem a verdade. Eu sou o Guia das Bases Terrenas. Resido na Terra desde o nascimento de vocês. Quando fui designado para ser o pai adotivo de Fred, me senti honrado como nunca. E por todos esses anos fui o seu pai, Fred. – Discretamente, seu Ângelo retoma seu lugar.

Ainda restam partes boas, afinal. Seu Ângelo e Fred é uma delas. Eles ainda são pai e filho, não importa que Fred não descenda do seu Ângelo. Isso realmente parece não importar no caso deles.

– Meu nome é Áurea. Sou a Guia do Espaço Pessoal. – Uma mulher velha, muito velha, sorri com o rosto todo e acena para nós.

– Simone. "Amiguinha" do Tom e Guia do Espaço Sutil. – Uma mulher bonita e exótica sorri com dentes perfeitos. Ela é a dona da casa em Chamonix, a casa onde eu e o Tom transamos pela primeira vez. Ela usa algum tipo de chapéu muito esquisito. Sinto meu rosto todo queimar. Eu jamais daria oitenta anos para ela.

– Você pinta muito bem – me adianto. – Seus quadros são lindos! – Me sinto uma completa idiota-ansiosa-aduladora, querendo puxar assunto.

Ela sorri com franqueza. Outra criatura que posso confiar. Já é aliada de Tom, será minha também.

– Meu nome é Rita. Sou a Guia do Espaço dos Talentos. – Nem preciso olhar para ela direito, sempre me dou bem com gente que tem esse nome. Lembro da minha professora de Literatura. Como será que ela está? Será que ela é uma criatura ou não?

A Rita-criatura é baixa e negra. Olhos acinzentados. Uma mulher linda e sensual.

– Sou Pedro. Sou o Guia dos Humanos Aliados. – É um homem de meia-idade, negro, alto e robusto. Parece um sargento condecorado. Postura rígida, um certo brilho de orgulho nos olhos. – Terra e Gael já eram planetas aliados, ficando ainda mais próximos com a Experiência. A Terra foi escolhida para ser palco da Experiência por vários fatores, entre eles está a condição básica de que os humanos não são capazes de se cosmotransportar. Seria muito interessante que as Experiências fossem criadas sem a utilização dessa habilidade.

Logo de cara, não confio nele. Talvez eu esteja enganada, mas minha intuição sempre apontou flechas certeiras. Sempre. Tenho que aprender a segui-las.

– Oi, crianças. Sou a Guia dos Protetores. – Tereza sorri daquele jeito que conheço tanto. Estende os braços para mim e para Fred. Sem pensarmos, corremos até ela. Nos abraçamos, os três. Delicadamente, Tereza abre um pequeno espaço entre nós e diz: – É uma honra cuidar das Experiências.

– Você também é a Protetora de Fred? – pergunto.

– Não. – Tereza sorri. – Sua Protetora é a sua avó, Fred. Uma velha e boa protetora. Assim que encontramos um lar para Ágatha, Ângelo e Débora se instalaram em Nova Jerusalém. Vocês dois iriam crescer juntos, mesmo que em lares distintos. Vocês foram monitorados o tempo todo. Observados de perto. Vocês são as Primeiras Experiências, os filhos do Grande Líder Invasor, demandavam muito cuidado. E eu, como a líder dos Protetores, me ofereci para proteger você, Ágatha.

Ele fica feliz. Fred fica feliz com quase tudo. Eu, cada vez mais surpresa e confusa.

– Me chamo Rafael. Sou o Guia dos Espaços de Convivência. – Olhamos diretamente para a criatura de voz áspera diante de nós. É um homem franzino, atarracado, todo enrugado. Suas orelhas são grandes demais para o corpinho miúdo e raquítico. Tem ares de um rabugento. Nos oferece um sorrisinho fraco. É um tipo esquisito, mas aposto que é só disfarce. Fico alegre quando olho para ele e, de agora em diante, vou confiar na minha intuição. Flechas certeiras. Sorrio abertamente para Rafael.

– Sou Francis. A Guia do Espaço Negro.

Se eu não tivesse ouvido a voz dela, não saberia dizer se é homem ou mulher. O rosto dela não é amigável, mas também não é o oposto disso. É como se Francis não se importasse em ser simpática. Ela é bem alta. Nem magra nem gorda. Seu cabelo é excessivamente curto na parte de trás. Seria um corte militar completo não fosse a franja grande e volumosa que esconde um pouco seus olhos. Francis é bonita. Sorrio para ela, que me devolve com um aceno rápido e curto. Um bem-vindo discreto, mas sincero. Gosto dela.

– Guia do Espaço Negro? – Fred está surpreso.

– Sim. Desde a Experiência, tomamos boa parte do Espaço Negro – fala Francis, de forma didática. – Eu sou a Guia dessa parte.

Eles tomaram o Espaço Negro e mataram muitos Invasores. Eu sou uma Invasora. Arranco o pedaço de uma unha. Não resta quase nada agora.

– Você também é a Guia da Prisão Perpétua? – Fred está tentando desenhar um mapa da situação. Maldito estrategista incorrigível.

– Sim. A Prisão Perpétua está incluída na parte que dominamos do Espaço Negro.

– Eu sou Norberto, Guia dos Espaços de Conexão. – Um homem muito novo, com pinta de turista. Posso jurar que está bronzeado. Ele sorri igualzinho aos atendentes de hotéis de luxo. Aquele sorriso pronto e artificial. – Os Espaços de Conexão são o que na Terra se chama de natureza. Plantas, animais, toda nossa produção alimentar, solo, água, a camada de conexão das criaturas com Gael, nosso planeta.

Eu nunca havia pensado nisso antes. Nem reparei direito nas plantas todas as vezes em que estive em Gael. Animais extraterrestres, que tipo de coisa é essa?

– Temos uma gama quase infinita de plantas e animais – ele diz. – Como a nossa, a mente dos animais também é potencializada. Na maioria das vezes, eles estão invisíveis.

– O quê? Invisíveis?

– Eu vou levar você para conhecê-los, Ágatha – Tom fala. Atravesso a sala para voltar para o lado dele. Sorrio para Tereza.

A melhor parte da minha vida é ele. A melhor de todas. O mundo todo fica azul quando ele está por perto. Tom me abraça. O herói e a bandida. Existe amor, isso deve bastar em algum lugar. Tem que ser em Gael. Tem que ser para nós dois.

– Vocês não têm animais de estimação? – Fred pergunta. Raciocínio-lógico-estratégico-inconveniente. Virou campeão nisso. Os nomes das Estrelas-Mãe, e agora vem com essa! Quem se importa se criaturas têm animais de estimação? Não é para isso que estamos reunidos aqui.

Todos riem. Até mesmo Lara, o sorriso relâmpago dela.

– Fred e Ágatha. – Tereza olha para mim e para Fred, não é o olhar antigo que conheço dela. São os mesmos olhos benevolentes dos professores do jardim de infância. – Não nos consideramos donos de animais. Eles são criaturas livres, como todos nós.

– Então em Gael vocês não comem carne? – Outra pergunta boba do Fred.

– Quem quiser, sim. A vida se alimenta da vida. A morte se alimenta da morte – Verónica interpõe, taxativa.

– E eu sou Iara. Guia do Espaço Vazio. – Iara é igualzinha a uma fada ou uma ninfa. Olhar para ela é como ímã. Não dá para desviar ou desgrudar. Seus olhos grandes faíscam a luz brilhante em pequenos raios luminosos. Cabelos encaracolados descem em uma cascata perfeita até a cintura de Iara. Ela literalmente flutua e cintila. A luz branca que irradia dela parece purpurina e não me irrita como as outras luzes brilhantes. Ela é maravilhosa.

– Fred, Ágatha – Tereza interrompe meu transe –, o Conselho Decisório é responsável pelos direcionamentos de Gael, como já foi dito. No total, neste momento, somos dezesseis Guias, lembrando que Verónica acumula duas tarefas. Temos dezessete tarefas no Conselho Decisório. É claro que isso pode mudar, sempre que for necessário.

Só consigo pensar: como eles permitem? Verónica pesa mais que todos. Acúmulo de cargo é acúmulo de poder. Isso não dá certo em nenhum lugar. Nem na Terra nem em Gael.

– Estamos aqui, nesta conferência extraordinária, para decidir o futuro das Experiências – Verónica retoma a palavra. Centralizadora. É a chefe quem está falando. Ninguém mais vê que ela é a dona de tudo? – A verdade começou a ser revelada e a situação sairá de controle em breve. Precisamos refazer o plano da Experiência. Propostas, por favor.

– A-haaaaaa! Companheiros e companheiras! – Dan surge no meio da sala como um fantasma, assim, vindo do nada. Dou um pulo para trás. Eu já devia ter me acostumado às entradas dramáticas da minha irmã mais velha.

Ela pisca para Verónica, que fica paralisada no mesmo instante. Dan ri alto e bate palmas, divertindo-se como uma criança encapetada. Uma a uma, todas as criaturas ficam paralisadas, menos Fred e eu. Tom olha fixo para mim, sem piscar, parece nem respirar.

– O Conselho-Decisório-Porcaria-do-Cacete esqueceu de nós, os Invasores. Também temos direito de ter um representante. Afinal, somos criaturas de Gael e devíamos estar incluídos. De qualquer maneira, estou aqui para representar o interesse dos Invasores. Isso é uma democracia, ou estou enganada? Bem, me desculpem o mau jeito, sou Dan Goy. – Ela faz um gesto exagerado de autoapresentação. Seus olhos cintilam. – Sou a Grande Líder Invasora. Filha de Lara Goy e Wlademir Goy. Irmã mais velha de Ágatha Goy e Fred Goy. – Dan acena para Lara, para Fred e para mim. – Não vou tomar muito o precioso tempo de vocês, só vim buscar os meus irmãos. Espero que não se importem, mas é um assunto de família. *Au revoir*!

Dan agarra Fred e a mim num movimento rápido e violento. Todo o resto desaparece. Somos nós três agora, o trio fraterno e perdido. Temos um assunto para resolver. Um assunto de família. Só nós três.

Au revoir!

19

A maldita aliança

A bagunça alucinante do cosmotransporte não me impede de pensar. Deixei Tom para trás. Sim, eu o deixei lá. Eu não fiz nada para ajudá-lo. Também não fiz nada para impedir Dan. Eu poderia, já sei usar meus poderes. Mas nós temos um assunto de família para resolver e eu não vou fugir. Eu teria mil desculpas para fugir de Dan. Afinal, ela é a Grande Líder Invasora. Mas o que eu preciso agora não é escapar, e sim arrancar todas as desculpas da minha própria história.

Eu queria que minha vida tivesse sido diferente. Eu não queria pertencer ao clã dos Goys. Mas não há como negar isso. Algemas feitas de sangue nos conectam. Se existe um para sempre, tenho certeza de que é esse.

O ritmo do cosmotransporte para com um choque violento.

Abro os olhos. Há um imenso clarão cercando a casa. Eu sabia que ela nos traria para cá. A casa onde Fred e eu estivemos antes. A casa dos meus sonhos. E dos de Fred também. A casa da nossa família. A estranha mansão dos Goys.

– *Exatamente, irmãzinha.* – Os olhos de Dan resplandecem. Tão intensos e famintos. Exuberantes. Esqueci de trancar a mente. Apesar de que eu não sei se isso funciona com

Dan, ela é a Grande Líder Invasora, não deve sucumbir a truques baratos como mentes trancadas.

Fred está do outro lado de Dan, sério, olhando fixo para a casa.

– *Fred.* – Dou um passo em sua direção. Ele desperta.

Dan nos ignora e sobe a escada de madeira que dá acesso ao segundo andar.

– *Irmãozinhos, venham! Estamos em casa agora.* – Ela para no topo, olha para baixo e faz um gesto animado com os braços, para que a gente suba também. – *Não é maravilhoso?* – Dan bate palmas. – *Temos a Mansão só pra gente! Estão animados para conhecer a casa da família? A casa de onde vocês nunca deviam ter saído.*

– *O que você fez com os outros, com o Conselho Decisório?* – pergunto, parada no mesmo lugar.

– *Está preocupada com o Conselho-Decisório-Porcaria-do-Cacete ou só com seu namoradinho?*

– *Idiota* – meto na mente dela. – *O que você fez com ele?*

Dan ri.

– *Estão bem, todos sãos e salvos. Fique tranquila, irmãzinha. Seu namoradinho está intacto. Não toquei um dedinho em nenhuma daquelas criaturas. Ainda. Neste exato momento, ele está desesperado procurando por você.* – Dan ri alto. – *Não vai adiantar. Nunca irão nos encontrar. Podem morrer tentando, nunca vão nos encontrar! A Mansão Goy é protegida. Infinitas camadas de blindagem. Somos melhores que eles nisso também. Nas camadas de proteção das outras criaturas sempre há frestas. Se você procurar direito, sempre acaba encontrando. Nas dos Invasores, nunca!*

– *Não é bem assim* – interrompo Dan –, *Tom e Théo conseguiram invadir a casa e resgatar Fred e a mim.* – Meus olhos brilham, orgulhosos. Dan nos encara.

– *O dia do seu nascimento, Ágatha, mudou a história dos Invasores. Todas as versões que contaram para vocês são falsas. As famílias terrenas enganaram vocês, foram meros receptáculos da Experiência. Mesmo a sua família adotiva, Fred, escondeu quem você é. Tom enganou vocês. As Protetoras de vocês também mentiram. Até mesmo a nossa mãe, ela também não disse tudo. Comigo vocês vão conhecer a verdade. A história completa. A verdadeira versão.* – Os olhos azuis intensos de Dan estão cada vez mais brilhantes. – *Mas, antes, temos um tempinho. Venham! Quero que conheçam a Mansão Goy. A casa é nossa, irmãos!*

Sem pensar, subimos as escadas com passos apressados. Contornamos a varanda até alcançarmos a porta de entrada.

– *Eles tentaram invadir a Mansão Goy. Claro que falharam. Só o que conseguiram fazer foi um pouco de estrago.* – Dan dá de ombros. – *Quem se importa com um pouco de estrago? Isso não tem a menor importância.*

Pintura descascada. Partes do alpendre da varanda faltando. O reboco escuro aparecendo por todos os cantos. Lembro da minha casa lá em Nova Jerusalém, ela também foi um pouco destruída pelo terremoto. Ninguém se importou em arrumar as rachaduras. Dan está certa, quem se importa com um pouco de estrago? Acho que só quem não conhece estragos maiores.

Dan abre a porta com um enorme sorriso. Dentes brancos, pequenos, um pouco desnivelados.

– *É aqui e não na Terra. Sejam bem-vindos ao lar, irmãos.*

Fred e eu nos olhamos. Ele segura minha mão. Eu aperto a dele de volta. A dupla.

– *Esperei um longo tempo por este momento* – Dan declara, séria. Logo depois, volta a sorrir e nos chama para acompanhá-la.

Fred e eu estamos colados nela, entrando pelo longo corredor, que, diferente de quando estivemos aqui pela primeira vez, está totalmente iluminado. A maldita luz branca brilha por toda parte.

Na primeira porta à direita, Dan para. Os olhos dela faíscam.

– *É aqui, Fred. Este é o seu quarto.* – Ela, então, abre a porta num pontapé.

Fred aperta minha mão com força e sussurra em minha mente, antes de entrarmos.

– *Somos nós dois, Ágatha. Estamos nisso juntos. Sempre fomos nós dois. Mesmo quando não fazíamos ideia de que éramos irmãos, tínhamos uma aliança. Melhores amigos. Vai continuar assim. Vamos enfrentar tudo isso juntos. Vamos conhecer a versão dela da história, mas, no final, nós dois sabemos que somos a nossa própria família. Você e eu.*

Aperto a mão dele também, quase feliz. Apesar de não estar tão certa quanto ele. Quem é a minha família? Fred, só ele? Os Guillers? E os Goys? E Tom, não pode ser minha família também? Entro no quarto antes de Fred.

Uma cama pequena está bem no meio do cômodo. Há um armário num dos cantos. E muitos, muitos brinquedos espalhados sobre um tapete negro. Enorme e felpudo. Eu poderia me afundar até a cintura nele. Até agora eu não havia pensado sobre isso. Mas Fred já morou aqui com eles.

Ele passou o primeiro ano da vida dele nesta casa, com uma família Invasora. Os Goys. A nossa família.

– *Este é o seu quarto, irmãozinho. Você viveu mais de um ano aqui. Consegue se lembrar?*

Fred mal olha o quarto. Invado a mente dele e vejo uma cena. Uma versão jovem de Lara, sem as marcas profundas no rosto, está em pé no tapete negro. Um bebê dorme na pequena cama, é Fred. Uma garotinha de olhos sedentos e azuis está grudada às pernas de Lara. A barriga de Lara está redonda, inchada comigo dentro.

Fujo da mente de Fred. Ele me encara sem sorrir.

– *Vocês ficarão assombrados com a nossa memória, com a capacidade dela. Não é como na Terra, não somos limitados como os humanos. Podemos alcançar nossas lembranças mais antigas e remotas. Para nós, é fácil acessá-las.*

Uma nova adição ao arsenal das minhas capacidades extraordinárias. Memória retroativa supersônica. Rá! Sou mesmo incrível, melhor que as heroínas da Marvel, aquelas babacas.

– *Vamos, vamos!* – Dan se empolga novamente. – *Agora é a vez da caçulinha da família!* – Ela bate palmas. Esbarra em Fred antes de sair. Eles nem se olham.

Sem dizer nada, seguimos a garota escura.

Dan abre, delicadamente, a porta do próximo cômodo.

– *Entre, Ágatha Goy. Ele é todo seu!*

Largo a mão de Fred e avanço. Tem um berço no centro, intocado. O mosqueteiro é prateado e desce desde o teto até o chão, com pequenos pontos brilhantes feitos de diamantes.

– *É lindo, não é?* – ela brinca.

Não respondo. É lindo, sim. Milhares de pontos brilhantes estão espalhados pelo quarto todo, descem e sobem pelo teto, pelas paredes e no piso, como se o berço flutuasse no espaço sideral. Nunca vi nada igual. Mas isso não importa. Nenhum bebê viveu aqui. Eu nunca tinha estado aqui antes.

Chego mais perto do berço. Tem um pequeno travesseiro bordado em ouro. Leio as letras delicadas: Ágatha Goy. Minha cabeça explode no mesmo instante.

Desde muito cedo ouço histórias sobre meu nome. Todas falsas, agora eu sei. Acreditei nelas por anos a fio. Meu pai, Thomaz Guiller, dizia que tinha sonhado com esse nome – Ágatha – logo que eu nasci. Minha mãe tinha escolhido outro: Hannah. De tanto ele insistir, dizendo que eu não me parecia com Hannah, e sim com Ágatha, ela aceitou a troca. Ela tem orgulho do meu nome, acha muito mais bonito que Hannah. Fazia parte da conspiração, foi tudo manipulação. Quando eu fui posta na família dos Guillers, já estava etiquetada. Nunca deixei de ser Ágatha Goy.

Penso nas azaleias do quintal de casa, tão lindas. Hannah está lá. Agarro as grades do berço.

– *Podemos continuar?* – Dan sai do quarto.

Me viro para Fred. Ele tenta se aproximar, me desvio. Em silêncio, seguimos os passos da irmã mais velha.

Dan abre a porta do próximo cômodo. Mais um quarto. Está todo bagunçado. A cama desfeita, lençóis desgrenhados e muitos travesseiros. Há pilhas de livros espalhadas pelo chão. Roupas jogadas, papéis por todos os lados. Também têm muitos compactos e ampliadores – aparelhos usados em Gael para escrever e ler livros – sobre os lençóis, jogados pelos cantos. As paredes estão ocupadas por desenhos de mapas e estratagemas complexos.

– *Este é o quarto de Dan* – Fred diz para si mesmo.

– *Mas não é permitida a entrada! Vocês precisam bater antes, combinado, irmãos? Afinal, sou a irmã mais velha, a que manda no pedaço!*

– *Nós não vamos ficar aqui com você, Dan.* – Fred dá um passo à frente, se colocando entre mim e ela. – *Estamos aqui para ouvir o que você tem para nos contar. A verdade, como você diz. Depois nós vamos embora. Ágatha e eu.*

– *Mas é claro! Se vocês ainda desejarem ir embora, poderão ir. Diferente das outras criaturas de Gael e dos humanos, nós levamos muito a sério o livre-arbítrio. Não é só de fachada. Ninguém é forçado a ser um Invasor. Ninguém é forçado a ficar, se quiser ir embora. Nenhum pai ou mãe Invasora obriga seu filho a seguir seus passos. Acreditamos na liberdade como princípio fundamental do Universo. Cada um é o que quiser ser. E vocês dois também vão poder escolher. Ficar ou partir. Mas, agora, vamos continuar o tour pela Mansão Goy?*

Passamos direto por várias portas até chegarmos à última. Ela é grande, de folhas duplas de metal negro. Tem um brasão enorme unindo as duas portas.

– *Entrem, se vocês quiserem.* – Dan dá de ombros. – *Este é o covil do papai e da mamãe. Foi aí dentro que nós três nascemos.* – Ela vira as costas e some pelo corredor.

Fred e eu nos entreolhamos.

– *Vamos entrar?* – pergunto.

Ele toca o brasão que une as duas portas. É magnífico. Parece o desenho de um animal ou a letra de algum dialeto desconhecido.

– *É o símbolo antigo e ancestral dos Goys* – Dan invade minha mente. – *Está na nossa família há milhares de gerações.* – Olho para os lados. Procuro por ela, Dan não está mais aqui. Passo os dedos pelo brasão. Bem de perto consigo ver o que é. Um dragão formando a letra G. Afasto os dedos depressa.

Fred abre as portas.

Entramos num salão gigante e brilhante. É muito frio aqui dentro. Uma cama de tamanho anormal ocupa o centro do salão, como se fosse um palco ou um altar sagrado. A cama tem um dossel de ouro, forte e maciço. O voal desce do dossel até o chão, se esparramando em ondas cintilantes e douradas. Um enorme lustre de Quartzo Negro cai em cascatas do teto. Fred e eu contornamos a cama. Todas as paredes são tomadas por espelhos, emoldurados em tamanhos e formas variadas. As molduras são de metal escuro, quase negro, enfeitadas por arabescos. Na verdade, os arabescos seguem o desenho do brasão Goy, se multiplicando milhões de vezes. Para todos os lados que olhamos, vemos nossas imagens refletidas nos espelhos. Meus cabelos pintados, as mesmas roupas de sempre, mas os olhos... Meus deuses, o que aconteceu com eles? Meus olhos cintilam como os de Lara.

– *Vamos embora daqui, Fred!* – Agarro a mão dele e saímos correndo. Atravesso o quarto sem olhar para mais nada.

– *Vamos descer, é por aqui.* – Fred abre uma porta qualquer do corredor. Uma escada em caracóis surge atrás dela. – *Dan nos espera no primeiro andar. Usei a mente para ver onde ela está e como chegar até lá.*

Claro! O maldito estrategista racional em ação. Um passo à frente. Milhões de passos, na verdade. Enquanto fico perdida em divagações, ou perdendo tempo resmungando, ele desenha planos.

Dan já nos espera ao pé da escada de caracóis. Se você pudesse vê-la assim, de braços cruzados e sorrindo, diria que é uma garota comum. Pequena, magra, de olhos azuis bonitos e rosto delicado. Cabelos curtos e loiros. Nunca suspeitaria que é uma alienígena, nem uma Invasora, muito menos a Grande Líder Invasora. Você, com certeza, nem olharia direito para ela, pensando que é só mais uma pessoa sem muita importância, como tantas outras.

– *Aqui é "O Grande Coração" da Mansão Goy.*

O salão atrás dela é enorme. Acho que ocupa todo o andar térreo da casa. Há uma mesa que parece infinita, com imensos candelabros espalhados nela. Não dá para ver o fim da mesa. Todas as velas estão acesas. A mesa está montada com pratarias, porcelanas e cristais, como se aguardasse uma grande festa.

Lustres de Quartzo Negro estão espalhados pelo salão todo. As paredes se estendem em retratos pintados à mão. Mulheres, famílias, crianças, homens em todas as idades, alguns animais. Imagens fantásticas, as criaturas nelas são tão perfeitas que parecem nunca ter existido. Não são sombrias, são brilhantes. Todas lindas.

O mal não é escuro, como imaginamos na Terra. Ele vem em gotas de diamante. Milhares de gotas.

– *A dinastia Goy. Nossos ancestrais.* – Dan sorri olhando para os retratos. Depois aponta para a mesa e diz: – *Nesta mesa, todos sempre puderam se servir. O Grande Coração da Mansão Goy sempre esteve aberto para toda e qualquer criatura perdida. Criaturas solitárias, indesejadas ou abandonadas, que perderam o rumo, encontram um lar no Grande Coração da Mansão Goy. A qualquer hora do dia ou da noite. Em todas as estações do ano. Por todos os tempos que Gael existiu, a Mansão Goy abriu seu Grande Coração para acolher nossos irmãos sem nenhuma distinção. Essa é a maior de todas as alianças de Gael. A Aliança Negra.*

Olho perplexa para Dan. O que ela está dizendo?

– Irmã, o submundo não é feito somente de trevas. Aqui nesta casa, sempre abrimos o Grande Coração para receber nossos irmãos. Não importa de onde vêm, o que tenha acontecido com eles, nem o que fizeram, nós os acolhemos.

Como assim? Invasores não são criaturas malignas e perversas? Eles aceitam e acolhem aqueles que não têm mais para onde ir... Quando você está perdido, sozinho, sem rumo, quando não tem mais ninguém, você pode acabar aqui, na Aliança Negra.

O amor, dizem, é a mais forte e poderosa de todas as alianças. É feita de ouro, inquebrável. O metal precioso mais nobre de todos. O círculo fechado, sem começo nem fim, infinito. Tom e eu, a aliança perfeita. Fred e eu também formamos uma aliança. Somos melhores amigos desde o início de nossas vidas. Antes de sermos irmãos, somos melhores amigos. Dan, Fred e eu somos um trio. A aliança fraterna, consanguínea. Nem a morte pode desfazê-la. De qualquer forma, os Guillers e eu não deixamos de ter algum tipo de aliança também. A aliança adotiva. Os Goys, por milhares de gerações, são a aliança magnífica do Espaço Negro. A dinastia absoluta. E esta casa, a Mansão Goy, com seu Grande Coração, acolhe criaturas perdidas. A Aliança Negra é aberta a todos. Não exclui nem convida, só estende seus braços para receber quem quiser entrar. Essa é a maldita aliança. A Aliança Negra. Deve-se ter um preço a pagar por ela. Em todas as alianças existe um preço.

Puxo uma cadeira qualquer e me sento. Desabo a cabeça entre as mãos, fazendo os cristais da mesa infinita tremerem.

20

A Villa

– *O que tem no último andar da casa, Dan?* – Ouço a voz distante de Fred na minha mente. Ele não consegue deixar informações incompletas pelo caminho. Nem mesmo agora. Fred é incansável.

Eu, por outro lado, não dou a mínima. Não quero prestar atenção em mais nada. O mundo todo está bagunçado dentro da minha cabeça. Em algum ponto, bem e mal se misturam. Invasores têm O Grande Coração. Como vou separar as criaturas boas das más agora?

– *Presta atenção, garota!* – Dan estala os dedos. Volto a ouvi-los. – *Estou falando com você também!* – Ela me encara. O que será que eu perdi? – *A Mansão Goy é dividida em três espaços distintos e absolutamente independentes. O primeiro andar é O Grande Coração. Qualquer criatura será bem recebida aqui. O andar de cima é o espaço pessoal do clã Goy. Somente um Goy ou um convidado seu pode entrar lá. Nenhuma criatura havia invadido esse espaço até o meu pequeno deslize e seu namoradinho e o amiguinho patético dele entrarem lá.* – Dan lança um olhar duro para mim. – *O espaço pessoal do clã Goy vivia lotado antes do Grande Golpe. Agora sou só eu. E o Jô, é claro. Bem, Éric também vive com a gente, desde que passou para o nosso lado. Ele tem muito poder e tem se mostrado nosso principal aliado. Juntos, comandamos o novo exército Invasor.* – Dan bate palmas, entusiasmada.

Tom tem se esforçado em vão para resgatar Éric. Talvez ele devesse desistir e deixar o irmão para trás.

– *E o último andar, Dan?* – Fred interroga.

– *Ele é secreto. O antigo escritório do papai e da mamãe. Ninguém tem permissão para entrar. Nem mesmo eu. Só ele e Lara já estiveram lá. O terceiro andar da Mansão Goy está lacrado desde o dia do seu nascimento, Ágatha.*

– *Esse tempo todo, por todos esses anos, você nunca foi até lá?* – Fred parece não acreditar.

– *Nunca.*

– *Nem tentou?*

– *Claro que sim, irmãozinho. Mas papai e mamãe realmente sabem como criar a barreira de proteção perfeita.*

A barreira de proteção perfeita. É isso. Preciso aprender com os meus verdadeiros pais.

– *Vamos logo, Dan!* – Me levanto de súbito. Não aguento mais os papinhos dos dois. Eu não tô nem aí para os andares idiotas desta casa nem para suas barreiras de proteção perfeitas. Eu quero acabar logo com isso, esse tal assunto de família que nós três temos para tratar.

Dan sorri e estende os dois braços.

– *Me deem as mãos, irmãos. Vou levá-los ao ponto exato. Eu vou mostrar a verdade para vocês. Confiem em mim, irmãos.*

Me levanto e aperto a mão de Dan. Há um brilho magnífico em seus olhos. Fred atravessa devagar o pequeno espaço que nos separa. Segura a outra mão de Dan sem encará-la.

Ela sorri para mim. Meus olhos queimam, sei que também cintilam como os dela. Então desaparecemos num estrondo violento.

– *Que lugar é esse?* – Fred pergunta, ávido. Eu nem tive tempo para abrir os olhos ainda.

– *Aqui é a Villa, irmãozinhos! Era o Espaço de Convivência dos Invasores.* – Dan abre os braços e gira em torno de si mesma.

Villa? O restaurante preferido do meu pai, Thomaz Guiller, era o Villa D'Água. Coincidências existem? Esfrego meu pulso esquerdo. *Tudo é um ponto e o ponto é você.* Levanto a cabeça e encaro a Villa.

– *Esta é a Terra Natal de vocês! A verdadeira.* – Dan faz uma reverência teatral. Fred e eu nos entreolhamos. – *Por aqui, me acompanhem, por favor.* – Ela começa a andar. Nós a seguimos.

A vila ideal, aquela que conhecemos dos filmes americanos, tem cercas brancas, jardins impecáveis, fachadas bonitas e bem pintadas. Carros grandes nas garagens e churrascos nos fins de semana. Vilas pobres do Brasil têm casas remendadas, cachorros sarnentos, buracos no asfalto e vizinhos solidários. O Villa D'Água é o restaurante mais lindo do Brasil. A Villa de Gael não se parece com nada disso.

– *Cuidado, irmãzinha!*

Paro a tempo de não cair em uma fenda. Um rasgo profundo no chão. Parece infinito.

– *Olhe por onde anda, Ágatha Goy.* – Dan sorri.

A Villa foi completamente destruída, aniquilada. É um museu de ruínas a céu aberto.

– *A Villa era o Espaço de Convivência dos Invasores. Foi aqui que aconteceu o Grande Golpe. Como vocês podem ver, não sobrou muita coisa. Os amiguinhos de vocês, os Resgatadores e seus aliados, não pouparam esforços.*

Abaixo a cabeça, eu não queria ter visto este lugar. Então é isso que os Resgatadores fizeram no Grande Golpe. Coloco as mãos na lateral da cabeça, o sino dentro dela já começou a badalar.

– *Foi nosso poderoso papai quem batizou o lugar: Villa.* – Ela faz mais uma reverência para o lugar.

Fred e eu nos desviamos de fendas e escombros. Mantemos a cabeça baixa enquanto andamos. Não quero nem pensar se existe alguma ligação entre o Villa D'Água e esta Villa. Pode ser só um nome qualquer. Mordo o que resta de uma unha.

– *Milhões de Invasores moravam aqui.* – A voz mental de Dan é um sussurro gelado.

Não sobrou nada, nenhuma casa, nenhum prédio de pé. Uma cidade imensa exterminada. Paro de andar e olho para o cenário que me cerca. É como estar dentro de uma fotografia de guerra. É muito, muito pior que isso.

A Villa foi mantida como no dia em que foi atacada, o dia em que nasci, há vinte anos. Nenhum tijolo foi reposto, nenhum entulho foi retirado, nenhuma vida nova brotou aqui. Os Resgatadores e seus aliados massacraram a Villa. A turma de Tom destruiu a minha terra natal.

– *Eu amava este lugar. Eu amava os Invasores que viviam aqui. Eu cresci aqui.* – Dan e Fred também estão parados. Fred continua com a cabeça baixa.

Restos do que um dia foram casas, passarelas, prédios. Tudo acabado. Nenhuma parede resistiu. Para todos os lados que olho, só vejo a morte e o fim. Os Resgatadores e os aliados fizeram tudo isso? Eles acabaram com tudo? Mataram todos?

– *Eu estava aqui no dia em que atacaram a Villa. O dia do Grande Golpe. Eles chegaram e arrasaram com tudo. Foi tão rápido. O mundo acabou bem na minha frente e eu nem vi acontecer. Só um clarão imenso e, então, tudo estava acabado.* – Dan aponta para os restos do que um dia deve ter sido um prédio. – *Esta era a Torre Tétrica, de onde papai e mamãe comandavam os Invasores. Não sobrou muita coisa, né? Foi deste lugar que papai coordenou a Grande Revolução de Gael.* – Há um sorriso de orgulho no rosto todo de Dan. – *Antes da Grande Revolução, éramos uma sub-raça. Vocês precisam entender a nossa história. Nós vivíamos às sombras, éramos caçados e rejeitados. Wlademir Goy, esse é o nome que mudou a história deste planeta. Papai nos tirou da escuridão, ele deu esperança aos Invasores.* – Os olhos dela brilham e irradiam a maldita luz intensa.

A Villa toda parece se iluminar com a luz dela. Podemos ver melhor os estragos agora. Fecho os olhos. Eu não queria ter vindo pra cá. Eu não podia ter vindo pra cá. Nunca mais vou esquecer este lugar. Nunca mais vou poder esquecer o que os Resgatadores e os aliados fizeram, do que eles são capazes. Não posso mais fingir que eles são criaturas boas. Nenhuma criatura boa faria isso. Nenhuma.

– *Papai virou o jogo, irmãozinhos! Ele acabou com a escravidão dos Invasores. Eles nos deu a liberdade, a dignidade. Ele assinou nossa alforria! Nós somos criaturas também. Temos o direito à vida, temos o direito a Gael. Com papai, deixamos de ser a escória e passamos a comandar o planeta. Nós renascemos e provamos que somos melhores que todas as outras criaturas. Somos mais poderosos, irmãozinhos. Nós somos mais fortes, somos superiores. Somos a raça pura de Gael.*

Fred aperta minha mão. Nem percebi que ele estava grudado em mim. Tento olhar só para Dan e ignorar todo o resto. Não adianta mais. Meus olhos se desviam sozinhos, captando, gravando, fazendo um raio-x da Villa. Então me lembro da chave negra. Eu poderia escapar daqui se quisesse…

– *Ágatha, eles chamam o dia do seu nascimento de O Grande Golpe. Na verdade, o nome não é esse, não se enganem. Não é Grande Golpe. O nome do que aconteceu aqui é Massacre Covarde, não tem nada de Grande Golpe no que fizeram. Foi um massacre violento e covarde, a sangue frio. Foi comandado por nossa mãe. Ela traiu a própria família, o próprio povo. Ela abriu frestas na barreira de proteção perfeita da Villa. Lara fez tudo silenciosamente, na surdina. Ela deixou que os Resgatadores e seus aliados entrassem e acabassem com tudo. Ela permitiu o nosso fim. Nossa mãe matou os seus iguais. Os Invasores confiavam nela. Eles a receberam e fizeram dela a Grande Líder Invasora. Em troca, ela planejou o rapto de seus filhos. Lara está transformando criaturas cheias de vigor em seres desanimados e patéticos. É isso que as Experiências são. Lara Goy era idolatrada por todos os Invasores. E como ela nos presenteou? Com o Massacre Covarde! Ela terá que pagar por essa traição.*

Aperto com força a mão de Fred.

– *Eu posso fazer melhor do que contar como tudo aconteceu naquele maldito dia, eu posso mostrar para vocês dois. Estão preparados?*

É claro que não! Mas tenho outra alternativa? Largo a mão de Fred e dou um passo à frente, me aproximando mais de Dan.

– Mostra de uma vez!

Dan coloca uma mão na minha cabeça e outra na de Fred.

– Vou compartilhar minhas piores lembranças com vocês, irmãos. Vocês são Invasores, são Goys, tudo o que aconteceu aqui também aconteceu a vocês.

Ela pressiona os dedos com força em nossas cabeças e muitas imagens invadem nossa mente ao mesmo tempo. A Villa como um lugar qualquer, um Espaço de Convivência muito parecido com o das outras criaturas, só maior e mais bonito. Imenso, gigante, infinito. Prédios espelhados e tão altos, que parecem atravessar o céu. Casas magníficas, traçadas com imponência. Passarelas perfeitas, cruzando tudo em raios simétricos e organizados. Criaturas entrando e saindo de lugares, se cosmotransportando por todos os cantos. Criaturas pequenas desaparecendo e aparecendo em pontos mais distantes. Lembro da brincadeira das meninas, Val e Bel, as filhas de Théo e Laura. O esconde-esconde telepático que eu tanto gostei. Lembro também de Fred contando de como a avó ensinou o cosmotransporte para Pietra. As crianças aqui faziam a mesma coisa, a mesmíssima coisa. Riam e brincavam enquanto se cosmotransportavam.

E então uma luz brilhante e intensa toma toda a Villa. Em poucos instantes, a luz desaparece e o que surge é a destruição. A Villa foi arrasada. Fendas gigantescas tragam tudo como gargantas famintas. Ruínas se espalham e estampam o cenário de morte. Corpos caídos e jogados sobre os escombros se amontoam sem fim. A Villa foi destruída na velocidade da luz, sem nenhuma chance de defesa.

Dan arranca as mãos de uma vez de nossas cabeças. Há um sorriso estampado no rosto dela.

– Foi assim o dia do seu nascimento, irmã. Esse é o Grande Golpe, irmãozinhos! É assim que os amiguinhos Resgatadores de vocês conquistam a paz. É assim que eles semeiam a bondade, a tolerância e o respeito. Gostaram? Estão orgulhosos deles?

Ela pressiona os dedos em nossas cabeças mais uma vez e novas imagens surgem em nossas mentes.

Uma garotinha pequena assume a cena da lembrança de Dan. Deve ter seis ou sete anos. Ela tem olhos azuis intensos e longos cabelos loiros. É Dan no passado, no dia do Grande Golpe. Não, no dia do Massacre Covarde, o dia em que eu nasci. Ela carrega uma boneca em uma das mãos. Seu vestido flutua enquanto ela gira em torno de si mesma, então a luz intensa cega tudo por alguns instantes. A garotinha reaparece, está agarrada às pernas de um homem. Eles estão entre os destroços. Ele está tão sujo que só dá para ver seus olhos. São iguais aos da garotinha. Muito parecidos com os meus também. Intensos e frios. Azuis como o céu em seus melhores dias. Sem olhar para Dan, ele diz mentalmente: *"Ela, ela fez tudo isto. Lara nos traiu. Sua mãe nos abandonou. E levou seus irmãos para longe de nós. Lara nos deixou. Dan, você terá que aguentar. Eu sei que você pode, você é como eu. Um dia, nós voltaremos e tomaremos tudo de novo. Reconstruiremos nosso lar e acabaremos com todos eles. Não seremos piedosos! Vamos acabar com todos os Resgatadores e seus aliados. Gael é nossa! Nós somos a raça pura deste planeta. Aguente firme até o dia da nossa vingança. Faça sua parte, filha. Resista e se prepare para assumir seu posto por direito. Você será a Grande Líder Invasora. Por enquanto, você estará mais segura se ficarmos separados. Nós temos muito trabalho pela frente. Eu conto com você. Na hora exata, eu te encontrarei." "Pai, não!!!".*

O homem entre os escombros desaparece, a garotinha se encolhe ainda mais, joga sua boneca para longe e fecha os olhos. Parece mais uma criança morta, entre tantas outras.

As fendas engoliram quase tudo. A Villa foi arrasada. Corpos dos Invasores estão espalhados por todos os lados. Muito tempo se passa, até que a garotinha se levanta. Seus olhos estão intensos e brilhantes. Ela dá pequenos passos decididos e bate palmas. Sua voz mental invade todo o espaço sombrio: *"Eu prometo, papai. Eu prometo que farei a minha parte. Gael é nossa, somos a raça pura deste planeta. Vamos destruir todos!" "Eu prometo, papai. Eu prometo que farei a minha parte. Gael é nossa, somos a raça pura deste planeta. Vamos destruir todos!" "Eu prometo, papai. Eu prometo que farei a minha parte. Gael é nossa, somos a raça pura deste planeta. Vamos destruir todos!"* Depois olha para a Villa por um longo tempo, como se estivesse tirando fotos mentais de tudo. E, então, desaparece.

Dan nunca se esqueceu desse dia, eu sei. Eu também não serei mais capaz de esquecer. Nem Fred. O dia do meu nascimento foi o fim da Villa. Destruição e morte foi o que eu trouxe quando vim ao mundo.

Dan arranca as mãos de nós dois e recua alguns passos. Fred aperta meu braço. Ficamos em silêncio olhando a Villa. O trio fraterno e perdido. Os irmãos amaldiçoados pela mesma origem, pelo mesmo passado ruim.

Então foi assim que aconteceu. Foi assim que deram início à Experiência. Meu nascimento não foi feito de festas e bênçãos. Não trouxe alegria para o meu mundo nem para o meu povo. Não encheu a minha família de amor. Não foi como as histórias felizes que contam por aí, as mesmas que contavam para mim. Foi um dia escuro e trágico, ele destruiu quase toda a raça a que pertenço.

Agora eu sei como os Resgatadores e seus aliados venceram os Invasores e tomaram Gael de volta. Encaro Dan e coloco na mente dela: *Eles não podiam, eles não podiam!* A luz dos olhos dela brilha. A luz que irradia de mim cega nós três.

Invasores são criaturas sombrias. São o submundo. É quem são. É quem nasceram para ser. Eles têm fome de escuridão. Mas os Resgatadores são ainda piores. Todas as criaturas aliadas também. Fingem ser salvadores do mundo, mas, se você olhar com atenção, há sangue debaixo de suas unhas. Eles não se importam. Ninguém mais parece se importar.

Eu sei de todas as justificativas deles. Eu conheço todas. Eu também sei que uma guerra não é um acordo diplomático. E que heróis condecorados, na verdade, são assassinos em série. Eu sei que um exército de defesa é tão cruel quanto seu inimigo. Às vezes até mais. Eu sei que, quando uma guerra é vencida, ninguém liga para isso. Só para a paz imposta com o sangue alheio. O problema é que eu faço parte do sangue alheio que foi derramado.

Não há heróis em uma guerra. Só existe o lado dos vencedores e o lado dos vencidos. A única diferença entre exércitos inimigos é essa, não importam as razões que cada lado defenda. A história, na Terra ou em Gael, sempre escolhe um lado que terá que pagar para sempre. Agora eu sou esse lado e eu sei que ele também é pisoteado.

Passo um longo tempo olhando as ruínas da Villa. Se eu não fosse um bebê naquela época, teria defendido a Villa com a minha própria vida. Com certeza, é isso que eu teria feito.

21

A resposta

Dan se senta em cima de escombros. Fred está me encarando, mudo.

Um tempo longo se passa até que Dan diz:

– *Foi assim que eu me tornei uma pobre garotinha órfã.* – Ela cruza os braços e olha para as próprias botas. Então dá um pulo, explodindo em uma gargalhada estridente. – *Eu não sou nada disso, irmãozinhos. Nós três temos um papai e uma mamãe, não somos órfãos. E nenhum de nós é uma pobre criaturinha. Não nós três. Não nós, os irmãos Goy.* – Dan nos encara, mantemos nossas mentes trancadas, não mostramos nenhum tipo de reação para ela. Dan não pode ver o quanto a compreendo. – *Bem, vou resumir a história toda para vocês, o que aconteceu desde aquele dia: eu fiquei aqui no Espaço Negro por muito tempo. Sim, eu fiquei sozinha aqui, vocês podem imaginar como deve ter sido.* – Ela anda de um lado para o outro, enquanto fala. – *Eu tinha sete anos. No começo, eu não sabia o que fazer. Eu achei que fosse morrer aqui sozinha. Eu tentei a comunicação mental muitas vezes, mas parecia que minha mente estava bloqueada, sem forças. Eu não conseguia alcançar nenhuma outra criatura. Eu tentava me cosmotransportar para qualquer lugar, mas eu sempre acabava aqui, dentro da Villa. É como se eu não pudesse abandoná-la. Todos, de uma forma ou de outra, tinham ido embora. Então eu parei de tentar fugir daqui. Também parei de tentar me comunicar telepaticamente. Foi nessa época que eu escrevi isso no meu pulso.* – Dan arregaça a manga da jaqueta e mostra o pulso direito para nós. Em letras infantis está tatuado: "Tudo é um ponto e o ponto é você".

Caio sentada em um monte de pedras.

– *Sim, Ágatha. Mandei esta frase para você em um sonho. Você entendeu direitinho. Foi lá e fez a tatuagem.*

Esfrego o pulso esquerdo. Vou ter que arrancar essa porcaria. De um lado ou de outro, estou sempre sendo guiada. Manipulada é a palavra. Minha irmã sombria e eu, a mesma tatuagem. Vou me livrar da minha.

– *Deixa de ser boba.* – Dan ri. – *Essa tatuagem é legal. Fica com ela.*

Encaro Fred. Estou mais perdida que ele. Sou pior que ele. Viro meu pulso para baixo, escondendo a tatuagem.

– *Eu finalmente tinha entendido que ninguém ia vir me salvar. Papai tinha me dito que eu ia ter que me virar. E mais, que eu era capaz. Eu tinha que fazer alguma coisa ou ia morrer aqui, com fome e com frio. Eu estava perdida e com muita raiva, mas não ia desistir. Nada neste mundo me faria desistir.* – Dan nem pisca, ela não tira os olhos de cima da gente. Fred e eu congelamos na mesma posição. – *Os corpos dos Invasores começaram a feder, mas eu não me importava. Eu até me deitava perto deles. Eu gostava do cheiro, porque não deixava minha raiva ir embora. A carne deles apodrecendo me lembrava daquele dia e de tudo o que fizeram com a gente. Mas um dia eles voltaram. Os Resgatadores-de-merda vieram e levaram todos os Invasores mortos, um por um. Eu fiquei invisível, olhando eles arrancarem a única coisa que tinha sobrado pra mim. Eles nem perceberam. Foi naquele exato momento que eu soube que podia derrotá-los, era só uma questão de tempo.* – Dan sorri, a luz intensa se projeta dos seus olhos, deixando tudo à nossa volta muito claro. A destruição da Villa parece ainda pior. – *Irmãozinhos, eu não podia desistir. Um Goy não desiste nunca! Além do mais, papai me fez uma promessa. Ele nunca descumpriu uma promessa. Eu repetia para mim mesma as palavras dele, o tempo todo: "Ela, ela fez tudo isto. Lara nos traiu. Sua mãe nos abandonou. E levou seus irmãos para longe de nós. Lara nos deixou. Dan, você terá que aguentar. Eu sei que você pode, você é como eu. Um dia, nós voltaremos e tomaremos tudo de novo. Reconstruiremos nosso lar e acabaremos com todos eles. Não seremos piedosos! Vamos acabar com todos os Resgatadores e os aliados. Gael é nossa. Nós somos a raça pura deste planeta. Aguente firme até o dia da nossa vingança. Faça sua parte, filha. Resista e se prepare para assumir seu posto por direito. Você será a Grande Líder Invasora. Por enquanto, você estará mais segura se ficarmos separados. Nós temos muito trabalho pela frente. Eu conto com você. Na hora exata, eu te encontrarei."* – Os olhos dela estão vidrados, enquanto repete a promessa não sei quantas vezes. Fred e eu decoramos cada palavra.

Eu quero fazê-la parar, eu quero fazê-la calar a boca, mas minha mente começa a entoar a promessa de Wlademir Goy como uma música obsessiva.

Eu preciso ir embora, eu preciso fugir daqui. Eu preciso escapar dela. Eu não posso me deixar contaminar desse jeito. Eu não posso me render a essa maldição. Eu não sou Dan Goy. Eu tive uma outra vida. Ser uma Experiência mudou quem eu me tornaria, mudou o meu destino. Mudou, sim. Claro que mudou! Tem que ter me transformado, tem que ter me livrado de ser uma Invasora.

– *Irmãozinhos...* – Dan recomeça. Olho para ela de novo. A mesma luz intensa se projeta dos olhos dela. E desta vez eu deixo, deixo a luz dela entrar direto em mim. – *Tinha dias que eu corria, corria sem parar de um lado para o outro, como uma barata tonta. Eu corria o dia todo. Corria até desmaiar. Depois me levantava e começava tudo de novo, porque eu sabia, ninguém viria me salvar e eu não tinha mais com o que me ocupar. Eu estava sozinha e tinha que aguentar. Eu não tinha nada, só a promessa de papai. Não havia sobrado ninguém, todos foram embora. Mamãe foi embora, papai, vocês... Só eu fiquei para trás.* – Ela levanta o pulso direito, deixando a tatuagem à vista. – *Tudo é um ponto e o ponto é você.*

Esfrego o pulso esquerdo na calça jeans. Se eu pudesse arrancar essa tatuagem, se eu tivesse uma faca agora... Não, eu não faria nada. Na verdade, eu nunca vou tirar essa tatuagem. Ela é meu guia em muitos momentos.

Dan pula em cima de uns escombros e começa a girar em torno de si mesma, como a menininha que foi antes do Massacre Covarde. Sua voz mental atinge um timbre insuportável. Aperto a cabeça. A voz dela fica cada vez mais alta em minha mente.

– *No dia do Massacre Covarde, mamãe não conseguiu chegar até mim. Há muitas barreiras de proteção em torno de Wlademir Goy, mesmo para ela. Acabei ficando sozinha. Matava animais para comer. Enfim, eu sobrevivi a muitos dias de escuridão e solidão. E frio, o pior era o frio. Mas eu nunca vacilei, eu nunca duvidei, irmãozinhos. Eu sou a Grande Líder Invasora. Eu sempre soube. E agora, o meu tempo chegou. E todos eles vão morrer. Eu sou a primogênita de Wlademir e Lara Goy, a verdadeira sucessora. Eu sou a Grande Líder Invasora. Gael é minha! Gael é nossa, irmãozinhos! E todos eles vão pagar!*

Fred segura meu braço e me chacoalha.

– *Que foi, Fred?*

– *Olha pra você!*

Primeiro, eu olho para minhas mãos, depois para meus pés e, enfim, para o corpo todo. A maldita luz intensa está irradiando de mim agora. Eu não sei o que é isso, eu não sei como fazer isso parar. Eu não sei se quero fazer isso parar. Dan sorri e pisca.

– *Eu comecei a treinar. Eu tinha que me preparar, eu precisava estar pronta para quando papai voltasse. Eu não podia mais esperar. Eu passei a treinar o tempo todo. Eu estava crescendo e meus poderes foram aumentando a cada dia. Eu queria controlá-los, usá-los como eu bem quisesse. Eu passei dias sem dormir, treinando. Eu estava ficando cada vez melhor, cada vez mais forte, cada vez mais poderosa. Eu sabia quem eu era e de tudo que eu podia fazer. Em algum momento, as lembranças pararam de doer. Eu só treinava. Eu não me lamentava por ter sido abandonada. Eu não chorei nenhuma vez, nunca.* – Dan salta dos escombros e se aproxima de nós dois. – *Irmãozinhos, eu passei longos anos assim enquanto vocês estavam lá, brincando de humanos idiotas!*

Fred aperta minha mão. Nós não desviamos os olhos dos dela. Trancamos as mentes um pouco mais.

– *Então, o dia chegou. O dia em que ele veio. Eu estava treinando, como sempre. Eu estava em algum lugar do Espaço Negro, nem me lembro direito de onde, quando ela apareceu bem na minha frente. Assim, do nada! A Mansão Goy. A nossa casa se cosmotransportou bem na minha frente. Eu queria correr para dentro dela, mas fiquei ali parada só olhando. Maravilhada. Eu tinha sonhado com a Mansão Goy tantas vezes. Naquela época, eu já tinha dominado a estática. Eu podia passar um dia todo na mesma posição, sem mover um músculo sequer e sem me cansar. Quanto mais eu olhava para a nossa casa, mais parada eu ficava. Eu simplesmente não conseguia entrar, não conseguia me mover, dar nenhum passo. Eu achava que tinha perdido tudo para sempre... Ver a Mansão Goy me deixou sem saber o que fazer. Então ele abriu a porta. Eu sorri quando ele olhou para mim. Ele veio devagar, pegou minha mão e me levou para dentro. Ele me deu banho, colocou roupas limpas em mim, cortou meus cabelos e minhas unhas. Ele fez comida pra mim e me pôs para dormir na minha própria cama. Eu fiquei parada no escuro, deitada na cama quente, eu não podia simplesmente dormir. Era tão bom! Não percebi quando caí no sono. Depois, ele me disse que dormi por mais de trinta horas seguidas. Trinta horas!! Eu nem sabia que isso era possível.* – Dan sorri e continua nos encarando. – *Eu tinha treze anos quando ele me encontrou. Eu estava sozinha desde os sete anos, desde o dia em que papai foi embora, desde o dia em que Lara me abandonou, traiu todos os Invasores e permitiu que os Resgatadores-de-merda fizessem tudo aquilo.*

Dan se afasta. Fred e eu permanecemos paralisados. Não que ela tenha usado seus poderes para nos paralisar. Não foi necessário.

– *Ele era quase um garoto como eu* – Dan fala de costas para nós. – *Nunca me disse seu nome inteiro. Só Jô. Ele é meu e eu sou dele. Nós estamos juntos desde o dia em que ele abriu a porta da Mansão Goy e cuidou de mim. Só tem uma coisa mais importante que Jô no universo inteiro: vingança! Quem vai dar o Grande Golpe seremos nós, irmãos. Será o Golpe Final e, desta vez, os Invasores serão os vencedores. Eu prometo!*

Dan se vira de frente para nós. Enfia a mão no seu casaco e tira um papel. Desdobra cuidadosamente e lê em voz alta.

"Dan, você nunca ficou sozinha. Estive com você o tempo todo, todos os dias. Quando parecia que você não ia suportar mais, eu ficava ainda mais perto de você. Em todos os momentos em que você imaginava que estava sozinha, eu estive ao seu lado, filha. Eu nunca te abandonei. Eu só não podia aparecer. Eles, os nossos inimigos, sempre estiveram à minha procura. Eu trabalhei pela sua proteção. Eles estavam me caçando em todos os mundos, mas nós vamos vencê-los, filha, e para isso eu ainda preciso ficar escondido. Eu estive com você, sempre, Dan, sempre, nunca se esqueça. Eu deixei nossa casa para este garoto cuidar. Ele é um bom garoto, você pode confiar nele como eu mesmo fiz. Jô é um dos nossos. Toda a família dele foi aniquilada no Massacre Covarde. Ele sabe como cosmotransportar a casa. Ninguém vai achá-la. Eu ensinei como escondê-la. Quando você estiver preparada, quando você estiver forte o bastante, quando você já tiver se tornado a Grande Líder Invasora, Jô vai te encontrar. E, a partir deste dia, você não precisará mais se preocupar em sobreviver ou treinar, você terá aprendido tudo o que é necessário para comandar Gael. A partir desse dia, sua única tarefa, filha, sua única tarefa como a Grande Líder Invasora será resgatar os Invasores perdidos. Muitos estão na Prisão Perpétua. Você terá que invadi-la e deixar que saiam. Muitos se escondem no submundo. Você sabe que nós podemos nos esconder por décadas. Você terá que procurá-los. Você também terá que resgatar as Experiências. Depois de raptar nossos bebês, os Resgatadores os levaram para um planeta do Primeiro Céu de Gaia chamado Terra. Eles mantêm as Experiências na mais completa ignorância. Elas não sabem quem são, de onde vêm. Elas se consideram

humanos e não têm nenhuma consciência dos próprios poderes. Isso, talvez, seja ainda pior que a morte. Foram adotadas por famílias humanas e desperdiçam suas próprias vidas em dias sem sentido. A cada hora, sucumbem um pouco mais às limitações daquela espécie. Você precisa salvá-las, filha. Você precisa salvar as Experiências. Seus irmãos estão entre elas. Fred e Ágatha. Você precisa trazê-los para a nossa luta, para o nosso lado. Eles são Goys e este é o lugar deles por excelência. Estou cuidando de você e do nosso plano de retomar Gael. Você é adorada, sempre foi. E nunca se esqueça da promessa que lhe fiz. Chegará o tempo em que estaremos juntos novamente. Até lá, continue forte. Quando ler esta carta, já estará pronta para ser a Grande Líder Invasora. Com amor, Papai".

Dan dobra cuidadosamente a carta e a segura entre os dedos.

– *Jô me deu isso logo que acordei, depois das mais de trinta horas de sono. Minha mente estava lúcida como nunca. Eu passei dias na cama, relendo a carta. Eu nunca estive sozinha, papai nunca me abandonou. Ela, sim. Nossa mãe abandonou nós três. Mas deixem comigo, irmãozinhos! Eu já tenho tudo pronto, sei como fazê-la pagar por sua dívida. Ela é a culpada por todas as mortes do Massacre Covarde. Sua penitência já está devidamente preparada. E será tão cruel quanto ela merece.* – Dan sorri. Eu estremeço, Fred também. Sinto a mão dele gelar. – *Eu monitorei vocês dois o tempo todo, irmãozinhos. Mas eu também não podia me arriscar, estava trabalhando no novo exército Invasor, por isso nunca apareci antes. Estratégias perfeitas requerem tempo, cautela e paciência. Tinha que seguir os planos deixados pelo papai. Depois que a Mansão Goy me encontrou, papai e eu nos comunicamos por sonhos. Aguardei o momento em que ele ordenou para fazer contato com vocês. Nosso exército está pronto e é o mais forte de todos os mundos agora. Nós vamos retomar Gael. E eu quero vocês ao meu lado. Nós vingaremos cada Invasor morto, cada maldito dia que os Bebês-Invasores foram escravizados na Terra. Vou fazê-los pagar por todos os anos em que estive sozinha. Ninguém vai escapar. E eu quero vocês dois comigo! O lugar de vocês é ao meu lado. Somos a supremacia de Gael, somos os irmãos Goys. Os Invasores são o povo eleito!*

Dan ainda é a garotinha escondida sob os escombros. Ela nunca deixará de ser. A garotinha abandonada que prometeu vingança. Ela cresceu, ficou mais forte, tem poderes indestrutíveis agora, não importa! Ela continua lá, revivendo o dia do Massacre Covarde o tempo todo.

O Golpe Final vai acontecer em breve e não haverá vencedores nesse jogo. Em qualquer placar, eu perco.

Eu não sou só uma garota perdida e entediada, procurando por um sentido na vida. Eu sou a droga de uma Experiência, uma Invasora. E o que é ainda pior, sou apaixonada pelo herói. Só que o herói e o bando todo dele destruíram o meu próprio povo, de forma fria e implacável.

A pergunta que me resta é: *No fim, o que vai sobrar de mim?*

Olho para ela parada na minha frente, com a carta entre os dedos. A garota escura. Ela é mais velha que eu sete anos, mas é mais baixa e mais magra. Quem pode dizer o poder que Dan tem? Ela acha que pode dar a resposta para o meu destino, tem absoluta certeza de que ele foi traçado gerações antes de mim. Somos Goys, esse é um nome amaldiçoado e temos que cumprir nossa profecia. A Experiência também quer ser a resposta para o meu futuro. Mudar minha natureza sombria, exterminando meus instintos Invasores. Uma nova vida, uma nova Ágatha. Todos estão enganados. A resposta para o meu destino não vem de nenhum deles.

Eu sou a minha própria resposta.

22

Um pesadelo sem fim

Dan dobra a carta e coloca no bolso interno do casaco.

– *Irmãozinhos, podem ir agora! Vão, vão, VÃO!* – Ela bate palmas e chacoalha as mãos. – *Vocês estão livres! Batam as asas, amores. Voem passarinhos, voem!*

Fred e eu nos entreolhamos. Depois encaramos Dan. É tão fácil assim escapar?

– *Como assim?* – Fred dá um passo à frente. – *Estamos livres? Era só isso que você queria de nós? Esse era o assunto de família?*

Ela acena com a cabeça de forma afirmativa. Vira as costas e sai andando entre os escombros. Pula numa fenda.

Corremos até lá. Nenhum sinal de Dan, ela desapareceu. Ficamos parados, atraídos pela queda que parece não ter fim.

Era só isso que ela queria, nos fazer enxergar a verdade sobre os Resgatadores e seus aliados. A verdade sobre nosso passado e nossa origem. Mais uma vez Fred e eu fomos abandonados.

Dan só queria nos mostrar o outro lado da história. O lado dela. O lado que era para ser o nosso.

– *Vamos, Ágatha.* – Fred segura a chave negra dele. Também agarro a minha. Antes de desaparecermos em uma rajada silenciosa, dou uma última olhada na Villa. É o pior de todos os nossos cosmotransportes.

Caímos na minha cama num baque violento.

Meu quarto está escuro. Fred faz aquilo com a mente e deixa tudo claro. Aperto os olhos e me concentro, fechando todas as frestas. Temos uma barreira invisível consistente agora. Nenhuma criatura será capaz de rompê-la, eu acho. A barreira de proteção perfeita. Como meus verdadeiros pais, simplesmente sei que sou capaz de criá-la.

Encaro Fred, ele é meu irmão. Somos mais que uma dupla de melhores amigos. Ajeito a franja dele. Ele segura minha mão. Não fazemos ideia das batalhas que esperam por nós, estamos juntos nessa também. Como sempre, podemos contar um com o outro.

– Treinar, Ágatha, essa é nossa única preocupação no momento.

Sorrio. Dizem que irmão mais velho sabe o que fala, mas isso não se aplica aqui. Não entre nós dois.

– Nós já treinamos, Fred. Estamos mesmo prontos. Eu sei que estou. Só precisamos escolher de que lado lutar. Essa é a nossa principal preocupação. E não é a única.

– Não existe escolha, Ágatha. Estamos do lado dos Resgatadores e dos aliados! O lado certo! Pronto, resolvido!

Agora encaro a parede. Lado certo? Pronto, resolvido? Então é certo o que fizeram com a Villa? Todas as mortes, toda aquela destruição… Sem falar na Experiência, no rapto dos bebês. A tese de defesa dos Resgatadores e seus aliados é recheada de falhas e pontos obscuros. Eu sou o pior erro que cometeram. Não posso admitir a Experiência, não importa o arsenal de justificativas que apresentem. São todas inconsistentes. O princípio da Experiência foi ideia de Lara. Todos pensam que Verónica é a grande precursora da Experiência. Tanto faz, foram os Resgatadores e seus aliados que executaram a Experiência.

É um erro. Nunca vou admitir isso.

– Fred, eu não tenho tanta certeza quanto você. – Minha voz mental é fraca. Se tivesse uma fresta aqui, eu me jogaria nela.

Não, não, já chega de me esconder.

Levantamos da cama e nos encaramos. Vejo a decepção na mente dele. Ele queria que eu fosse uma flecha certeira, que nunca me desviasse, que abraçasse o lado "certo" de Gael com convicção. Fred queria que eu não oscilasse entre o bem e o mal.

Boto tudo na cabeça dele. Minhas dúvidas, minha revolta, meus medos. Nós dois carregamos o gene da maldição do nosso próprio destino. Fred não vê que somos Invasores? É isso o que somos. Ele age como se fosse possível ignorar a própria natureza.

– E Tom? Você vai deixá-lo para trás? Você tá louca, Ágatha! Você deixou Dan mexer com a sua cabeça.

Já ouvi tanto isso na minha vida, que eu devia me convencer. Ágatha, a esquizofrênica circunstancial. Abaixo a cabeça. Eu não vou deixar Tom para trás. Não é nada disso. Nada vai me afastar do Tom. Ele é mais importante que todo o resto. Mas também não posso abraçar o grupo dele como se fosse o meu. Isso eu não vou fazer mesmo.

– E Dan, ela é nossa irmã! Você viu o que eles fizeram? Você viu como eles destruíram a Villa? Fred, eles são sanguinários. Os Resgatadores e seus aliados são capazes de tudo! Mentem,

manipulam, raptam bebês, matam até crianças! Fred, crianças! Louco é você em confiar neles!

– Acorda, Ágatha! Você acha que uma guerra é o quê? Uma conversa numa mesa de bar? Um acordo diplomático? Acorda, Ágatha! Acorda desse mundinho cor-de-rosa que você inventou!

Dou um passo para trás para não socar a cara dele.

– E os Invasores? Você viu o que eles fizeram com Nova Jerusalém? – Ele não desiste mesmo. Maldito detetive racional. Vai juntar todas as provas agora. – *Você esqueceu que Thomaz e Fernando morreram quando eles vieram resgatar Experiências?* – Agora Fred apelou de vez. – *Os Invasores não se importaram se humanos estavam no caminho. Eles mataram seu pai e seu irmão, Ágatha. E o que você acha disso? Um efeito colateral inevitável? Você consegue viver com isso?*

– Eles não eram meu pai e meu irmão! – grito na cabeça de Fred.

Ele agarra meus braços e me chacoalha.

– Claro que eram, Ágatha! Eles amaram você a vida toda! Você sabe que é isso que conta! Mas que merda, acorda!

– Eu não sei, não! Por que eu deveria saber o que é que conta? Eu deveria ser uma garota sensata?! Olha pra mim, Fred! Eu fui enganada a vida inteira, eu achava que era uma humana idiota! Olha pra nós dois! Nós somos irmãos, somos de outro planeta! Fred, tá tudo errado! Tudo o que fizeram com a gente tá errado! Todos eles são uns merdas! Invasores, Resgatadores, a porcaria de todos os aliados.

– Bota a sua cabeça no lugar, Ágatha! Não dá pra gente ficar chorando com peninha do que fizeram com a gente! A merda toda é essa, pronto! Aceita de uma vez! Fomos, sim, enganados. Somos Experiências e graças a isso não nos tornamos Invasores. Nossos

pais biológicos podem ser, mas nós não! Dan é a Grande Líder Invasora, mas nós dois temos escolha.

– Você tem certeza disso? Porque eu não tenho.

– Cala a boca, Ágatha! Para de complicar tudo! Dan é uma Invasora, ela é uma criatura maligna. Ela só se importa com a vingança dela, ela só quer poder. Ágatha – Fred para de apertar os meus braços, mas continua me segurando –, *nós não somos assim, não somos criaturas ruins.*

– Você viu o que os Resgatadores e aliados fizeram, Fred! Eles querem controlar Gael. Eles também só querem poder!

– Eles estão defendendo Gael. Não distorce tudo! Eles nos deram a chance de uma vida diferente. Nós seríamos como a Dan se não fôssemos Experiências. Provavelmente… Era isso o que você queria? Se divertir em matar outras criaturas? Destruir tudo de bom que existe dentro de um ser? Vê se entende! Não é tão difícil assim! – Ele volta a apertar meus braços. – *Era isso que você queria, ser como Dan?*

– Como eu vou saber o que eu queria? Eu não tive chance de escolher! Eu fui enganada a vida toda! Você também foi. Nós não sabíamos de nada!

– E agora? Agora nós sabemos. Agora você pode escolher, Ágatha! Neste exato momento, o que é que você escolhe?

Empurro Fred.

– Fred, eu não disse que concordo com a Dan nem com os Invasores. Eu não disse que é isso o que quero me tornar. Só que não posso aceitar o que os Resgatadores e seus aliados fizeram com a gente e com o resto das Experiências. Eu não posso simplesmente ficar do lado deles depois do que eu vi na Villa. – Despenco na cama. – *Você também não deveria.*

Minha cabeça gira sem parar em volta da história toda da minha vida. Eu fui abandonada, enganada, tudo foi uma mentira grande e idiota. Anos e anos desperdiçados, vivendo uma ilusão. Eles não podiam ter me enganado assim. *Eles não podiam.*

A guerra entre os Invasores e as outras criaturas também é minha agora. Eu devia escolher o lado certo. Só que não existe o lado certo. É tão fácil ver isso.

Dan é minha irmã, ficou sozinha todos aqueles anos, não vou conseguir virar a cara para isso. Fred que me desculpe. Não posso ignorar o Massacre Covarde. Não posso simplesmente fazer parte do grupo do Tom, eu estaria concordando com tudo que eles fizeram. *Eles não podiam, eles não podiam!*

Por que a vida tem que ser tão difícil? Em todos os mundos é assim?

Fred senta ao meu lado e me abraça. Abraço ele também e começo a chorar. Eu queria que a dona Cristina fosse a minha mãe. Eu não queria ser adotada. Thomaz Guiller me deu uma nova chance. Será que eu devia estar grata e não revoltada? Ele aceitou um bebê cheio de problemas. Potencialmente, eu sou um desastre. Meu pai não se importou, ele quis cuidar de mim. Aquele mentiroso, desgraçado! Por que ele morreu? Não posso brigar com ele, nem mesmo dizer obrigada. Eu não posso fazer nada.

Eu não devia ter crescido na Terra, esse não é o meu planeta. Todos os dias, lá em Santana das Rosas, eu ficava no banco de pedras com minha verdadeira mãe. Era meu lugar preferido. Agarro a camisa de Fred. Não consigo parar de chorar.

Eu não posso mais ficar longe do Tom. Minha mente fica mais limpa quando estou com ele. Ele é a parte boa da minha história. A melhor de todas. A nota alegre e cheia de vida. O mundo todo fica azul quando ele está por perto. O problema é que as cores mudam quando ele vai embora. Sozinha eu não consigo, fico tão confusa. Eu preciso dele, mas ele é um Resgatador. Eles são meus inimigos, não são? Olha o que eles fizeram com o meu próprio povo, poderiam ter feito o mesmo comigo. Se eu não fosse um bebê especial, eles teriam feito. E tudo já estaria acabado para mim.

– O que está acontecendo aqui?

Minha mãe abre a porta do quarto. Fred e eu batemos a cabeça na parede, assustados.

– Mãe?

– O que foi, Ágatha? Por que você está chorando? Que luz é essa? – Dona Cristina olha confusa para todos os lados.

– Mãe! – Levanto correndo e a abraço.

– Filha, o que foi? – Ela passa as mãos pelos meus cabelos, enxuga algumas lágrimas. Ela é tão bonita, cuidou sempre de mim. Nem sabe que eu sou uma garota amaldiçoada.

Invado a mente dela. Tereza a está manipulando. Ela não notou minha ausência. Não sabe que eu fiquei esse tempo todo longe de casa. Ela pensa que está tudo igual, que tudo está bem.

– É que… – Penso em mil desculpas para dar para minha mãe. Por que mesmo estou chorando? O que eu poderia dizer para ela? Como explicar essa luz? Tem um caminho mais fácil. Mexo no cérebro dela. Faço com que ela esqueça que me viu chorando, que esqueça essa luz toda.

É tão simples manipular mentes. Ninguém devia acreditar em mais nada.

– Filha... ahã... Tudo bem com você? – Ela parece confusa.

– Tudo, *mãe*, claro! Você não bate mesmo na porta, né, dona Cristina!

Ela fica parada, ainda segurando meus braços, como se olhasse através de mim e conseguisse ver quem eu sou de verdade.

– Mãe, tudo bem com você?

Ela balança a cabeça e sai pelo corredor, batendo a porta atrás de si. Volta, abre de novo a porta e enfia a cara no meu quarto. Continua olhando através de mim. Balança a cabeça confusa, como se tivesse algo errado. Abaixo os olhos. Fred acabou com a maldita luz brilhante e acendeu o abajur.

– Eu... Eu... não consigo dormir. Querem descer para um chá?

Empurro Fred.

– Também preciso de um chá, mãe! Vamos, Fred! – Descemos as escadas em fila. É claro que não preciso de chá nenhum. Eu nem gosto de chá. Fred tenta uma conversa mental, tranco minha mente. Não quero falar sobre nada, nem mesmo com ele. Não agora. Só quero um chá idiota e uma torrada qualquer. Só quero a minha mãe, a Cristina.

– Deixa que eu faço. – Fred sabe onde está tudo aqui em casa.

Ele bota a chaleira para ferver e alcança a caixa de chá na prateleira em cima do fogão. Minha mãe e eu nos sentamos na bancada. Fred abre a caixa toda enfeitada de arabescos. Meu Deus, aliás, meus deuses! O mesmo tipo de arabescos dos espelhos do quarto de Wlademir e Lara: o brasão Goy, que está conosco há gerações. Sempre gostei dessa caixa de chá antiga. A Tereza nunca gostou. Minha mãe comprou numa feira de antiguidades. Outra armação. Não tem folga nenhuma para mim. Não posso nem tomar um chá em paz.

– Vamos fazer melhor que isso! – Minha mãe abre a porta da cozinha e sai para o quintal.

Fred e eu nos olhamos e não falamos nada. Ele passa os dedos pelos arabescos. Vamos ter que conviver para sempre com as malditas surpresas. Uma atrás da outra. Nós dois somos a pior de todas.

Levanto e escolho três canecas da coleção do meu pai. Todo lugar em que ele ia, comprava uma caneca. Todo mundo que conhecemos trazia canecas para ele. Eu escolho sempre a mesma. Uma caneca que minha mãe comprou no Myra Toniana, aqui mesmo em Nova Jerusalém, com a frase "Eu amo arte" impressa nela. No lugar da palavra amo, tem um coração.

Dona Cristina entra com um punhado de hortelã. Dou um pulo da cadeira quando vejo as azaleias na outra mão dela. Ela enche uma jarra de água e enfia as flores nela. Então lava as folhas de hortelã. Pega o bule de louça azul-turquesa, onde ela prepara os chás desde que sou criança. E segue em todo seu ritual. Escalda o bule. Desfolha a hortelã e joga as folhas lá dentro. Despeja a água fervente e tampa. Busca a peneira na segunda gaveta da pia e brinca com ela, dando o tempo da infusão.

Bebemos o chá em silêncio. Comemos sequilhos velhos. E, por alguns instantes, eu consigo me desligar de todo o resto. Sou só uma garota tomando chá com sua mãe e seu melhor amigo, na cozinha de sua casa, no meio da madrugada. Mas nada disso é real. Ela não é minha mãe e Fred nunca foi meu melhor amigo. Ele é meu irmão. Essa não é a minha casa. Aqui não é o meu lugar, porque eu nem sou deste planeta. Largo a caneca com o chá pela metade na bancada.

– Boa noite, gente! – Saio da cozinha sem dizer mais nada. Fred tenta se comunicar telepaticamente comigo mais uma vez. Não permito. Eu só quero ficar sozinha. Sozinha. Isso não mudou. Criatura ou humana, eu preciso ficar sozinha a maior parte do tempo. É sempre um alívio.

"Fred, vai pra sua casa. Eu preciso ficar sozinha", enfio na mente dele e ignoro as mil perguntas que ele me rebate.

Tranco a porta do meu quarto. Me concentro e fecho todas as frestas, tentando criar uma barreira invisível em volta de mim que me deixe realmente sozinha. Como se isso fosse possível! Estamos sempre em contato, mesmo que não nos demos conta. Esse estranho contato é a vida, é a lei do universo que rege a todos nós, queiramos ou não. Agora eu sei disso e você também... Maldita frase de Lara. Ela diz a verdade.

Procuro por qualquer sinal mental que não seja o meu, não encontro nada.

Acendo as luzes. Apago. Acendo de novo, porque vi uma coisa. Está lá, em cima da escrivaninha antiga, minha bolsa rosa que tinha ficado em Gael. Quando me trancaram na Prisão Perpétua, eles ficaram com minha bolsa. Dou as costas e apago as luzes de novo. Não me interessa quem trouxe ela até aqui. Já me cansei de tentar adivinhar as respostas. Deixo o quarto muito claro, parece que ele vai explodir. Nem se todas as luzes dessa casa estivessem acesas num único cômodo, o resultado seria esse. Sorrio, cega pela intensidade. Esfrego o pulso esquerdo. *"Tudo é um ponto e o ponto é você."*

Ajusto a luminosidade. Isso é melhor e mais fácil do que eu imaginava, criar luz com sua própria mente. Fico parada de pé, perto da escrivaninha antiga.

Sento na cadeira vermelha, pego a bolsa rosa e dentro dela, meu caderno. Abro e escrevo com desânimo.

"Cuidado, o vilão da história pode estar por perto. Ele pode ser você".

Minha mão continua se movendo, tento pará-la, mas não consigo. Escrevo.

"Ágatha, você não é a vilã. Você é a heroína, eu sei."

Olho para todos os lados. Não fui eu quem escrevi essa segunda frase. Ou melhor, fui eu. Mas não fui eu! Eu nunca escreveria isso. Heroína... Nunca estive tão longe assim de qualquer papel quanto deste. Eu nunca fui uma heroína, mesmo antes, quando eu ainda tinha todas as chances. Eu posso ser uma covarde, uma fugitiva, não uma heroína.

Mas quem diabos está me manipulando? – escrevo.

Mais uma vez, minha mão se move sem controle.

"Sou eu, Ágatha. Tom. Você fechou bem as frestas ao seu redor. A barreira invisível que criou é mais eficiente que qualquer Protetor Artificial. Ninguém consegue penetrá-la, nem eu. Sua mente também está inalcançável. Mas consegui achar uma fresta mínima, o espaço suficiente para fazê-la escrever o que estou pedindo."

Largo a caneta. Agarro a caneta de novo, mordo sua ponta antes de escrever.

"Tá tudo bem com você? Onde você está?"

Sinto minha mão como se não fosse minha:

"Está tudo bem. Me deixa entrar aí. Eu quero ficar com você."

Fico parada olhando o pedido dele. *Me deixa entrar aí. Eu quero ficar com você.* Eu poderia deixá-lo entrar. Eu já sei onde isso ia acabar. E é tudo o que eu quero agora. Fecho os olhos e uma onda de alegria percorre todos os cantos da minha mente embaraçada.

"E o que você quer fazer aqui?" – provoco.

"Eu quero você. É só o que eu quero: VOCÊ. Eu quero ficar ao seu lado. Nós dois, é só o que importa." – ele é rápido na resposta.

Levanto e dou uma volta no quarto. Esfrego as mãos. Sou capaz de criar uma barreira de proteção perfeita, igualzinho a eles, os Grandes Líderes Invasores. Os meus pais. Agarro minha cabeça com as mãos. Dou mais uma volta pelo quarto. Arrasto a cadeira com força para me sentar. Meu braço obedece aos comandos de Tom.

"Me deixa entrar, Ágatha. Eu preciso de você. Nós vamos enfrentar tudo isso juntos. Eu posso te ajudar."

Não vou parar de escrever nunca mais:

"Irmã, nunca se esqueça: Ninguém pode salvar você. É impossível. Você precisa fazer suas próprias escolhas."

Derrubo a caneta no chão. Dan, é ela agora...

Olho pela janela a noite escura. Não há estrelas nem lua no céu. Só o azul escuro, cada vez mais escuro.

"Ninguém pode me salvar. Eu preciso fazer isso. Até depois, Tom." – Depois que escrevo, enfio o caderno e a caneta numa gaveta.

Me jogo na cama, lançando as sapatilhas para longe. Criaturas também precisam dormir, ou melhor, do ciclo de repouso, como Lara explicou. Preciso de um banho, de uma mente afiada e limpa, preciso pensar sobre tudo o que aconteceu, sobre tudo o que eu descobri. Deve haver alguma saída para mim, algo em que eu possa me agarrar para continuar vivendo, mesmo sendo o que eu sou. Tenho que falar com Tom, com Fred, talvez com a megera da Verónica, com Lara... Quero saber como estão as outras Experiências. O Golpe Final está se aproximando. De que lado eu vou lutar?

As imagens delas piscam em minha mente, de Lara e Dan. Elas também são minha família. A Villa destruída não sai da minha cabeça. Tom está por todos os lados dentro de mim. Meus olhos se fecham sozinhos e a escuridão me engole. Eu tô muito cansada. Pelo menos estou segura aqui. Eu mesma fiz isso por mim, a barreira de proteção perfeita, inatingível. Nenhuma criatura é capaz de invadi-la. Sorrio de olhos fechados.

Deixo as sombras noturnas me embalarem. Dormindo ou acordada, minha vida se tornou um pesadelo sem fim.

23

O sombrio chamado

O sol está por toda parte, quente. Ainda restam alguns dias de verão. Meu quarto foi invadido pelo calor. Esfrego os olhos, sonolenta. Que dia é hoje? Tenho aula ou é fim de semana?

Então a realidade se acende toda de uma só vez em minha mente. Não importa que dia seja hoje. Ter ou não aula é só mais uma informação irrelevante na minha vida. Não tem a mínima importância. Essas não são preocupações para Ágatha Goy. O mundo que se esconde atrás do mundo que você vê, as minhas tendências, isso, sim, são preocupações para mim. *No fim, o que vai sobrar de mim?*

– Reage, Ágatha! Você não é uma Goy! – grito, enquanto me arrasto da cama.

– O que você está falando, filha? Goy? Que nome é esse? – Minha mãe já está no meio do meu quarto. Ela nunca vai parar de fazer isso. Entrar de supetão. O roupão de seda estampado está cada vez mais largo.

– Não é nada, mãe! – Pulo de novo na cama e me cubro, só minha cabeça fica de fora.

– Você nunca perdeu essa mania de falar sozinha. – Ela vem e toca meu nariz, depois se afasta de novo e coloca os braços em volta da própria cintura. – Faz isso desde que era tão pequenininha. Eu chegava da Galeria e encontrava você em algum canto da casa falando, falando. Falando sem parar! – Ela ri. – Às vezes eu me escondia só para ficar te escutando. Eu adorava, você gostava de inventar histórias, sempre gostou. Criava outros mundos, outros planetas, nomes de estrelas, um Universo todo.

Meus deuses! Será que eu sempre soube? Será que eu escondi a verdade de mim mesma durante toda a minha vida?

Quero contar tudo para ela. Quero contar que nós duas fomos enganadas, que eu não sou sua filha, que seu bebê morreu. Sua filhinha está morta, enterrada no quintal, e colocaram uma alienígena no lugar. Uma alienígena do mal. Quero contar que ela faz parte de uma Experiência, que a vida dela foi toda manipulada, que eu mesma manipulei sua mente nesta madrugada. Quero contar que sou uma intrusa nesta casa.

– Que foi, filha? Por que você está me olhando desse jeito?

Viro o rosto para a parede.

– Mãe, eu meio que tô dormindo ainda... – Tento bocejar, mas o que sai é um som estranho.

– Filha, só vim te avisar que não vou ficar para o café da manhã, então nada de carona hoje. Pega a caminhonete do seu pai.

Só eu uso o carro do meu pai. O Tino nunca entrou nele depois das mortes. Enfio as mãos nos bolsos. Uma chave de cada lado. *Usar carro é ridículo, dona Cristina.* Dou uma gargalhada rápida.

– Muito trabalho na galeria? – Viro de lado e encaro minha mãe, quer dizer, minha mãe adotiva.

Ela sorri, enrola o cinto do roupão nas mãos e balança a cabeça.

– Não... não é isso... Claro, claro que estamos com muito trabalho e tal. Acho que a Cleide meio que anda levando tudo sozinha, pelo menos a parte criativa da Galeria. Pensando bem, eu só ando fazendo trabalhos burocráticos, preenchendo contratos, essas coisas. Esse ano todo, depois que seu pai e seu irmão morreram, na verdade, não fiz nada de interessante. Nada. – Ela enrola com mais força o cinto do roupão entre os dedos. – É que... Hoje eu nem vou à Galeria, filha. É que... Lembra do Felipe, aquele meu amigo que a gente encontrou na Nelson? – Mexo a cabeça, confirmando. – Então... O Felipe me convidou para visitar uma vinícola há uns cem quilômetros daqui. Ele é importador de vinhos e quer começar a trabalhar com algumas marcas brasileiras... Então... Mas se você precisar de mim para alguma coisa, eu desmarco. Desmarco agora! Acho que eu nem estou com muita vontade de ir mesmo... Eu posso... Eu nem sei o que eu vou fazer lá, eu nem sei... – Dona Cristina senta nos pés da cama. Enrola tanto o cinto do roupão, acho que nunca mais vai conseguir desfazer os nós.

– Não, mãe. Vai! Acho que pode ser legal. – Sorrio. Sento perto dela e toco suas mãos. Eu não gostei desse tal de Felipe, acho que eu não iria gostar de ninguém que chegasse perto dela. Eu nem sei mais se isso é um problema na minha vida, minha mãe ter um namorado. Ela nem é a minha mãe. Thomaz a enganou a vida toda. Mentiu sobre a morte da filha deles. Pensando melhor, ele bem que merece! Vamos deixar o Felipe entrar.

Penso em Lara e o quanto isso de ter um namorado está longe das prioridades dela. Elas são tão diferentes. Perto de Lara, a vida da dona Cristina parece mais simples, quase fácil. Chacoalho a cabeça. Não adiantou nada dormir, eu ainda tô muito cansada…

– A última vez que fui a uma vinícola foi com seu pai.

Não, não foi. Ele não era o meu pai. Ele era um mentiroso. Ele enganou você a sua vida toda. Ele enganou todos nós a vida toda. E por causa disso, talvez tenha salvado meu destino. *Nós mudamos quem você se tornaria.*

Meus pais "adotivos" gostavam de visitar vinícolas. Eu ia por ir. Nas proximidades de Nova Jerusalém tem uma porção. Esse era mais um dos passeios da turma Guiller, a família sem sorte, como falou dona Cristina. Ela não poderia estar mais certa.

– Você quer vir com a gente, filha?

Arranco o edredom e vou até o guarda-roupa. Abro a porta com força. Tenho que achar a droga de uma roupa para fugir da minha mãe. Ela sempre exagera. Pego o primeiro jeans e uma das minhas regatas. Uma cinza, a que estava por cima.

– Mãe, vai se arrumar. – Paro na frente dela, ajoelho e lhe abraço. Eu continuo gostando dela, amando. Isso não mudou. Dentro da minha cabeça ela continua sendo a dona Cristina, minha mãe. Mas não é verdade. É só mais uma das mentiras da minha vida falsa. Ela passa os braços por mim e me aperta com força.

Saio do quarto, deixando a porta aberta. E agora lá vai ela escolher uma roupa no seu *closet* exagerado. O sonho de qualquer garota, não o meu. Sei que ela vai experimentar umas duzentas peças, até encontrar alguma em que não fique tão magra. Depois, ela irá mergulhar no seu grande talvez, um mundo inesperado. E eu vou para o meu, que não tem nada a ver com o dela. Porque no meu grande talvez não há recomeço, nem um novo amor, vinhos, viagens divertidas e toda essa palhaçada. No meu grande talvez só existe uma sombra escura me esperando. A decisão de que lado lutarei no Golpe Final.

Fecho os olhos, enquanto torrenciais de água quente descem pelo ralo. Penteio meus cabelos com força, depois lambuzo tudo com algum dos cremes que minha mãe sempre compra para mim. No meu quarto, capricho no delineador e na máscara de cílios. Dou uma secada rápida no cabelo. Depois, arranco tudo da bolsa rosa, procurando meu lenço. Não consigo encontrá-lo. Vasculho os bolsos internos da bolsa.

– *Tá procurando por isso, irmã?*

Me viro e ela está lá, deitada na minha cama, com meu lenço na mão.

– *Isso não é seu! Me dá meu lenço! O que você tá fazendo aqui?*

Corro e tranco a porta. Dan pula da cama e estende o braço. Agarro o lenço.

– *Sai do meu quarto! Como você conseguiu entrar na minha casa? Eu criei a barreira de proteção perfeita!*

Ela bate palmas e ri alto.

– *Primeiro, essa não é a sua casa, irmãzinha. Você sabe muito bem disso. E, segundo, sou a Grande Líder Invasora, você se esqueceu?* – Dan pisca. – *Não existem barreiras para mim.*

– *Vai embora!*

– Ágatha Goy, eu sabia que você ia gostar do lenço.

– O quê? Como assim?

– Fui eu, fui eu que manipulei a mente da sócia da sua mãe para comprar esse lenço pra você. Antes, te dei ele em um sonho. Há muito tempo...

Sento na cadeira e olho para o céu azul, cheio de nuvens brancas. Dou as costas para Dan. Todas as imagens que estavam trancadas em alguma gaveta da minha memória tomam minha mente. Era um sonho que se repetiu por minha infância toda. Lembro com tanta clareza agora. Como eu pude me esquecer, simplesmente deletar da minha consciência? Nunca mais tinha pensado nele. Eu, com sete ou oito anos, sentada sozinha em uma praia deserta. Era dia e tudo parecia tão bom. O céu azul sem nuvens, as ondas do mar que se agitavam, jogando espuma branca nos meus pés. Eu ficava lá, brincando na areia com aqueles brinquedos que as crianças costumam levar à praia. Eu nunca gostei de areia, mas amava esse sonho na praia. A noite caía e o céu era inundado por estrelas. Eu, nos sonhos, não me importava, só continuava brincando. Então uma garota mais velha, loira, de cabelos bem curtos, saía de uma fenda que se abria magicamente no chão. Eu achava que ela era uma fada, um anjo, ou alguma coisa desse tipo. Ela trazia um presente em um embrulho que brilhava. Eu sorria sem dizer nada, e lá estava ele, o lenço azul dentro do pacote brilhante. Eu amarrava o lenço no pescoço e continuava brincando. A garota voltava para a fenda e sumia. Eu me levantava e entrava no mar escuro. Meu sonho acabava sempre comigo nadando nas águas profundas. Eu não tinha medo, eu gostava. Eu amava o presente que minha fada tinha trazido. Com ele, mergulhava cada vez mais fundo no mar sombrio.

Olho para o lenço na minha mão. Que porcaria toda é essa? Viro para trás e o quarto está vazio. Procuro por ela mentalmente, nenhum sinal.

Então tudo se resume a isso. Eu gostava do banco de pedras, porque encontrava minha verdadeira mãe, a Grande Líder Invasora, Lara. Eu amava sonhar com a tal fada e com o presente que ela me dava. Era minha irmã, a garota escura, a atual Grande Líder Invasora. Eram elas os melhores momentos da minha infância. Elas estiveram comigo esse tempo todo.

Destranco a última gaveta da escrivaninha, onde ficam as coisas que nunca quero perder. O protetor artificial continua aqui, jogo ele para o fundo. Procuro o desenho. Esse mesmo, que eu fiz há muitos anos. Eu numa praia, cercada de brinquedos. Tem um lenço amarrado no meu pescoço. E ele é azul.

Aperto o lenço em minhas mãos.

Levanto, abro a porta do guarda-roupa, encaro a babaca do espelho. A garota manipulada. Amarro o lenço no pescoço. Quem é você, Ágatha? Esfrego a frase no meu pulso esquerdo. Eu deveria jogar esse lenço no lixo. Eu deveria arrancar todas essas lembranças da minha cabeça e apagar esta tatuagem. Eu deveria ignorá-las, Dan e Lara, e também minha origem maldita. Eu deveria olhar para frente, só para frente, e ser a flecha certeira que Fred tanto quer que eu seja. Eu deveria concordar com ele, agarrar Tom e deixar todo o resto para trás. Eu deveria, eu deveria...

Sento de novo na cadeira. Olho mais um pouco para o desenho, depois o enfio na gaveta e tranco. Abro o caderno, a mesma frase. *"Ninguém pode me salvar. Eu preciso fazer isso sozinha. Até depois, Tom."* Ele desapareceu, como sempre. Fecho os olhos e me concentro. Há um silêncio mórbido em minha mente. Nenhum sinal, nenhum barulho ou sussurro de pensamentos. Ninguém está me procurando, nem mesmo Fred.

Escrevo: *"Chapeuzinho Vermelho pegou a estrada perigosa. Ela já não tinha medo do lobo, estava pronta. Iria devorá-lo."*

Jogo tudo na bolsa rosa. Agarro minha chave negra e desapareço.

– *Ágatha!* – Fred me abraça com força. – *Meu Deus! O que foi tudo aquilo?* – Ele beija meu rosto e me aperta um pouco mais forte.

– *Deixa disso, Fred!* – Empurro, ele está me sufocando. Sorrio. – *Acho que você precisa dizer: meus deuses, agora! Melhor ainda: minhas deusas! Eu já me acostumei.*

Rimos juntos. Dou uns tapas na cabeça dele.

– *O que você tá querendo dizer com: o que foi tudo aquilo? O que aconteceu, Fred?*

Ele franze a testa e me olha inquieto.

– *Você não sabe? Não viu nada?*

Reviro os olhos.

– *Vai, Fred, desembucha! Sem preliminares, por favor!* – Ele é sempre lento para me contar as coisas. Precisa falar dos mínimos detalhes. É tão irritante!

– *Ágatha, tá todo mundo atrás de você feito loucos!*

– *Todo mundo quem?*

– *Eu, Tom, Lara, Théo, Verónica, meu pai, Laura e todo o Conselho Decisório. Mas você nos manteve distantes. Ninguém conseguiu penetrar sua barreira invisível. Tentamos criar um acesso até você a noite toda.*

Balanço a cabeça. Bem que Tom me disse na mensagem.

– *Tava tudo tão quieto, não tinha nenhum sinal mental... Só Tom me mandou uma mensagem pelo meu caderno.* – Omito a mensagem de Dan.

– *Ele me contou. É você, Ágatha. Foi você que fez uma barreira tão forte que nenhum de nós conseguiu alcançar sua mente. Todos disseram que é o mesmo tipo de barreira que Wlademir e Lara são capazes de fazer.* – Ele me encara sério. Quero sorrir de orgulho, mas disfarço dando umas tossidas. – *Nada conseguia chegar até você. Eu tentei ir até sua casa, mas não pude passar do portão. Não consegui digitar os números do seu celular, de ninguém da sua casa, nem o fixo. A Tereza também não conseguiu entrar lá. Nenhuma criatura foi capaz. Você nos manteve fora. O Conselho Decisório fez todo tipo de esforço. Você se lembra que na Prisão Perpétua eles fizeram uma formação e a luz intensa nos cegou?* – Balanço a cabeça confirmando. – *É porque eles emparelham seus poderes, criando uma força quase indestrutível. Nem mesmo essa força foi capaz de penetrar sua barreira. Lara está perturbada. Todos querem falar com você. Tom não nos deixou parar de tentar até agora. Nem ele você deixou entrar.*

Tom surge no quarto de Fred. Ele sorri para mim e coloca só na minha cabeça: *"Você é um estouro, Ágatha. Nunca mais me deixe de fora, hein."* Não tem censura na voz mental dele, só orgulho.

Pulo em cima dele. Este é o melhor lugar do mundo para mim: ficar agarrada nele. Eu queria que fosse o suficiente. Eu queria que fosse o bastante. Eu podia simplesmente jogar todo o resto fora e fugir com ele para algum planeta que mais ninguém pudesse nos encontrar. A gente ia saber se virar. E eu iria nos esconder, sou boa com barreiras de proteção perfeitas. Mas não é nada disso que vai acontecer, eu sei.

"Eu nunca vi nada como aquilo. A barreira que você criou. Tem uma criatura muito grande dentro de você. E muito forte também" – Tom sussurra.

Encosto a cabeça no peito dele e olho para minhas sapatilhas. Meu cérebro grita sozinho: *Isso, garota, isso!*

– *Vamos, vamos ver o que todo mundo quer tanto de mim assim!* – Bufo. – *Vamos encontrar Lara e o Conselho Decisório. E enfrentar toda essa porcaria de uma vez por todas!*

– *Agora não.* – Ele me beija. – *Cria uma barreira perfeita pra nós dois. Cria.*

Empurro Tom. Ele sorri e não deixa que eu me afaste.

– *E Fred?*

Olho em volta. Estamos sozinhos no quarto de Fred. Ele desapareceu. Me concentro na barreira de proteção perfeita.

O mundo todo pode estar acabando. Setas indicam tantos caminhos contraditórios, todos escuros. Eu não sei qual será o meu destino. Sim, tenho alguma coisa obscura com os Invasores. Agora é óbvio, não posso mais negar. No fundo, sei que não deixarei Dan para trás. Ela é minha irmã, não vou fazer isso com ela. Não importa o que ela seja. Não sei como será com a minha família adotiva daqui pra frente. Continuo amando a todos do mesmo jeito. Até o mentiroso do meu pai morto. Mas também não posso fingir que não me importo com Lara. Confusão, confusão, confusão. Minha única certeza é Tom. A nota alegre e cheia de vida. Seja qual for o meu destino, nós não vamos nos separar. Prefiro a morte.

Sorrimos um para o outro. Não conseguimos parar de sorrir. O herói e a bandida. Fazemos tudo em câmara lenta, nos olhando e sorrindo. Bobos e apaixonados, mesmo sabendo que não somos criaturas inocentes. Nenhum de nós dois.

Hoje, não temos pressa para chegar ao final. Nem um pouco de pressa. Ele é tão lindo. Seus olhos estão cheios de desejos, suas mãos, sua boca... Eu sou muito mais atrevida que das outras vezes. Ele adora.

– *Eu não sabia que a cama do Fred era tão fofa!* – Não parei de sorrir até agora.

Tom passa o braço pelo meu pescoço. Estamos deitados olhando o teto, não conseguimos mesmo parar de sorrir. Nunca tinha sido tão bom assim. Fomos muito mais abusados.

Ele me mostra o pulso esquerdo. *Tudo é um ponto e o ponto é A&T.*

– *O quê? Como assim? Quando você fez isso?* – Agarro o pulso dele.

– *Esta noite.*

– *Tom, você...*

– *Eu amo você, Ágatha. Nada vai nos separar. Só o que importa somos nós dois. E eu sei muito bem quem você é.*

Quero dizer para ele que nem eu sei quem eu sou, ele está errado. Mas quando vejo, ele está em cima de mim e o tsunami de força, coragem e desejo que me atinge quando estamos juntos faz com que, mais uma vez, eu deixe todo o resto para lá.

É mais rápido agora. Chegamos bem rápido. Eu podia morrer aqui. Seria o momento ideal. É desse jeito que eu quero passar para o lado de lá, bem no meio do meu melhor momento. Já vivi muitos anos entediada, não quero nem mesmo uma morte assim.

Depois de poucos minutos, sou eu que me levanto e me visto. Sou bem rápida com isso agora.

– *Vamos, vamos ver o que o Conselho quer de mim.* – Dou de ombros. – *Não posso fugir por mais tempo. E nós dois, bem, já nos divertimos um bocado aqui.*

Tom sorri e também se veste. Em outros tempos, eu podia até corar. Não acontece mais.

Nossas mentes conversam sozinhas. Ele sabe melhor do que eu o que iremos enfrentar. Ele repete o que me disse no passado: *"Eu sou a sua melhor escolha, Ágatha."* E desta vez acrescenta: *"E você é a minha. Nós dois somos a verdadeira chave."*

Queria que nada mais importasse, mas tem o Golpe Final e a decisão de qual lado vou lutar. Não deixo que ele veja meus pensamentos. Sorrio. Seguro a chave dourada desta vez. O ritmo do cosmotransporte é como um choque elétrico.

Tudo é um ponto e o ponto é A&T. Eu gostaria tanto de acreditar. Mas sei que a minha tatuagem está muito mais certa que a dele. *Tudo é um ponto e o ponto é você.*

Abrimos os olhos e lá estão todos. O Conselho Decisório na formação oval. Fred já está entre eles. O Salão Branco da Prisão Perpétua, impecável e radiante. Não gosto nem um pouco daqui.

Lara está ao lado de Verónica, ocupando o centro da formação. Ela é maior que Verónica. E sei que muito mais poderosa também.

Lara me cumprimenta, fazendo um breve aceno com a cabeça. Gosto de vê-la. Afinal, ela é a minha mãe. Não vou negar mais. Devolvo um breve aceno para ela também. Damos um sorriso rápido uma para a outra.

– Estou aqui. – Minha voz enche a sala de espanto. Percebo olhares nervosos e gestos alvoroçados. Eles me temem, temem os meus poderes. Eles não sabem como reagir a mim. Cresço alguns centímetros, posso sentir.

– Ágatha. – Verónica dá alguns passos em minha direção. – Você precisa nos ouvir.

– Não, Verónica. Não. Vocês que vão me ouvir. Agora!

A luz brilhante desaparece. O Salão Branco da Prisão Perpétua se transforma em um sepulcro frio e escuro. Só um ponto da luz intensa brilha. Sou eu. Sorrio e bato palmas.

– Agora são vocês que vão me ouvir! – Tom continua ao meu lado. Todas as outras criaturas estão paralisadas, exceto ele, Fred e Lara. Nem percebi quando paralisei a todos.

Não posso mais permitir que tracem o mapa do meu destino. Eu mesma vou jogar as cartas desta vez.

– Eu quero as Experiências. Eu quero todas livres. Elas precisam saber quem são. Vocês não podem enganá-las para sempre. Não é certo, não é justo. Eu não vou deixar que isso continue. – Encaro Verónica. Ela não parece acuada ou amedrontada. – A Experiência termina aqui. Todos devem conhecer a verdade, todos precisam saber de onde vieram e quem realmente são. Todas as Experiências têm o direito de decidir o próprio destino. Eu quero a liberdade para todas as Experiências. Esse maldito jogo de manipulação tem que acabar. Estou disposta a lutar ao lado de vocês no Golpe Final, mas antes vamos libertar todas as Experiências e cuidar da segurança delas. Muitas famílias humanas estão envolvidas, precisamos protegê-las também.

Tom coloca uma mão sobre meu ombro. Fred segura meu braço. Eles me apoiam. Somos três pontos de luz brilhante agora.

Lara dá um passo à frente.

– Também luto ao lado dos Resgatadores e aliados nas condições que minha filha impôs.

– Estou de acordo – Tom afirma. Sorrio para ele. Nada vai nos separar. Juntos, somos a nota alegre. Ou melhor, juntos somos a verdadeira chave.

– Eu também.

Abraço Fred. Para sempre seremos uma dupla.

A formação continua obscura e em silêncio. Consigo ouvir os batimentos cardíacos apressados de Verónica, quase em pânico. Ela não quer perder o poder. Sorrio, não posso resistir. Ela terá que se render.

A sala se ilumina toda de uma vez. Dan surge entre eles. Ri e bate palmas. Jô e Éric estão ao lado dela, como dois cães de guarda.

– Irmã, você arrasou. – Dan bate palmas. – Uma verdadeira Goy! Uma líder!

Adriana é rápida e a derruba. Todas as criaturas ficam livres.

Sem hesitar, avanço num combate mental com Adriana. Ela desaba no chão. A luz intensa cega a todos e depois desaparece.

– Ágatha! – Fred grita e ilumina o Salão Branco com a mente. Todos fazem um ziguezague enlouquecido. Fred corre até Adriana, que continua caída no chão.

– Adriana está morta! Você a matou... – Ele me encara.

– Não! – grito enquanto corro até Fred e Adriana.

Agradecimentos

O sombrio chamado é um novo mundo, como todas as histórias são. Mas ele não aconteceu pela ação de um ser supremo e poderoso, capaz de realizar tudo sozinho. Não, muitos deuses e deusas puseram suas mágicas neste livro. Muitos humanos aliados também. E eu, a garota que segurava a caneta a maior parte do tempo, reverencio a todos. Sem o trabalho de um exército, que fica quase sempre invisível, nada é criado. Muito menos um livro.

Em qualquer história existe um núcleo de personagens principais. Nesta aqui, há quatro nomes que precisam ser destacados: Dany Fran, Karen Debértolis, Maria Eugênia Peres e Sofia Favoreto. Deusas magníficas que conspiraram a favor de *O sombrio chamado* do começo ao fim. Um OBRIGADA do tamanho do Universo!

Amigos de Palavra, verdadeiros guardiões de histórias, o espaço de convivência que vocês formam é um dos meus espaços preferidos no mundo. E lugares assim são mágicos: transformam você de uma humana qualquer numa criatura de outro planeta (incrível!). Em minha mente, todos os dias, eu aplaudo vocês.

Sete pessoas precisam ser citadas sem maiores explicações: Théo, Sofia, Lara, Valentina, Pedro, Tatinho e minha mãe. A luz brilhante, que reluz tudo a sua volta.

E como as Irmãs de Palavra dizem: "Metade do livro é autor, a outra metade é leitor". Leitor, você é a Estrela-Mãe do meu universo. Sempre me curvarei às estrelas. Para Sempre.

Lion também está ajoelhado ao lado dela.

– Ela está morta – ele diz baixinho, olhando para mim.

– Você está enganado!

Caio sobre Adriana. Seguro seus pulsos. Nada. Encosto o ouvido em seu coração. Nada. Coloco a mão sobre sua boca. Nada. Chacoalho seus ombros e grito:

– Adriana, Adriana, acorda!

Bato no rosto dela. Ela tem que reagir. Adriana não pode estar morta. *Sua idiota, viva, por favor, viva! Você era tão poderosa, eu não posso ter acabado com você tão rápido assim!*

– Não, não, nããããoooo! – Olho para todos, desesperada. Eles formam um círculo em volta de nós duas.

Dan, Jô e Éric desapareceram.

– Precisamos ressuscitá-la! – Começo a fazer a manobra de reanimação. Teve um curso na escola uma vez. Uma mão sobre a outra no meio do peito dela. Meus dedos entrelaçados, pressiono com força. Conto até trinta, fazendo massagens rápidas. Abro sua boca e sopro todo meu ar dentro dela. *Por favor, volte. Por favor, volte. Por favor, viva.* Suplico mentalmente. *Deusa, Deus, deuses, semideuses, todos vocês, me ajudem desta vez!* Eu não posso tê-la matado, não posso. Eu não sou uma assassina! Não sou uma Invasora! Ágatha Goy nunca será o meu nome!

Ouço a voz mental de Dan. *"Não vai adiantar. Adriana está mesmo morta. Menos uma. Eu sabia que podia contar com você. Somos Goys e não negamos nosso próprio sangue. Uma hora ou outra, você acaba se tornando quem nasceu para ser. E você é uma Invasora, Ágatha. O Golpe Final acontecerá em breve, muito em breve. Aguarde o meu chamado. E, então, use a chave negra para me encontrar. Vamos lutar juntas."*

Não paro de fazer a massagem, com mais força agora. Tom e Fred agarram meus braços e me levantam. Todos os outros avançam, fechando o cerco sobre mim. Tom se coloca na minha frente.

– Eu não queria matá-la! Eu juro! – As palavras pulam da minha boca, desesperadas. – Fui defender Dan. Ela é minha irmã, eu não podia deixar... Eu *nunca* quis matar Adriana!

– Prendam-na! – ordena Verónica.

Lara, num movimento rápido e invisível, me puxa e o cosmotransporte nos atinge como uma rajada em fúria.

Ouço a voz de Tom em minha mente.

– Irei encontrá-la, Ágatha. Deixe Lara te proteger. Nada vai acontecer a você, eu prometo. Nós dois somos a verdadeira chave, não se esqueça. A morte de Adriana foi um acidente, você não tem culpa.

As sombras avançam enquanto Lara me abraça. O que eu fiz? Eu podia ter me controlado, eu podia ter evitado. Eu *desejei* matá-la? Quem eu sou de verdade?

Faço tudo na velocidade da luz. Alcanço a chave negra, empurro Lara e me livro dela. Eu sei exatamente aonde ir.

Estamos sempre recebendo o chamado, mesmo que não nos demos conta. O sombrio chamado é um convite do Universo para todos nós, queiramos ou não. A diferença está em se entregar ou resistir. Dizer sim ou não. Agora eu sei disso. E você também... *Todos nós sabemos.*

O problema é que eu disse sim.

FONTE: Palatino Linotype

#Talentos da Literatura Brasileira
nas redes sociais

grupo novo século